www.b-books.co.kr

피
할
수
록
더

피할수록 더

초판 1쇄 찍음 2017년 10월 20일
초판 1쇄 펴냄 2017년 10월 27일

지은이 | 이윤정
펴낸이 | 정 필
펴낸곳 | (주)뿔미디어

편집장 | 박경희
기획 · 편집 | 심은지
표지 디자인 | 박현진

출판등록 | 2002년 9월 11일 (제1081-1-132호)
주소 | 경기도 부천시 원미구 소향로 17, 303(두성프라자)
전화 | 032)651-6513 / 팩스 | 032)651-6094
E-mail | dahyangs@naver.com
블로그 | http://blog.naver.com/dahyangs
비북스 | http://b-books.co.kr

값 9,000원
ISBN 979-11-315-8304-3 03810

피할수록 더

더

Dahyang Romance Story

이윤정 장편 소설

contents

1. 끓겨 버린 하룻밤

[출근이라 먼저 갑니다. 강건혁 (010-4555-XXXX)]

의문의 쪽지. 머리가 아파 왔다. 속도 울렁거렸다. 토를 할까 생각하는데 전화벨이 울렸다. 무의식적으로 쪽지에 적힌 전화번호와 비교를 하는데 다행히 익숙한 번호였다. 룸메이트 경주였다. 걱정 가득한 잔소리가 쏟아져 나올 것이 뻔했기에 채원은 일단 거절 버튼을 눌렀다. 지금은 아무것도 받아들일 수 없는 상태였다.

또다시 토기가 올라오자 그녀는 곧장 화장실로 향했다. 낯선 모텔 화장실에서 위장 속의 모든 것을 드러내다니. 한탄과 수치심이 옵션으로 따라붙었다. 대충 입 안을 헹궈 내고 일회용 칫솔을 꺼내 치약을 짰다. 신경질적으로 양치질을 시작하며 채원은 화장실 거울 안의 자신을 바라다봤다. 넌 누구니. 얼굴은 퉁퉁 부었고 어제 곱게 발랐던 립스틱은 강렬한 키스라도 끝낸 것처럼 입가에 엉망으로 번져 있었다.

키스. 쪽지를 남긴 남자와 원나잇이라도 한 걸까. 아픈 머리를 굴리며 생각해 보았더니 어렴풋이 한 남자가 떠올랐다. 하지만 기억은 거기까지였다.

여태껏 필름이 끊길 정도로 술을 마신 적은 없었다. 짝사랑의 결혼식이 뭐라고. 채원은 한숨 대신 입 안의 치약 거품을 시끄럽게 뱉어 냈다.

화장실을 나와 벽에 걸린 시계를 바라보자 정신이 번쩍 들었다. 지난밤에 대한 후회로 팔자 좋게 여유를 부릴 때가 아니었다. 채원은 서둘러 옷을 챙겨 입고 그곳을 빠져나왔다.

"기말이 코앞이니까 이번 주부터 주말에 세 시간씩 보강한다. 이상."

여름 땀 냄새만큼이나 무서운 고2 남자아이들의 원성을 무시하고 채원은 재빨리 강의실 밖으로 나왔다. 동네 학원에서 햇수로 3년째 논리, 사고, 감수성과는 거리가 먼 남자아이들에게 국어 교과를 가르치고 있는 그녀에겐 내신 시험 주간이 가장 힘든 기간이었다. 이 힘든 때에 만취로 인한 숙취라니. 엎친 데 덮쳐 사람을 동물처럼 만들고 있었다. 거의 기어 다니다시피 하면서 수업을 마치고 강사실로 향하는데 자꾸만 찜찜한 기분이 들었다.

주머니를 뒤져 남자가 남긴 쪽지를 꺼내 보았다. 그냥 버려두고 나오려다 마음에 걸려 주머니에 넣었는데, 그것이 수업 시간

내내 그녀를 괴롭혔다. 이렇게 신경이 쓰이면 전화를 해 보는 게 맞았지만 그러기엔 또 어제의 기억이 너무 없어 망설여졌다. 전화를 해서 무슨 말을 한단 말인가. 어제 우리가 한 일은 무엇인가요, 라고 물을 건 아니지 않은가. 채원은 더 이상 생각하고 싶지 않아 쪽지를 다시 주머니에 넣고 급하게 학원을 빠져나왔다. 우선은 쓰린 속을 달래 줄 해장이 급했다.

"치킨버거 세트 하나⋯⋯."

"둘이요."

치고 들어온 녀석은 역시나 강건우였다.

'저리 꺼져 줄래?' 라고 진지한 눈빛을 보냈지만 '더 시킬 건 없어?' 라고 받아들였는지 녀석은 버거를 하나 더 주문하고 제자리로 돌아갔다. 채원은 모르는 사람처럼 다른 곳에 앉으려 했지만 녀석의 얼굴이 크레파스 색색깔이라 차마 그럴 수는 없었다.

"차라리 미술 학원을 다녀라."

"그럼 쌤 못 보잖아요."

"나 보려고 학원 다니니?"

"몰랐어요?"

진지하게 묻는 얼굴을 보며 채원은 졌다는 뜻으로 두 손을 들어 보였다.

"약이라도 좀 발라."

"어차피 또 맞을 건데, 뭐 하러 발라요."

주문한 햄버거를 우악스럽게 먹으면서 오만 가지 표정을 짓는 건우를 보며 채원이 혀를 찼다. 고3인 녀석에게는 긴장감 따윈 없었다. 학원을 거의 암행어사 출두 수준으로 다니면서도 그만둔다는 소리는 하지 않았다. 학원 입장에서야 땡큐지만 찜찜한 마음은 어쩔 수가 없었다. 그래서 매번 이렇게 채원이 녀석에게 사비가 털리고 있는 중이다.

"기준이가 오늘도 너 찾다가 갔어."

우연찮게 녀석의 비밀을 알게 된 후 채원은 뜻하게 않게 두 사람의 중간 다리 역할을 하고 있었다.

"영원히 찾지 말라고 전해 주세요."

"건우야."

"한번 배신자는 영원히 배신자예요."

녀석의 입장을 이해하지 못하는 건 아니었다. 처음으로 마음을 준 여자를 베스트 프렌드에게 뺏긴 심정을 어떻게 설명할 수 있을까. 4년 짝사랑의 종지부를 찍고 온 그녀와 건우의 처지가 다르지 않았다. 마음의 배신은 그랬다. 채워지지 않는 허기만 남길 뿐이었다.

녀석이 햄버거를 하나 더 먹겠다며 채원에게 눈웃음쳤다.

"배신은 네가 당했는데 왜 내 돈이 나가는 거니?"

"그 배신당한 놈이 좋아하는 여자라서?"

"까불어라? 네 말대로 좋아하는 여자면 수업은 좀 들어오지?"

건우가 대답 대신 햄버거를 입에 물었다.

공부를 못하는 녀석은 아니었다. 일부러 안 하는 게 맞았다. 요즘 아이들치고는 반항이 늦게 찾아온 경우이긴 했지만 그 방식이 아주 전문적이고 다양해서 존경스러울 정도였다. 부모님 상담에 들어가야 하지 않을까 싶어 관리 기록을 보니 보호자란에 형의 이름만 덩그러니 적혀 있었다. 무슨 사연인지 물어보는 것도 무서운 반항기였기에 채원 역시 적당한 선에서 덮어 두기로 했었다.

"형이 뭐라고 안 해?"

알은척하지 말아 달라는 신호는 언제나 내뿜고 있었지만 이제는 묻지 않고 견딜 수가 없었다. 함께하는 시간 동안 그녀도 이 녀석에게 정이 들어 버렸다.

"각자 살기 바빠요."

대답하지 않을 줄 알았는데, 녀석의 입에선 의외로 진실이 흘러나왔다.

어쩌면 먼저 관심 가져 주길 바랐나 하는 생각이 들었다. 채원 역시 그 사실을 진작부터 깨닫고 있었지만 나 살기도 바쁜데 학원 수강생의 인생까지 챙길 여력은 없다며 모르는 척하고 싶었던 것일지도 몰랐다.

"관심이 없는 게 아니라 어쩌면 모른 척해 주고 있는 걸지도 몰라."

채원의 말에 건우가 잠자코 그녀를 바라봤다.

"쌤처럼?"

"뭐?"

"나, 성인 되려면 1년 남았어요. 기다릴 수 있죠?"

녀석의 당돌한 말에 채원은 어이가 없어 그냥 웃어 버렸다.

4년간 짝사랑했던 선배의 결혼식이 끝난 뒤 술을 진탕 먹고 모르는 남자와 모텔에서 하룻밤을 보냈다. 그녀의 인생을 통틀어 가장 최악의 시나리오가 현실로 펼쳐진 날, 채원은 머리에 피도 안 마른 고딩 녀석의 당돌한 고백까지 받아야 했다.

□ ■ □

"밸도 없는 놈."

건혁이 미뤄 둔 편집본 작업을 급하게 마무리하려는데, 불쑥 들어온 준규가 옆에 서서 제 할 말을 쏟아 냈다.

"기어이 그 자리에 나갔다는 거지."

그 자리에 나가 어떤 일이 벌어졌는지는 알 리 없는 준규는 건혁의 눈치를 살피지 않고 뒷말을 이었다.

"박지수가 대단한 거냐, 네가 멍청한 거냐? 헤어진 전 남자 친구를 결혼식에 부르는 여자랑, 부른다고 냉큼 가는 남자랑 누가 더 비정상인 거야? 둘 다 외국물 먹어서 할리우드 마인드인 거냐? 아님 내가 고지식한 거냐?"

준규가 물었지만 일에 집중한 건혁은 아무런 대꾸도 하지 않았다. 편집실 안에 그 혼자 있는 것처럼 준규의 말을 무시하고 있었다.

"대답 좀 할래? 나 지금 누구랑 얘기하니?"

"대답할 가치가 있어야 대답을 하지. 쓸데없는 생각 할 시간에 특집 아이디어나 생각해. 광고 때문에 팀장 심사가 뒤틀렸던데."

"말 돌리지 말고 대답해. 언제까지 첫사랑에 빠져 있을 건데?"

첫사랑. 꺼내기도 어색한 낯선 말이었다.

건혁은 또다시 준규의 말은 무시한 채 편집본이 떠 있는 화면만 들여다봤다.

하루가 지나가지만 여자에게선 전화가 없었다. 전화가 온들 무슨 말을 해야 할까 싶었다. 어제의 일을 기억하냐고 묻기라도 할 것인가. 기억한다면 또 무슨 말을 할 것인가. 건혁은 자신의 핸드폰을 내려다보며 골똘히 생각에 잠겼다.

"강 피디님, 기다리는 섭외 전화 있어요?"

"네?"

회의실로 들어선 특집 팀 김 작가가 궁금한 눈으로 말을 걸어왔다.

"아, 중국 촬영 때문에……."

건혁이 얼른 핑계를 대며 자리에서 일어났다.

"회의했나 보죠?"

"네. 벌써 오늘만 세 번째예요."

팀 회의를 마치고 잠깐 앉아 있는다는 것이 생각에 빠져 정신을 놓고 말았다. 평소와는 다른 그의 모습에 김 작가가 눈치를 살폈다. 서둘러 회의실을 빠져나오며 건혁은 핸드폰을 주머니에 넣어 버렸다.

밀린 편집을 하느라 3일 만에 들어선 집 안은 고요한 적막만이 가득했다. 거실의 불을 켜고 환기를 시킨 뒤 건혁은 주방으로 향했다. 먼저 익숙한 눈길로 쓰레기통을 확인하자 예상한 대로 라면 봉지 몇 개가 아무렇게나 버려져 있었다. 밥을 먹으라고 일부러 요리까지 되는 도우미 아주머니를 구해 놓았더니 청개구리처럼 더 밥을 먹지 않고 있었다.

그런 녀석의 얼굴을 보지 못한 지도 보름이 지났다. 열다섯 살이나 어린 남동생 하나가 현재 그에게 남은 유일한 가족이었다. 부모님은 3년 전에 교통사고로 같은 날 돌아가셨다. 외국 지사에서 근무하던 건혁이 부랴부랴 한국으로 들어와 뒷감당을 해야 했고, 강제로 늦둥이 녀석의 보호자가 되어야만 했다.

아들처럼 키운 동생이었지만 어느 순간 마음의 거리가 생겼다. 출장과 야근이 많은 피디라는 직업 때문에 건혁은 녀석에게 점점 더 소홀해졌다. 서로 각자의 생활에만 충실하며 3년을 지내 온 지금, 그 거리는 되돌릴 수 없을 정도가 되어 버렸다.

제주도에 계신 큰아버지가 한 번씩 전화를 걸어 녀석이 방황하고 있는 것은 아닌지 물으시며, 신경을 쓰라는 말을 돌려 하시긴 했지만 건혁은 그다지 중요하게 생각하지 않았다. 때늦은 사춘기 반항쯤으로 생각하고 넘겼었다. 그게 이렇게 길어질 줄은 그도 예상하지 못했다.

동생에 대한 걱정이 길어질 즈음 허기가 몰려왔다. 건혁은 조용히 제 몫의 밥을 차렸다. 외국 지사에서 근무하던 시절 홀로 자취 생활을 했기에 간단한 음식은 만들어 먹을 수 있었다. 하지만 매일 끼니를 차려 놓고 나갈 수는 없으니 도우미 아주머니를 고용한 것인데, 어째 이 호사를 그 혼자 누리고 있는 것 같았다. 누구 때문에 돈을 쓰는데. 괘씸한 녀석이라고 생각하려는 찰나, 현관문의 비밀번호 누르는 소리가 들리고 곧 문이 열렸다. 보름 만에 동생 녀석의 얼굴을 보는 것이다.

건우가 아무 생각 없이 현관으로 들어서다 불이 켜진 거실을 보고는 그대로 동작을 멈추었다. 고개를 내리자 아침엔 없던 신발이 놓여 있었다. 며칠 전에 왔다 간 흔적이 있었으니 이삼일 안에는 들어오지 않을 거라 생각하고 마음을 놓았는데, 허를 찔린 기분이었다. 일부러 피하려고 한 건 아니지만 만나면 어색하고 불편했기에 늘 형이 없는 시간에 맞춰 생활했다. 더군다나 오늘은 얼굴에 남은 상처까지. 만나지 말아야 할 이유가 분명했기에 건우는 조심히 돌아서 다시 현관문을 열었다.

"죄졌어?"

언제 나타난 건지 등 뒤로 형의 목소리가 붙었다.

"그런 거 아니야. 깜빡하고 학원에 놓고 온 게 있어서 가야 해."

여전히 뒤돌아서서 등을 보인 채 건우가 퉁명스럽게 대답했다. 팔짱을 끼고 서서 그런 동생을 바라보고 있던 건혁은 도저히 이대로 두고 볼 수 없겠단 생각이 들었다.

"잠깐 이야기 좀 하고 가. 들어와."

여러 가지로 심사가 꼬인 날이니, 풀어낼 대상이 필요하긴 했다. 그게 동생 녀석이 될 줄은 몰랐지만 이 녀석도 그 꼬인 심사에 한몫했으니 화풀이를 받아 낼 의무가 있었다.

"무슨 말? 늦으면 학원 문 닫는다니까?"

건우도 물러나지 않았다. 저에게 관심도 없던 형이 웬일로 이러나 싶어 짜증이 확, 솟구치는 중이었다. 학원 쌤의 말대로 관심이 없는 것이 아니라 모르는 척해 주고 있었는지도 모르겠지만 그걸 왜 오늘 같은 날 표현하고 싶은지 알 수가 없었다. 얼굴 꼴을 보고 무슨 말을 할지 이미 안 봐도 비디오였다.

"내일 찾아. 잔말 말고 와서 앉아."

오늘은 형도 굽힐 생각이 없는 것처럼 보여 건우는 포기하듯 돌아서 신발을 벗고 형을 따라 주방으로 향했다. 식탁 위에는 차리다 만 음식들이 식어 버린 채 놓여 있었다.

"밥 안 먹었지? 네 것까지 차린다."

건혁은 건우의 얼굴은 보지 않은 채 저녁 식사 준비에만 열중했다. 이미 햄버거를 두 개나 먹고 왔지만 안 먹는다는 소리는 하지 않았다. 이렇게라도 형 노릇을 하고 싶은 것이라면 하도록 놔두는 게 자신의 신상엔 더 이로웠다. 당분간은 관심을 두지 않을 테니까 말이다.

"할 말이 뭐야?"

건혁이 밥을 차리고 자리에 앉자마자 건우가 물었다.

무엇이 그리도 급한가 싶어 동생을 올려다본 건혁은 그대로 얼굴을 굳혔다. 꼴사나운 반항도 정도껏 하라는 생각이 들었다. 제 몸 다쳐 가며 하는 반항이 무슨 의미가 있냐고 되묻고 싶었지만 자꾸만 한숨이 나올 것 같아 그만두었다.

"대학은…… 어디 갈 생각이야?"

"……홋."

건우의 입에서 바람 빠진 웃음이 흘러나왔다. 진짜 오늘은 작정하고 형 노릇을 하고 싶은 모양이었다. 얼굴이 크레파스 색색깔인 동생에게 대학 진학을 묻다니. 형도 제정신은 아닌 것 같아 건우는 그냥 웃어 버리고 말았다.

"형만큼은 좋은 데 못 가니까 기대하진 마……."

"진지하게 대답해."

"진지한데, 나?"

"강건우."

동생을 부르는 건혁의 눈이 얼음처럼 차가웠다.

"아, 무서워서 무슨 말을 못하겠네. 그래, 형 말대로 공부 열심히 해서 대학 가면? 대학 등록금은 형이 내 주나? 아, 엄마 아빠 보험금이 있지. 그 돈으로 대학 1년 놀면서 다니다 군대 가고, 군대 갔다 와서는 이리저리 취업할 곳 어디 없나 기웃거리는 취준생으로 살다가 취업 안 되면 형한테 생활비 받고 용돈 받으면서 오래오래 형 등골 빼먹고 살면 되나?"

"뭐……?"

"나 신경 쓰지 말고 형 인생이나 살아. 지수 누나 다른 남자랑 결혼했다며? 형 외국 지사 가고 없을 때 주말마다 와서 엄마 아빠랑 밥 먹고 며느리인 척하더니……. 여자 하나도 제대로 못 잡으면서 동생 인생은 어떻게 책임지려고 그래? 평생 내 뒷바라지만 하다가 죽고 싶은가 보지?"

말이란 칼날을 벼리고 벼려 뱉어 봤자 결국 자기 자신을 찌르게 된다는 걸 이 녀석이 알 리 없었다. 건혁은 너무도 삐뚤어져 버린 자신의 동생을 멍하니 바라보다 말없이 자리에서 일어났다.

"밥 먹어라."

건혁이 툭 하니 말을 뱉고 제 방으로 사라지자 건우는 갑자기 눈가에 눈물이 차올랐다. 차라리 흠씬 패기라도 했으면 덜 억울할 텐데. 자신이 진 것만 같아 가슴이 먹먹했다. 그것 때문에 눈물이 나는 것이라고 건우는 그렇게 생각했다.

2. 그 여자와 예비 신부

"원나잇이라고?"

"모른다니까."

"모를 수가 있니, 그게?"

"기억이 안 나는 걸 어떡해."

늦은 아침을 차려 놓고 우걱우걱 먹어 대던 채원이 룸메이트인 경주에게 지지난밤 외박에 대한 이야기를 꺼냈다. 짝사랑하던 선배의 결혼식에 간다고 했을 때부터 말려야 했는데, 기어이 일을 치고 들어온 친구의 모습을 잠자코 바라보던 경주가 답이 없다는 듯 고개를 흔들었다.

"그 남자, 연락은?"

"쪽지 남겨 놓고 갔는데 안 했어."

"뭐?"

채원은 대수롭지 않은 듯 식사에 열중하며 열심히 입을 움직였다.

"기억도 안 나는데, 뭐 하러. 그냥 없던 일로 생각할래."

"쿨한 신여성 납셨다, 여기."

"그리고 만약에 만났다고 해도 무슨 말을 해? 우리 어젯밤을 같이 보낸 것 같으니까 사귀자고 해? 어떤 사람인지도 모르는데. 세상 험해, 경주야. 함부로 누굴 만나선 안 돼."

"그래. 함부로 모르는 남자 만나서 원나잇인지, 하룻밤인지 하면 안 되는 거지. 그렇지?"

친구의 말에 할 말이 없어진 채원은 국그릇의 남은 국물을 원샷 했다. 학원 수업이 오후 늦게 시작하기에 출근이 늦은 그녀는 늘 이렇게 아침 겸 점심을 먹고 하루 일과를 시작했다. 간호사인 친구 경주가 마침 나이트 근무라 함께 밥을 먹을 수 있었는데, 오늘은 잔소리까지 같이 먹어야 하는 날인가 보다.

"너 전화 온다."

때마침 울리는 벨소리에 채원은 살았다 생각하며 자신의 핸드폰을 확인했다. 이 녀석이 이 시간에 웬일이지. 의아한 생각이 들었지만 핸드폰 화면에 뜬 이름을 보며 통화 버튼을 눌렀다.

"네가 이 시간에 웬일이야? 수업 안 해?"

— 쌤! 나 부탁할 거 있어요. 진짜 들어주면 내가 이번 달은 햄버거 사 달라고 안 할게요. 진짜예요. 약속해요. 진짜진짜.

다급해 보이는 녀석의 목소리에 채원은 식탁에서 일어나 자신의 방으로 향했다.

"무슨 부탁인데? 나 아직 출근도 안 했거든?"

─ 그럼 진짜 더 다행이고요. 지금 우리 학교로 좀 와 줄 수 있어요, 쌤?

"학교? 무슨 일인데? 너 또 사고 쳤어?"

─ 아, 그게 아니라 며칠 전에 친 거 수습해야 해서 그래요. 우리 담임, 이번에 뭘 잘못 먹었는지 자꾸 형 데려오라고 난리예요. 원래는 반성문 몇 장 쓰면 그냥 넘어가는데 이번에는 왜 이러는지 몰라요.

녀석의 담임도 모르는 척을 하다가 도저히 넘길 수 없어 이번에는 단단히 벼른 듯싶었다. 채원은 그것이 자신과 무슨 상관이 있겠냐마는 녀석이 걱정되는 한편 괜히 일이 커져 학원까지 그만둔다고 하는 여파가 온다면 VIP 고객을 놓치는 꼴이 되었다. 안타깝게도 학원에서 건우의 담당은 그녀였다. 어떻게든 막아야 한다는 소리였다.

"그래서 나보고 어떡하라고?"

─ 내가 우리 형 해외 출장 갔다고 대신 예비 형수님 데려오겠다고 했어요. 나 진짜 머리 좋죠? 하하하.

그 머리를 왜 이런 데 쓰는지 모르겠지만 졸지에 예비 형수가 된 채원은 망설이지 않을 수 없었다. 진짜로 녀석의 학교에 찾아간다면 오지랖도 이런 오지랖이 없었다. 그저 학원의 학생일 뿐인데 너무 깊이 관여하는 것이 아닌가 하는 생각이 들기도 했다. 평소에 녀석과 친하게 지내는 모습을 좋지 않은 쪽으로 보는 학원 동료들도 있었기에 혹시나 이 일을 들키기라도 한다면 오해를 사기에 충분했다.

"나, 오늘 친구랑 중요한 약속이 있어서……."

— 원장 쌤한테 전화해서 저 학원 그만둔다고 해요, 지금?

약삭빠른 놈. 만약 진짜 원장과 통화를 한다면 그녀에게 닦달할 것이 분명했다. 학원 아이들 한 명 한 명을 돈으로 보고 행동하는 원장으로선 무슨 짓을 해서라도 고객을 잃지 않는 게 우선이었다. 그깟 거짓 보호자 역할은 자신이 하고도 남을 사람이었다.

"몇 시까지 가면 돼? 누구랑 어디서 만나야 하는지 문자 찍어서 보내."

— 쌤, 진짜 땡큐, 땡큐요! 학교에서 봐요!

의심의 눈초리가 가득한 담임의 눈빛에 채원은 도둑이 제 발저려하듯 자꾸만 앞에 놓인 물 잔을 들게 되었다. 50대 초반 정도 되는 듯한 녀석의 담임은 꼼꼼한 스타일로 보였다. 학원 강사 생활을 오래 하다 보니 선생님들의 스타일을 파악하는 건 기본이었기에 앞의 여자가 어떤 생각을 하는지도 그려졌다. 그것이 오히려 더 채원을 긴장하게 만들었다.

"건우 형님이랑은…… 그럼, 언제 결혼하세요?"

"네?"

건우의 진로와 학습 상담만을 생각하고 온 채원은 예상치 못한 질문에 곧바로 답을 내놓지 못했다. 또다시 의심의 눈빛을 보내오는 담임에게 어색한 미소를 지으며 말했다.

"음…… 여름 지나고 가을쯤 하려고요."

"아, 그러세요? 미리 축하드려요."

"감사합니다."

"아무리 예비 형수님이라고 해도 우선은 건우 형님과 먼저 말씀을 나누는 게 좋을 것 같다는 생각이 들어서요. 오늘은 이만 일어나시는 게 좋을 것 같네요."

"아, 네."

아무래도 들킨 것인가. 채원은 눈앞이 캄캄했다. 일이 커지면 그녀에게도 피해가 올 것이 분명했다.

"아무튼 잘 부탁드려요. 녀석이 마음 못 잡는 건, 저희 탓이 커요. 공부를 못했던 게 아니라서 마음만 잡으면 성적은 금방 오를 거예요. 어떻게든 대학에 보낼 생각이니까 선생님도 조금 더 신경써 주시길 부탁드려요. 죄송합니다."

채원의 마지막 말에 담임은 조금 놀란 눈치였다. 건우를 신경쓰고, 건우에 대해 알지 못하면 할 수 없는 말이기에 의심의 눈초리가 조금은 풀린 듯해 보였다. 다행이라고 생각하며 채원은 상담실을 빠져나왔다. 그러나 안심을 하기엔 일렀다. 생각지도 못한 복병이 떡하니 그녀를 기다리고 있었기 때문이었다.

"윤 선생님, 건우 형님이 찾아오셨는데요."

다른 남선생 하나가 누군가를 데리고 상담실 앞으로 걸어오고 있었다. 선생의 옆에 선 남자를 어디서 본 것만 같았다. 채원이 딴생각에 빠져 있는 사이, 그녀의 옆에 서 있던 담임이 건우 형님이라고 불린 남자에게 다가가 인사를 건넸다. 채원은 그제야 상황이 어떻게 돌아가는지 파악되기 시작했다.

"출장이 당겨지셨나 봐요?"

"출장이라니요……?"

남자의 말에 채원은 얼른 그의 옆으로 다가가 팔짱을 끼고 담임에게 말했다.

"아, 이 사람이 신경 쓸 것 같아서 제가 건우한테 출장 갔다고 말했어요. 죄송해요, 선생님. 일부러 거짓말을 하려고 한 건 아닌데. 요즘 이 사람이 회사 일 때문에 정신이 없어서 제 선에서 해결하려고 하다 보니……. 이해해 주실 수 있죠?"

채원의 말에 담임은 두 사람을 번갈아 바라보았다.

제발. 그냥 넘어가 주길.

채원은 기도하는 심정으로 남자의 팔을 더욱더 움켜잡았다.

"타요."

남자의 말에 채원은 그저 멀뚱히 그를 바라보기만 했다. 꼭 단두대에 오르는 기분이랄까. 단두대에 올라 본 적도 없으면서 그런 기분을 잘도 느끼고 있었다.

"변명이라도 해야 할 것 아닙니까?"

"네? 아, 네."

채원은 입이 열 개라도 할 말이 없어 얼른 그의 차에 올라탔다. 남자는 말없이 고등학교 교정을 빠져나갔다. 다행히 건우의 담임은 더 이상 별말을 하지 않고 두 사람을 보내 주었다. 수상한 낌새를 알아차린 듯했지만 이 문제의 해결 또한 두 사람이 해야 한다는 것도 알고 있는 것 같았다. 그런데 과연 해결할 수 있을까. 채원은 자신도 모르겠다며 눈을 감았다.

"전화는…… 왜 안 한 겁니까?"

전화? 뜬금없는 말에 채원은 남자를 돌아봤다. 그리고 남자의 옆모습에서 어렴풋한 기억이 떠올랐다. 어디서 본 적이 있는 남자는 다름 아닌 쪽지의 주인공이었다. 채원은 그 자리에서 문을 열고 차에서 내리고 싶었다. 그러나 남자는 그녀를 보내 줄 생각이 없는지 조용한 카페로 채원을 데려왔다.

차가운 아메리카노가 담긴 커피 잔 속 얼음이 그녀의 마음처럼 조용히 녹고 있었다.

"어떤 것부터 얘기할까요?"

남자가 입을 열자 채원은 그제야 앞을 똑바로 바라봤다.

그리고 기억의 조각들이 조금씩 그녀의 머릿속으로 날아들어 왔다.

"우선은…… 죄송해요. 오늘 건우 일, 모두 제 잘못이에요."

채원은 본능적으로 그날의 일은 피하고 보았다. 뜨거운 키스, 매달림, 눈물, 모든 것들이 도망치고 싶은 마음이 들기에 충분했다. 뭉개져 버린 아침의 립스틱 자국이 연상 작용처럼 선명하게 떠올랐다.

"건우랑은 어떻게 아는 사입니까?"

"……학원 선생님이에요."

"요즘 학원 선생님은 보호자 노릇까지 하나 보죠?"

날카로운 건혁의 말에 채원은 그날의 다정한 입술을 한순간에 지웠다. 전혀 다른 사람 같았다. 그녀의 기억 속에서 남자는 다정했다. 그녀가 울고 있을 때 그녀의 눈가를 다정하게 쓸어 주었다. 마치 그녀를 위로하듯이.

"급하게 부탁하는데, 거절하질 못했어요. 죄송해요. 형이 저한테 관심 없다는 말도 들어서 오늘 나타나실 줄은 몰랐어요."

잘못한 것은 맞지만 할 말은 하고 싶었다.

채원의 비수에 건혁은 흥미로운 웃음을 얼굴 위로 띠었다. 꽁꽁 숨은 것처럼 연락도 없던 여자가 있지도 않은 예비 신부가 되어 그 앞에 나타났다. 그날, 그렇게 매달릴 때는 언제고 날카롭게 가시를 세우며 그를 경계하고 있었다. 뜨거울 리 없을 줄 알았던 가슴이 조금씩 달아오르는 기분이었다.

"녀석이 부탁했을 때, 저한테 먼저 연락해야 하는 거 아닙니까?"

"연락해서 뭐라고 하죠? 당신 동생이 나한테 이상한 부탁을 하니 당신이 혼내 주라고 그렇게 말하나요? 그러면 건우한테 관심 가져 주실 건가요?"

"……오지랖이 넓은 편이군요."

"네?"

"남의 동생한테는 관심이 그렇게 많으면서 왜 자기 실수엔 모르쇠인지……."

실수. 남자는 그렇게 명명하였다. 할 말을 잃은 채원이 그저 입만 벌린 채 건혁을 바라봤다. 다정했던 남자의 눈이 실수라고 말하고 있었다. 술 취한 여자가 부린 주사에 맞장구쳐 주었을 뿐 그 이상도 이하도 아니라고 하는 것이다. 연락처를 놓고 고민했던 자신의 마음이 우스워져 채원은 자리에서 일어났다.

"죄송하네요, 여러 가지로 실수를 많이 해서요. 앞으로는 이런 일 없도록 할게요. 건우 일에도 신경 끄도록 하겠습니다. 그럼."

건혁이 잡을 새도 없이 채원은 커피숍을 빠져나갔다. 멍하니 사라진 여자의 빈자리를 바라보다 건혁은 웃어 버렸다. 유치했다. 관심이 있다는 표현을 이렇게 유치하게 내놓다니. 여자에게 신경을 끄고 산 세월이 그것을 알리듯 그를 한순간에 바보로 만들어 놓았다.

건우에게서 걸려 오는 전화를 다섯 번째 무시하며 채원은 빠르게 달려오는 택시를 잡아탔다. 왜 형이랑 상종을 하지 않고 사는지 알 만도 했다. 하지만 기분 나쁘게도 남자의 말도 맞았다. 오지랖도 이런 오지랖이 없었다. 남의 가정사에 관여해서 뭘 얻는다고. 채원은 더 이상 신경 쓰기 싫어 핸드폰의 전원을 꺼 버렸다. 마음이 얼른 평화로워지기를 바랐다. 학원으로 향하면서 채원은 심호흡을 여러 번 내쉬었다. 제발. 제발.

학원에 도착해 아이들을 가르치기 시작하자 잡념은 금세 사라져 버렸다. 시험 기간이라 프린트물을 쓸 일도 많았기에 이리저리 뛰어다니다 보니 어느새 마지막 수업 시간이 되었다. 피곤한 몸을 감당하지 못하고 조는 몇몇 아이들을 다독이며 수업을 마치자 자정이 다 되었다. 대충 마무리한 뒤 학원 문을 열고 나오는데 문 앞에 쪼그리고 앉아 있는 한 녀석이 보였다. 문득 떠오르는 생각

에 가방 속 핸드폰을 꺼내자 그대로 꺼져 있는 상태였다. 수업에
도 안 들어오더니 여기서 무얼 하나 싶었다.

"반성 중이야?"

채원의 말에 건우가 놀라 번쩍 몸을 일으켰다.

"쌤⋯⋯."

"배고파. 햄버거 먹으러 갈 거야."

채원은 제 할 말만 하고 걸어 나갔다. 잠시 후, 녀석이 쫄래쫄
래 따라오는 것이 느껴졌다. 채원은 어쩐지 안심이 되었다. 미워
할 수 없는 녀석이었다. 건우의 형에겐 관심을 끄겠다고 큰소리쳤
지만 정이 무서운 것이지 사람이 무서운 게 아니었다.

치킨버거를 세 개 시키고 녀석 앞에 두 개를 내밀었다. 하루 종
일 신경을 쓴다고 밥도 안 먹은 것인지 건우는 허겁지겁 햄버거
를 먹어 댔다. 그런 모습을 보자 채원은 어쩐지 형이란 작자가 더
미워지기 시작했다. 하나 있는 동생도 제대로 건사하지 못하면서
남의 인생 지적질이라니. 자신이 실수를 하든 뭘 하든 무슨 상관
이야.

쓸데없는 생각은 멈추고 채원도 허기진 배를 달래기 위해 얼른
햄버거를 한입 베어 물었다.

"형이 학원 그만두래요."

컥. 햄버거가 목 안에서 걸려 버렸다. 채원은 무슨 소리냐며 앞
에 앉은 건우를 노려봤다. 녀석이 자신의 몫으로 준 햄버거를 뺏
길까 봐 슬금슬금 챙겼다. 먹는 것으로 장난은 안 친다며 채원이

가져가라 손짓을 했다. 그러자 마음이 놓였는지 건우가 못 한 말을 덧붙였다.

"용돈도 다 끊는대요. 아무래도 이 사건의 최대 피해자는 저인 것 같아요."

"너 학원 그만두면 나도 피해자거든?"

채원은 어쩐지 뒤통수를 맞은 기분이었다. 이 정도로 야비한 놈이라고는 생각하지 않았는데 예상 밖으로 독한 인간이었다. 남의 가정사에 오지랖 좀 떨었다고 복수라도 하겠다는 건가. 애초부터 고객이라고 생각하고 아부를 떨었어야 했나. 늦은 후회가 찾아들었다. 어쨌든 그녀의 월급을 책임져 주는 고객이었다. 학부모들에게 잘못 보이면 그대로 밥줄이 끊긴다는 걸 여러 번의 이직으로 뼈저리게 느꼈는데, 잠시 정신 줄을 놓고 말았다. 곧 있을 원장의 불호령이 귓가에 환청처럼 들리는 것 같았다.

"죄송해요, 쌤."

건우가 들고 있던 햄버거를 내려놓고 고개를 숙였다.

"우선 배는 채우고 보자. 먹어, 빨리."

이 녀석이 무슨 죄냐며 채원은 다시 햄버거를 물려 주었다. 학생 하나 빠진다고 무슨 일이 날까. 채원은 심각하게 생각하지 않으려 했다. 그 학생이 몰고 올 여파는 상상하지 못한 채 말이다.

불 꺼진 거실 소파에 앉아 건혁이 한참을 생각하고 있는 사이, 고요함을 깨는 현관문 소리가 들려왔다. 아무도 없을 거라 생각하며 들어서던 건우가 귀신처럼 앉아 있는 형을 보고 놀라 그 자리에서 낮게 욕을 뱉었다. 괴롭히는 것도 가지가지네, 요즘 참.

"불 켜고 앉아 봐."

낮에 전화로 터뜨린 폭탄이 다가 아닌 것인가.

건우는 잔뜩 긴장한 채로 불을 켜고 소파에 앉았다.

"어디 갔다 오는 거야?"

그걸 몰라서 묻느냐는 표정으로 건우가 대답했다.

"학원."

"그 선생이랑 같이 있었어?"

채원의 이야기가 흘러나오자 건우는 기분이 좋지 않았다. 어찌 됐든 자신이 잘못을 해 벌어진 일이었다. 채원에게는 피해가 가지 않게 하고 싶었다. 현재 그를 가장 잘 알고, 그가 편하게 위로받을 수 있는 유일한 사람이었기에 이 일로 멀어지고 싶진 않았다.

"쌤은 잘못 없어. 내가 우겨서 부탁한 거야. 부탁 안 들어주면 학원 그만둔다고."

고딩 주제에 협박까지. 건혁은 기가 차서 할 말을 잃었다. 그 학원비는 어디에서 나오는지 이참에 똑똑히 심어 주어야겠다는 생각도 들었다. 내버려 두면 저절로 정신을 차릴 줄 알았다. 그 또한 누군가의 조정이나 간섭을 받고 싶지 않았기에 녀석에게도 자유를 주었었다. 그게 지금의 사태까지 오게 만든 원인을 제공할 줄은 몰랐다.

"네가 어떻게 했든 그 선생도 책임이 있어. 난 그 책임을 묻게 할 생각이고."

"형!"

"다음 주부터 과외 선생 하나 구할 테니까 집에서 공부해. 내 등골을 빼먹든 어쨌든 대학은 가. 가고 나서 얘기해."

"형!"

건혁이 제 할 말은 끝났다는 듯 자리에서 일어났다.

"그리고 학교 마치면 전화로 보고해. 이동할 때마다 문자 보내고. 이제 딴짓하다 걸리면 학교 그만두고 검정고시 보게 할 거니까 알아서 행동해."

형의 말에 건우의 눈이 부당함으로 이글거렸다.

"그럼, 형은? 내가 대학 가면 형은? 형은, 내가 원하는 거 들어줄 거야?"

누굴 위한 대학인데. 건혁은 어이가 없어 동생을 내려다봤다. 그래도 저에게 원하는 것이 있다고 하니 무엇인지 들어는 보고 싶었다.

"뭘 원하는데?"

"결혼해."

"뭐?"

"나 대학 가기 전까지 여자 만나서 결혼해. 그럼, 형이 원하는 만큼 공부해서 대학 갈게. 나, 거짓말 안 해. 한다면 할 거야."

피식, 웃음이 흘러나왔다. 아직도 저 때문에 지수와의 결혼이 어그러진 것이라 생각하는 걸까. 건혁은 동생이 안쓰러워 가슴이 서걱거렸다.

갑작스레 부모님이 돌아가시고, 그에게 남은 건 열다섯 살이나 어린 남동생 하나뿐이었다. 지수의 부모님이 그것을 탐탁지 않아한 것은 사실이었다. 졸지에 어린 동생을 책임져야 하는 가장이 되었으니 딸을 둔 부모님 입장에서 부담스러운 것은 당연했다. 그리고 곧바로 그 여자와 헤어졌으니 녀석이 자신의 탓을 할 만도 했다.

그래서 어쩌면 둘의 사이가 점점 더 벌어진 것인지도 모르겠다. 이제라도 동생의 마음을 풀어 줘야 한다는 생각이 들었지만 지난 시간 동안 쌓아 온 거리감을 좁히는 것이 쉽지 않았다.

"싱거운 소리 하지 말고 얼른 들어가. 그리고 이제 학원은 가지 마. 내가 내일 전화할 테니까."

억울함에 씩씩거리는 동생을 뒤로하고 건혁은 자신의 방으로 들어갔다. 결혼. 그것은 자신의 인생에 없을 것이란 생각을 한 적이 있었다. 삶의 무게를 혼자서 짊어져야 했을 때. 건혁은 다른 생각을 할 수가 없었다. 쓸쓸한 웃음만이 그에게 남았다.

3. 공범 vs 공범

강사실로 들어설 때부터 분위기가 좋지 않다는 것은 감지했다. 채원은 원장과 최대한 먼 거리를 유지하며 수업 준비에 들어갔다. 오늘따라 학원 청소며 물품 절약에 관해서 신경질적인 잔소리를 해 대는 원장 때문에 점심에 먹은 비빔밥이 아직까지 목구멍에서 내려가지 못하고 있는 것만 같았다.

"정 선생, 상담실로 좀 들어와."

강사 중에 정 선생은 채원 하나였기에 모른 척할 수도 없었다. 올 것이 왔다고 생각하며 채원은 마음의 준비를 하고 상담실로 들어섰다.

얼마 전에 교직에서 물러나 이곳에 학원을 차린 50대 중반의 여원장은 자신이 거느리는 강사들을 마치 가르치는 학생 대하듯 했다. 하나부터 열까지 지적하지 않으면 하루가 시작되지 않는 것처럼 말의 가시를 세우고 다녔다. 어쩌다 그 레이더망에 걸리기라도 하면 하루가 엉망이었다. 그래도 이 학원에서 2년 동안 버티면서 원장의 레이더에 걸리지 않는 여러 가지 노하우를 터득해 잘 피해 다니고 있었는데 아무래도 우리의 '강건우'가 그녀를 원장 앞으로 친히 인도하신 것 같았다.

"강건우 일, 어떻게 된 건지 설명해 봐."

"네?"

원장이 무엇을, 어디까지 알고 있는지 알지 못하는 상황에서 채원은 쉽사리 입을 열 수가 없었다. 건우가 그저 학원을 그만두겠다고 말한 것이라면 여러 가지 둘러댈 이유는 많았다. 어차피 학원 수업에 자주 빠졌던 아이였기에 학습 효과가 나타나지 않아서 그런 것이라 변명하면 될 것이었다.

"걔랑 무슨 사이야?"

"네?"

이건 또 무슨 막장 드라마 같은 소린가. 무슨 사이냐는 말 안에 포함된 의미가 무엇인지 알면서도 채원은 이 질문에 대답을 해야 하는 자신이 어이없어 입을 열지 못했다.

"이쪽 동네 소문 한번 잘못 나면 학원 선생 못 한다는 거, 정 선생이 더 잘 알지 않아? 건우 형님께서 학원 선생이 학생한테 학원 선생 이상으로 사생활에 관여를 해서 이 학원에 못 보내겠대. 오늘부터 당장 안 온다고 하니까 이상한 소문 나돌기 전에 정 선생이 수습해. 안 그래도 애들 없어 죽겠는데, 분위기 파악 좀 할 수 없어? 어쩐지 처음부터 마음에 안 들더니……. 이참에 선생들 물갈이라도 해야 하나, 정말……."

원장이 신경질적으로 상담실을 빠져나가고도 채원은 그 자리에 멍하니 앉아 있었다. 우선은 화가 치밀어 올랐고, 어느 정도 시간이 지난 후에는 그의 의도가 무엇인지 생각했다. 이렇게까지 할 필요는 없었다. 이제부터 자신의 동생 앞날을 아주 살뜰히 걱정할 생각이라면 그저 학원을 그만두고 나가면 그만이었다. 채원의 잘못을 들추어 가며 물귀신 작전을 펼칠 필요가 없었다. 복수심이라고 하기엔 치졸했다. 아니, 유치했다. 그녀가 잘못하면 얼마나 또 잘못했단 말인가. 따지고 보면 건우를 도와주기 위해서 나선 것인데, 억울한 마음까지 들었다.

채원은 급하게 상담실을 벗어나 원장에겐 아무런 말도 하지 않고 학원을 빠져나왔다. 수업 시작까지는 아직 몇 시간의 여유가 있었다. 괜한 눈치를 보며 자신의 수명을 단축하고 싶지 않았다. 이 답답한 상황을 빨리 해결하고 싶은 마음뿐이었다.

"중국 촬영, 현지 코디가 아무래도 말썽이에요. 우리가 원하는 쪽으로 촬영 일정을 잡아 달라고 하면 자꾸만 자기 지인이 하는 곳을 디밀어요. 나름 경력이 있다고 하는 사람 소개받았는데, 낚인 것 같아요."

메인 작가의 말에 건혁이 대답 없이 스케줄표를 바라봤다. 간단한 해외 촬영을 할 때면 늘 있어 오던 일이었다. 피디가 가지 않고 외주 VJ만 보내다 보니 현지 코디에게 휩쓸리기 일쑤였고 그러다 보면 영상이 생각한 것처럼 뽑아지지 않는 경우도 허다했다. 그래서 처음부터 현지 안내와 통역을 해 주는 코디를 잘 뽑아야 하는데, 이번에는 그 일을 그르친 것 같았다.

"몇 번 말로 다스려 보고 안 되면 바꿔야죠."

"이미 계약금 주지 않으셨어요?"

"중요한 건 영상입니다."

건혁의 단호한 눈빛과 말에 메인 작가가 한순간에 입을 다물었다.

이 일의 원인이 자신이란 걸 알기에 더 이상 말을 붙일 수가 없었다.

원래 웬만한 섭외는 작가들이 하지만 현지 코디는 예민한 부분이라 피디가 맡아서 해 오던 일이었는데 이번만 작가가 좋은 사람이 있다고 소개해 왔다. 작가를 믿고 맡긴 것인데, 건혁의 입장이 난처했다. 처음부터 자신이 맡아서 해야 했나, 뒤늦은 후회가 들었지만 이미 엎질러진 물이니 어쩔 수가 없었다. 앞으로의 일에 중심을 잡는 것이 더욱 중요했다.

"촬영 구성안은 어느 정도 나왔습니까?"

분위기를 전환하는 건혁의 말에 메인 작가가 다행이란 표정으로 얼른 자신의 가방을 뒤져 프린트물을 꺼냈다. 그 순간 옆에 놓아두었던 건혁의 핸드폰에서 진동이 울렸다. 모르는 번호였다. 회의 중이기에 넘겨 버리려 하는데 또다시 그 번호로 전화가 걸려왔다. 급한 섭외처일 수도 있단 생각이 들어 통화 버튼을 눌렀다.

"네. 강건혁입니다."

― 저, 정채원, 아니 건우 학원 선생님이에요.

상대편의 대답에 건혁의 눈이 순간 앞의 작가에게로 향했다. 누군지 궁금해하는 눈빛이 역력했다. 건혁은 송화기를 막은 채 자리에서 일어났다.

"급한 전화라, 회의는 오후에 하죠. 일들 보세요."

서둘러 말을 마친 건혁은 핸드폰을 들고 수첩을 챙겨 회의실을 빠져나왔다.

─ 여보세요? 듣고 있어요? 여보세요? 뭐야, 끊은 건가……

다급해하는 여자의 목소리를 들으며 건혁은 잠자코 웃음을 흘렸다. 이렇게 빨리 반응하면서 그날 일은 잘도 묵혀 두고 있었다. 아무래도 기억이 나지 않는 것이 확실해 보였다. 건혁으로선 조금 억울한 느낌이었다. 그날 꼬드긴 건 이 여자가 아닌가 말이다.

"회의 중이라 잠깐 못 받았습니다. 말씀하세요."

─ 아, 통화…… 괜찮으세요?

회의 중이란 말 때문인지 여자의 목소리에서 망설이는 듯한 기색이 느껴졌다.

"괜찮습니다. 말해요."

─ 지금 잠깐 뵐 수 있나요? 방송국 근처 카페예요.

건우에게 형이 일하는 곳을 묻자 꼭 승리하라는 문자가 날아왔다. 채원은 그나마 2 대 1로 싸우는 것 같아 마음이 든든했다. 같은 편이 전혀 도움이 될 것 같지는 않았지만 그래도 없는 것보다야 낫지 않은가. 마음속으로 위안을 삼으며 앞에 앉아 있는 남자를 바라봤다. 오늘은 어쩐지 더 차가운 느낌이었다. 그리고 더 잘

생겨 보인다랄까. 마음속에서 짜증 같은 것이 확, 일어났다.

"더 이상 볼 일은 없을 줄 알았는데요."

남자는 흐릿하게 웃으며 앞에 놓인 찻잔을 여유롭게 들어 올렸다. 지금 상황에서 '갑'은 자신이라는 것을 몸소 보여 주는 행동이었다. '을'일 수밖에 없는 채원은 마음속 울분을 가라앉히며 가식적인 미소와 함께 말을 건넸다.

"건우 형님께서 뭔가 오해하고 계시는 것 같아 잘 말씀드리려고 뵙자 했어요."

극존칭까지 써 가며 어색하게 웃는 채원을 보고 건혁은 눈썹을 꿈틀거렸다.

"오해요?"

"네. 혹시 저랑 건우 사이를 이상하게 보고 원장님께 전화하신 건 아닌가 해서요."

이건 또 무슨 얘기냐는 눈빛이었다. 아무래도 이 남자가 원장에게 그런 말은 하지는 않은 것으로 보였다. 원장이 제 마음대로 오해하고 착각해 결론을 내린 듯싶어 채원은 한편으론 마음이 놓였다. 그 정도로 몰상식한 인간은 아닌 듯했다. 그러나 굳이 말할 필요도 없는 사생활을 운운한 것을 보면 쿨한 인간도 아닌 것 같았다.

"원장한테 무슨 말을 들었나 보죠?"

상황이 어떻게 돌아가는지 금방 알아차린 듯 남자가 어이없는 웃음을 흘렸다.

"어찌 됐든 제 잘못이 커요. 이런 상황을 만든 것도 그렇고, 건우가 마음잡고 공부하도록 만들지 못한 것도 있고요. 어떻게 들리실지는 모르겠지만 건우는 좀 특별한 학생이에요. 마음을 다친 게 보여서 더 챙겨 주고 싶었어요. 학원 선생이니까 공부만 잘 가르치면 되겠지만 전 그것보다 힘들 때 햄버거를 하나 더 사 주는 게 지금 건우한테 필요한 거라고 생각했어요."

남자는 햄버거 사 준 값이 학원비와 맞먹는다는 뜻으로 들었는지 잠깐 눈빛을 달리했다. 채원은 어쩐지 가슴이 뜨끔해 급하게 말을 이었다.

"학원비를 책임지시는 형님 입장에서는 어이없는 소리란 것도 알아요. 하지만 건우한테 이상한 마음을 먹었거나 나쁘게 이용할 생각은 없었어요. 학교에 대신 나가 준 것도 담임 선생님한테 잘 말씀드려 볼 생각이었어요. 지금 건우를 제일 잘 알고, 옆에서 보고 있는 사람은 저니까요."

완벽한 오지랖이었다. 채원은 자신도 몰랐던 속마음을 털어놓고 나니 오히려 마음이 편해졌다. 앞의 남자가 어떻게 생각할지는 모르겠지만 이렇게 수습하는 것이 그녀의 방식이었다. 진심은 통한다고 믿어 왔고, 그 진심을 알아주지 않는다고 해도 그건 어쩔 수 없는 일이었다.

건혁은 말없이 테이블 위에 놓인 찻잔만을 바라보고 있었다. 무슨 말이라도 하면 좋으련만 침묵으로 채원의 심장을 조렸했다. 만만치 않은 사람이란 건 알았지만 알면 알수록 더 어려웠다.

"지금…… 제 목표는 그 녀석, 대학 보내는 겁니다. 지금처럼 해서는 안 된다는 것도 알고요. 그래서 방법을 바꿔 보려는 거고,

그 과정에서 선생님과의 일을 좀 이용했습니다. 그것 때문에 이상하게 오해받은 거라면 사과드립니다. 다른 뜻은 없었습니다."

예상치 못한 건혁의 사과에 채원은 눈만 크게 끔벅거렸다. 정말 어디로 튈지 알 수 없는 남자였다.

"우선은 학원보단 과외가 성적 올리기엔 빠르지 않나 싶어서 알아보는 중입니다. 혹시 선생님은 생각 없으십니까?"

"네? 저요?"

이건 또 무슨 뜬금없는 소린가 싶었다. 과외를 하는 것까진 좋은데, 그걸 그녀에게 부탁한다고?

채원은 건혁이 건우와 자신이 붙어 있는 것을 좋지 않게 본다고 생각했다. 과외를 부탁할 만큼 그에게 신임받고 있는 줄은 몰랐다.

"학원 시간 때문에 부담이 된다면 학원 급여에 맞춰서 과외비를 드릴 수 있습니다. 지금 제 입장에선 돈보다는 그 녀석 마음을 붙잡아서 공부시키는 게 중요하니까요. 그걸 가장 잘해 내실 분이 선생님일 것 같습니다."

전세 역전이 이런 대목에서 쓰이는 걸까. 채원은 그저 얼떨떨했다. 평생 '갑'일 것처럼 고개를 빳빳이 들고 있던 남자가 갑자기 '을'이 되어 그녀에게 부탁하고 있었다. 아주 솔깃한 제안까지 해 오면서 말이다. 혹시나 이것이 악마의 유혹이라면 빨리 벗어나는 것이 최선이었다. 채원은 건혁의 다정한 웃음을 보며 문득 그런 생각을 했다.

"과외? 그럼, 학원은?"

"그 금액만큼 맞춰 준대."

"오. 너, 그만큼 실력 있는 선생이었어?"

맥주 캔 하나를 더 따며 경주가 놀라는 표정으로 물었다. 아무래도 놀리는 것 같아 채원은 그만하라는 눈빛을 쏘며 대답을 피했다. 실력이 있었다면 애초부터 과외 시장에 뛰어들었을 것이다. 하지만 과외는 금액 단위가 큰 만큼 부담감이 심했다. 임용 시험을 준비하다 용돈벌이로 시작한 학원 선생 일이었기에 전문성을 가지고 뛰어들지도 않았다. 그저 아이들이 좋았고, 낮 시간이 자유로워 계속해 오고 있었을 뿐인데 어쩐지 전환점을 맞은 기분이었다.

"과외면 시간도 많이 안 뺏길 거고, 그럼 너 다시 임용 공부 할수 있겠네. 돈 때문에 주춤하고 있었던 거잖아."

밖으로 꺼내지는 않았지만 마음속으로는 이미 접은 일이었다. 시험을 준비한 지 3년이 넘어가고부터는 시골에 계신 부모님도 힘들다는 내색을 감추지 않고 드러냈다. 대학부터 취직까지 제 힘으로 해냈던 언니들에 비해 막내인 그녀는 손이 많이 가는 편이었다. 그나마 공부를 곧잘 해 집안에 공무원 선생 하나 두는 거아니냐며 모두들 기대했는데 그게 생각처럼 쉬운 일이 아니었다. 소득 없이 시간만 흐르자 부모님의 관심은 저절로 시집 잘 간 언니들에게 옮겨졌다. 채원은 그게 서운하기보단 오히려 다행이란 생각이 들었다.

"돈 많이 받는 대신에 책도 안 보는 애를 대학에 보내야 해."

"대학 못 가면 돈 토해 내야 돼?"

경주의 엉뚱한 질문에 채원은 생각했다.

"설마. 그렇게 나쁜 놈은 아닐 거야."

"놈?"

"아무튼. 쉽게 생각할 일은 아니야."

"뭘 그렇게 고민해? 걔 대학 못 가는 게 네 탓이야? 열심히 가르쳤는데 안 되면 어쩔 수 없지. 대학 못 간다고 환불해 주는 조건 아니면 그냥 해. 친구야, 기회란 것은 아무 때나 찾아오는 것이 아니란다."

경주의 말도 일리가 있었다. 어쩌면 이번이 기회일지 몰랐고, 대학을 보내면 그만이었다. 머리가 없는 녀석이 아니었기에 마음만 붙잡아서 공부시키면 좋은 곳은 아니더라도 웬만한 곳은 보낼 수 있을 것이다. 채원은 점점 과외 쪽으로 마음이 굳어 가는 자신을 느끼며 또 다른 걱정거리를 떠올렸다.

과외를 하게 된다면 그 남자와는 건우가 대학에 갈 때까지는 부딪쳐야 한다는 소리였다. 그렇게 몰상식한 사람은 아닌 것 같았지만 어쩐지 마음 한구석이 계속해서 찜찜했다. 하룻밤이었지만 분명히 무슨 일이 있었던 남자였다. 키스는 분명히 했고 또…….
그날 밤 일을 떠올리자 갑자기 얼굴이 달아오르기 시작했다.

"아, 근데 그 남자는 어떻게 됐어? 원나잇?"

눈치 하나는 100단이었다. 채원은 마음속을 꿰뚫어 보는 듯한 경주의 질문에 눈길을 피했다. 지금 자신이 과외를 하려는 학생이 그 남자의 동생이란 말은 아직 할 수가 없었다.

"아, 피곤하다. 나 먼저 자야겠다."

채원은 모른 척 자리에서 일어났다. 경주는 그런 친구를 의심의 눈초리로 바라봤다.

몇 모금 마시지 않은 맥주가 그래도 알코올이라고 금세 몸이 노곤해진 채원은 평소보다 일찍 침대 안으로 들어갔다. 내일 일어날 시간에 알람을 맞추기 위해 핸드폰을 확인하는데, 장문의 문자가 하나 들어와 있었다.

[쌤, 나 며칠 잠수 타요. 엄마 아빠 보러 가요. 혹시 울 형이 귀찮게 굴면 아무것도 모른다고 해요. 이렇게 시위해서라도 학원 다시 다닐 거예요. 나 때문에 쌤 학원에서 곤란한 거 알아요. 쌤한테 피해 가는 일 없게 할게요. 죄송해요. 그럼 즐잠.]

이래 놓고 즐잠이라니. 채원은 정신이 번쩍 들어 다시 일어나 앉았다. 공부도 하지 않는 녀석이 학원에 목숨을 걸고 있었다. 아무래도 그녀가 피해를 본 것이라 생각했는지 미안한 마음 때문에 그러는 듯했다.

열아홉이나 먹은 남자 녀석이기에 별일은 없을 것이라 생각했다. 하지만 걱정스러운 마음은 지울 수가 없었다. 혹시 그의 형이 이 사실을 안다면, 그녀의 포지션이 아주 애매한 상황이었다. 왜 자꾸 공범이 되어 가는지 알다가도 모를 일이었다. 그 순간, 귀신처럼 건우의 형에게서 문자가 날아왔다.

［밤늦게 미안합니다. 혹시, 건우랑 연락됩니까?］

뭐라고 해야 하지? 채원은 손톱을 물어뜯다 머리카락을 헝클었다. 아무래도 이번에는 공범이 되지 못할 것 같았다. 채원은 건혁의 번호를 잠시 동안 쳐다보다가 통화 버튼을 눌렀다.

— 네. 혹시 자는데 깨운 겁니까?

"아, 아뇨. 통화할 수 있어요."

전화는 그녀 자신이 먼저 걸어 놓고 채원은 건혁이 무슨 말을 해 오길 기다렸다. 건우가 어디 있냐고 물으면 모르는 척 가르쳐 줄 생각이었다. 스파이처럼 묻지도 않은 말을 건넬 수는 없었다. 그건 낮까지 한편이던 건우 녀석에게 아주 미안한 행동이었기 때문이다.

— 이 녀석, 핸드폰도 꺼 놓고 아직까지 안 들어오네요. 학교에선 아프다면서 낮에 조퇴했다고 합니다. 오늘부터 학원가지 말라고 일렀더니 반항하는 것 같은데……. 남자 놈이라 걱정은 안 되지만 그래도 이렇게 시간 끌면 학교에 할 말도 없고……. 빨리 가서 잡아 와야 할 것 같은데, 갈 만한 곳 압니까?

좀처럼 당황하지 않던 남자의 목소리가 이번만큼은 흔들린다고 채원은 생각했다. 동생을 걱정하는 마음이 전화로도 느껴졌다. 그녀가 건우 녀석이 있는 곳을 알고 있는 게 다행이라는 생각이 들었다.

"실은 몇 시간 전에 문자를 보냈더라고요. 엄마 아빠 보러 간다고만 적어 놨어요……. 장소가 어디인지까지는……."

— 아…… 알겠습니다. 고마워요. 쉬어요.

"아, 네……."

전화가 끊어지고 채원은 다시 자리에 누웠다. 이리저리 뒤척이며 생각에 빠져들었다. 부모님은 두 분 다 돌아가셨다는 말을 했었다. 그럼 그분들을 보러 어디를 간 것인지……. 채원은 좀처럼 잠에 들지 못하고 생각의 끈을 이어 갔다. 과연 오늘 안에 찾을 수 있을까. 만약 찾게 되면 그녀의 스파이 노릇은 모두 들통나게 되는 것인가. 두 형제의 다툼이 눈앞에 그려지는 것도 같았다. 그 순간 그녀의 핸드폰에서 벨소리가 들려왔다. 건혁이었다.

— 혹시…… 괜찮으면, 같이 가 줄 수 있습니까?

4. 들켜 버린 비밀

　아파트 앞으로 뛰어 내려가자 차에 기대선 건혁이 보였다. 순간, 채원의 심장이 자그맣게 두근거렸다. 데이트라도 하는 사람처럼 착각하고 있는 자신이 우스워 잠깐 걸음을 멈추었다. 그러고 보니 금방 차려입은 옷도 과한 것 같았다. 주책이다 생각하며 채원은 살짝 바른 립스틱을 한 손으로 문질러 닦아 냈다. 자다가 나온 여자처럼 보여야 하는 게 맞았다.

　"어, 빨리 나왔네요."

　채원을 발견한 건혁이 차에서 몸을 뗐다.

　"아, 옷만 입으면 되는걸요, 뭐."

　채원은 털털하게 대답하고는 그의 차에 올랐다. 꾸민 듯 꾸미지 않은 모습이 역력한 여자의 뒷모습을 보며 건혁은 웃음을 감춘 채 뒤따라 차에 탔다. 아파트를 유유히 빠져나간 차는 곧 고속도로로 향했다. 건혁은 행선지도 말하지 않은 채 무작정 속도를 높였다.

"짐작 가는 곳이 있어요?"

채원은 늦은 밤 드라이브를 나선 것처럼 창밖만을 바라보다 한 참 뒤에야 물었다.

"부모님 납골당이 강원도에 있어요."

"아……."

그의 대답에 채원은 더 이상 묻지 못하고 또다시 창밖을 바라봤다.

"……금실이 좋으셨어요. 그래서 그런지…… 한날한시에 떠나신 것을 보고 모두들 부러워했죠."

부모를 잃은 마음은 어떤 걸까. 남자의 담담한 말에 채원은 마음이 먹먹했다. 그러다 문득 이 남자가 감당했을 무게에 대해 생각해 보았다. 어린 동생의 반항까지 감내해야 하는 남자는 '어른'이라는 경지에서 더 나아가 있을지도 모른다는 생각이 들었다. 일찍 철이 들어 버렸을 남자의 인생이 조금씩 궁금해졌다.

"그 녀석 덕분에 부모님 뵈러 가게 생겼네요."

건혁이 웃자 채원은 그를 물끄러미 바라봤다. 가까이서 본 남자는 더욱더 잘생기게 보였다. 차가운 인상이었지만 다정한 눈으로 사람을 바라볼 때면 마음이 녹는 것 같은 기분이 들었다. 그날, 그 눈빛 때문에 그녀는 하룻밤을 보낸 것인지도 몰랐다.

"감상해 보니 어떻습니까?"

"네?"

채원이 놀라 반대쪽으로 고개를 돌렸다. 심장이 또다시 두근거렸다.

"옆모습 말고 앞모습이 더 자신 있는데."

"……그 형에 그 동생이네요."

"네?"

"건우가 누굴 닮았나 했더니 형을 닮았네요."

"뭐라고요? 하하하."

건혁이 한 방 먹은 것처럼 웃음을 터뜨렸다. 채원도 그를 따라 입가에 웃음을 띠었다. 심장이 자꾸만 간지러워 창밖만 바라보게 되었다. 오늘 아침만 해도 죽을 만큼 미웠던 남자가 그녀의 옆에 앉아 심장을 간지럽히고 있었다. 꿈을 꾸고 있는 것일까. 채원은 고속도로의 불빛이 마치 달빛 같다는 생각이 들었다.

"도착하려면 멀었어요. 좀 자 둬요."

남자가 말했지만 채원은 잠들 수가 없었다. 창가에 반사되어 비치는 건혁의 얼굴이 그녀를 잠들지 못하게 하고 있었다. 건우를 찾을 수 있을까, 하는 생각은 이미 그녀의 머릿속에서 사라져 버린 지 오래였다.

파도치는 소리에 눈을 떴다. 깜빡 잠이 든 채원은 얼른 몸을 세워 옆자리를 바라봤다. 그의 자리는 비어 있었다. 여기는 어디쯤 인 걸까, 벌써 도착한 것일까, 생각하는 사이 저 멀리 바다를 바라보고 서 있는 남자가 눈 안에 들어왔다. 밤늦은 시간의 장거리 운전이기에 그도 피로가 쌓였을 것이다. 짠한 마음이 들어 채원은 얼른 문을 열고 차에서 내렸다. 바닷바람이 생각보다 찼다.

"깼습니까?"

다가서는 채원을 발견한 건혁이 먼저 말을 걸었다.

"혼자 뭐 해요? 건우 어떻게 혼낼까 생각 중이었어요?"

채원의 말에 건혁이 피식, 웃음을 터뜨렸다. 이 여자와 있으면 자꾸만 웃음이 나왔다. 건혁은 그것이 신기해 자꾸만 채원을 옆에 두고 싶었다. 무슨 마음인지는 그도 아직 잘 몰랐다. 건우가 부모님을 보러 갔다는 말에, 왜 이 여자와 함께 오고 싶었는지 그도 제대로 답을 할 수가 없었다. 그저 눈앞에 두고 싶었다. 그를 바라보게 만들고 싶었다.

"그 녀석 찾는 일은 벌써 잊었습니다. 그냥 온 김에 머리 좀 식히고 가야겠다고 생각했습니다. 조용한 바닷가를 걸어 본 지가 언제인가 생각 중이었어요."

"같이 걸을 수 있는 영광을 드릴게요. 어때요?"

채원의 당돌한 말에 건혁은 또다시 입가에 웃음을 띠었다. 어딘가가 고장 난 것이 분명했다. 대학 동창이자 회사 동기인 준규가 알면 병원을 데려가고도 남을 일이었다. 피도 눈물도 없는 남자 강건혁의 헤픈 웃음이라니.

"추울 테니까 이거 입어요."

건혁이 자켓을 벗어 채원의 어깨에 걸쳐 주었다.

이건 완벽한 데이트였다. 그걸 당사자인 두 사람만 모르는 것 같았다.

"……언니들이 없을 땐 꼭 할머니 옆에 붙어 있었던 것 같아요. 어릴 적부터 혼자 있는 걸 싫어했어요. 지금 생각해 보면 엄마 아빠가 항상 과수원에 계셔서 외로움을 많이 탔던 것 같아요."

이런 이야기까지 하게 될 줄은 몰랐다. 채원은 자연스럽게 자신의 어릴 적 이야기를 꺼내며 건혁과 발걸음을 맞췄다. 크게 반응하거나 호응을 해 주는 편은 아니었지만 간간이 고개를 끄덕이거나 웃는 얼굴에 마음이 더 편안해졌다. 누군가에게 자신의 이야기를 하는 것이 너무도 오랜만이라 설레는 마음까지 들었다.

"지금 같이 사는 경주가 아, 룸메이트 이름이 경주예요. 걔가 없었으면 서울살이도 힘들었을 거예요. 나이 들면서 조금 나아지긴 했지만 외로운 건 나이랑 상관없는 것 같아요. 그래서…… 건우한테 보이는 외로움이 남의 일 같지가 않더라고요. 외로운 사람끼리는 서로를 알아보거든요."

외롭다고 말하는 여자는 전혀 외로워 보이지 않았다. 마음이 따뜻한 사람 같았다. 동생 녀석의 일에 마음을 쓸 때부터 건혁은 이 여자의 따뜻함을 느끼고 있었다. 유치한 복수심으로 괴롭히기는 했지만 다행이란 생각을 했다. 녀석이 이 여자를 따르는 것에.

"건우가 이러는 건…… 형한테 사랑받고 싶어서 그런 걸 거예요. 형님이 넓은 마음으로 이해하세요. 귀엽잖아요. 찾아와 달라고 단서 다 흘리면서 도망치는 거 보면……."

처음엔 그런 생각이 들지 않았지만 채원은 점점 건우의 의도를 느끼게 되었다. 왜 굳이 저에게 그런 문자를 남겼는지. 형에 대한 마음이 어떤지. 그런 생각을 하면 할수록 얼른 두 사람을 화해시켜서 웃게 만들고 싶은 오지랖이 생겼다.

"이런 귀여움은 사양합니다. 다섯 살도 아니고……. 막둥이라 부모님이 너무 오냐오냐 키운 것 같습니다. 철들려면 멀었어요. 많이 맞아야 합니다."

"이미 다른 사람한테도 맞고 다니는데, 형한테까지 맞으면 불쌍하잖아요."

"불쌍한 일도 많습니다. 도대체 뭐가 문제랍니까? 왜 그러는지 채원 씨한테는 얘기하죠?"

채원은 자신이 알고 있는 비밀을 말해 주어야 할지 잠깐 고민했다. 그러다 말을 하는 게 두 사람 사이를 풀어 주는 계기가 될 수 있을 것 같다는 생각이 들었다.

"기준이라고 아세요?"

건혁도 아는 이름이었다. 유치원 때부터 붙어 다니던 동생의 불알친구였다.

"그 녀석이랑 싸운 겁니까? 남자 새끼들이 싸울 수도 있는 거……."

"좋아하던 여자애가 기준이랑 사귀나 봐요. 그 사실을 한동안 건우한테 속였고요. 배신감이 큰 거 같아요……. 믿었던 사람이니까. 친한 친구를 잃었다는 게…… 건우한테는 상처겠죠."

건혁은 그제야 모든 상황이 이해되었다. 몇 번이고 기준이 건혁에게 전화를 걸어 건우의 위치를 물었다. 무슨 일이 있는지 그때는 깊이 생각하지 못했다. 지나가는 말로 친구한테 고약하게 굴면 그게 다 너한테 돌아온다는 상황에 맞지 않는 충고를 했던 일이 떠올랐다.

"채원 씨를…… 많이 의지하긴 하나 보네요. 그런 속마음까지 얘기하는 걸 보니."

건혁은 질투 아닌 질투 같은 것을 느꼈다. 형에게는 말 못 할 이야기였을까. 아무래도 그가 기회를 주지 않았던 것일지도 몰랐다. 그의 옆에서 다정하게 재잘대던 건우는 부모님 돌아가신 후 다른 사람처럼 변했다. 어디서부터 어긋났을까. 건혁은 손대기조차 망설여졌다.

"죄책감 가지실 필요는 없어요. 저도…… 그랬어요. 친구한테는 말해도, 가족한테는 말하지 못하는 게 생기더라고요. ……걱정할 테니까. 건우도 그런 마음일 거예요."

위로해 주었지만 어쩐지 건혁은 쓸쓸해 보였다. 아무래도 마음을 표현하는 게 서투른 사람인 것 같았다. 그렇게 자라 와 본인은 익숙하겠지만 채원은 어쩐지 애처로운 마음이 들었다. 어른이 돼서 울고 싶을 때 울 수 없는 건 아주 서글픈 법이니까.

"그만 갑시다. 입술이 새파랗습니다."

그리고 눈치도 조금은 없는 것 같았다. 채원은 얼른 자신의 입가를 한 손으로 막았다.

납골당을 걸어 나오며 건혁이 채원을 향해 고개를 흔들었다. 이미 문을 닫았을 시간이었지만 혹시라도 근처에서 혼자 분위기를 잡고 있을지도 모른다는 생각에 둘러보았는데 소득이 없었다. 차에서 대기 중이던 채원은 조그맣게 한숨을 내쉬었다. 그렇다면 이 넓은 강원도 땅에서 어떻게 녀석을 찾는단 말인가. 머릿속 생각들이 복잡해지고 무엇을 해야 할지 막막하기만 했다.

"갈 만한 곳이 한 곳 더 있습니다. 우선 거기로 가 보죠. 피곤할 텐데 좀 자요."

차로 돌아온 건혁은 피곤한 기색이 역력한 채원의 얼굴을 보며 뒷좌석의 담요를 내밀었다. 피곤한 것은 건혁도 마찬가지였다. 채원은 운전을 못 하는 자신이 조금 후회스러웠다. 필요하면 따겠다는 생각으로 미뤄 왔는데, 그 필요성이 이렇게 불시에 찾아올 줄은 몰랐다.

"여기서 멀어요? 그럼, 조금 쉬었다 가요. 형님도 지금 부엉이가 친구 하자고 하겠어요."

부엉이? 무슨 소린가 싶어 눈을 맞추다 건혁이 뒤늦게 이해하고는 소리 없이 웃었다.

"모텔이라도 가자는 소립니까?"

"네?"

채원이 놀라 눈을 키웠다.

"난 그렇게 들립니다, 지금."

아무래도 '쉬었다 가자'는 말이 원인인 것 같았다.

"형님 그렇게 안 봤는데, 되게 엉큼하시네요."

"근데 아까부터 왜 자꾸 형님, 형님 그럽니까?"

"그거야 건우 형님이니까……."

"형인 거 알기 전에 먼저 만난 것 같은데."

말을 잘라먹은 건혁이 채원을 마주 봤다. 차 안의 공기가 자꾸만 더워지는 기분이었다. 채원은 얼른 눈을 돌려 다른 곳을 바라봤다. 심장 소리가 너무도 크게 들리는 것만 같았다.

　어색한 공기를 가까스로 참아 내며 도착한 곳은 고즈넉한 한 시골집이었다. 시골의 밤은 어느 곳보다 빨랐기에 주변은 모두 고요했다. 초여름을 알리는 풀벌레 소리만이 자그마한 동네에 가득 울려 퍼지고 있었다. 조용히 마당 끝에 차를 세운 건혁이 채원에게 이곳에 온 이유를 알렸다.

　"고모할머님 댁이에요. 그 녀석 방학 때면 한 번씩 오던 곳이라 혹시나 싶어서요."

　"아, 네……."

　채원은 따라 내려야 할지 망설여졌다. 고모할머니라면 그의 집 안 사람이었고, 혹시라도 오해가 생기면 그가 난처해질 수도 있는 상황이었다.

　건혁은 망설이는 채원을 눈치채고는 먼저 문을 열고 내렸다.

　"채원 씨는 여기 있어요. 녀석 있는지만 보고 금방 나올 겁니다."

　"아…… 그럼 전 여기 있을게요. 갔다 오세요."

　건혁이 알겠다며 고개를 끄덕이고는 혼자 집 안으로 들어가자 채원은 조금 서운한 마음이 들었다.

　서운하다니. 그런 기분을 느끼는 자신이 우스워 채원은 웃어 버렸다. 감정의 경고였다. 마음을 다잡아야 했다. 길고 긴 짝사랑의 실패로 깨닫지 않았던가. 혼자만의 감정은 아무짝에도 쓸모가 없는 것이란 걸. 마음을 키울수록 아파지는 건 그녀 자신이었다.

채원은 냉정해지기로 했다.

그사이 건혁은 시골집 안으로 들어서 인기척을 냈다. 밤늦은 시간이라 고모할머니가 주무시고 계실 수도 있는 상황이었다. 동생 녀석 하나 때문에 여러 사람들에게 폐를 끼쳤다. 잡기만 하면 당장 머리를 잡고 헤드록을 걸고 싶은 마음이었다. 항복은 없는 걸로.

"계십니까? 할머님, 저 건혁입니다."

낯선 목소리에 집 안쪽에선 소란스러운 발소리가 들려왔다.

"아이고, 이게 누구야?"

급하게 문이 열리고 잠옷 차림의 할머님이 건혁을 알아보고 맨발로 다가오셨다.

"잘 계셨죠? 너무 늦은 시간에 찾아와서 죄송합니다."

"아니야, 무슨 소리를! 여긴 어쩐 일이야? 아이고, 내 정신이야. 얼른 들어와. 밖에 서 있지 말고 안으로 들어와, 어서."

반갑게 맞아 주시는 할머님을 뵈니 건혁은 마음이 뭉클해졌다. 부모님이 돌아가셨을 때 가장 살뜰히 두 형제를 챙겨 주었던 사람이 고모할머님이셨다. 자식들만 남겨 두고 저승길을 왜 그리 빨리 가냐고, 데려가려면 자신을 데려가라고, 목 놓아 울던 할머님의 모습이 또다시 떠올랐다. 남들처럼 울 수 없었던 건혁은 할머님의 모습을 보며 자신의 마음을 대신했었다.

"저, 근데 혹시…… 건우 녀석 여기 안 왔습니까?"

집 안으로 들어서지 않은 채 건혁이 망설이듯 물었다.

"누구? 건우? 막둥이 말하는 거야? 걔가 여기를 온다고 했어?

무슨 일이래. 아직 안 왔는데?"

이곳도 아닌 것 같았다. 혹시나 했던 기대감이 탁 하고 풀어져 버렸다. 이놈은 대체 어디에 꽁꽁 숨은 것일까. 언제까지 술래잡기를 할 생각인 건지. 절로 한숨이 흘러나왔다. 녀석이 여기 있다면 곧장 잡아서 돌아갈 생각이었다. 그런데 녀석이 없었다. 시간은 늦었고, 이유도 없이 이곳까지 함께 온 바깥의 여자를 더 이상 데리고 다니기에는 무리였다.

"저, 할머님……."

"어, 그려."

"같이 온 사람이 있는데, 여기서 하루만 재워 주시겠습니까?"

"누구? 누굴 데려왔어? 아이고, 색시야? 무서운데 밖에다 세워 둔 거야? 얼른 들어오라고 해."

"네. 부탁드립니다."

"그래그래. 아이고, 내 정신 좀 봐. 뭐라도 먹을 만한 게 있을지 몰라."

할머님이 바쁘게 집 안으로 들어서자 건혁은 얼른 마당으로 걸어 나왔다. 차가 있는 곳으로 다가가자 쉬고 있던 채원이 놀라며 몸을 일으켰다. 건혁은 운전석이 아니라 조수석으로 다가가 차 문을 열었다.

"건우는 없어요. 그러니까 내려 봐요."

"네?"

채원은 얼떨떨한 표정으로 차에서 내렸다. 건우가 없다면 돌아가는 게 맞는데, 그는 계획과는 다른 행동을 하고 있었다. 채원이 건혁에게 이유를 묻는 표정을 짓자 그는 대답 대신 그녀의 손을 잡아 시골집 쪽으로 이끌었다.

"아, 저기⋯⋯."

"우선은 여기서 좀 쉬고 있어요. 그 녀석 언제 찾을지도 모르고. 나야 연차 쓰면 되지만 채원 씨는 내일 일해야 하는 사람이니까 잠 좀 자 둬요. 못 찾으면 내일 아침 일찍 콜택시 불러서 보내 줄 테니까 걱정 말고 쉬어요."

뭐가 어떻게 된 건지. 채원은 복잡한 머릿속을 정리하지 못한 채 그의 고모할머님 댁으로 들어섰다. 잠옷 차림의 할머님은 그녀를 보자마자 반갑게 끌어안았다. 그가 자신을 뭐라고 소개한 것일까. 채원은 할머님에게 안겨 건혁을 올려다봤다.

"어미가 생전에 마르고 닳도록 칭찬한 색시가 아가씨구만. 이렇게라도 보니 참으로 반가워. 장례 치를 때 안 보여서 얼마나 서운했던 줄 알아. 그래도 이렇게 왔으니 되었어. 고마워. 고마워."

할머님의 쏟아지는 하소연에 건혁은 난처한 표정이었다. 그 여자가 아무래도 채원은 아닌 게 분명했다. 결혼할 여자가 있었던 걸까. 채원은 건혁을 생경하게 바라봤다.

"할머님, 그 사람 아니에요⋯⋯. 건우 학원 선생님이세요."

건혁은 지체하지 않고 오해를 풀었다. 할머님이 놀라서 몸을 떼어 내자 채원이 더 민망했다.

"어? 뭐라고? 아이고, 그래? 우리 선생님한테 내가 실수를 했네요."

할머님이 채원의 손을 붙잡고 고개를 숙여 왔다. 채원은 괜찮다며 연신 고개를 흔들었다.

건혁은 그런 두 사람의 모습을 지켜보며 조금 다른 생각을 했다. 어른을 잘 모시던 여자. 그러나 그의 부모님 장례식엔 나타나지 않았던 여자가 떠올랐다. 건혁은 그날로 돌아간 것처럼 몸이 싸늘히 식어 가는 것을 느꼈다. 얼른 생각을 전환해야 했다.

"그럼 할머님, 선생님 좀 부탁드리겠습니다. 전 건우 좀 찾아보고 올게요."

어색한 두 사람을 두고 건혁은 황급히 시골집을 빠져나갔다. 채원은 할머님이 이끄는 대로 작은방으로 들어가 몸을 누였다. 여러 가지 생각들이 정리되지 않은 채 머릿속을 가득 채웠다. 오늘 하루가 너무도 긴 기분이었다. 이럴 땐 모두 잊어버릴 수 있는 잠이 최고인데 낯선 잠자리에 채원은 눈만 감은 채 누워 있었다. 건혁이 얼른 건우를 찾아 데려오기만 바랐다.

"할매! 할매, 있어요? 나, 건우예요."

잠결에 환청이라도 들은 것처럼 채원의 눈이 번쩍 뜨였다. 분명 건우의 목소리였다. 꿈이 아니라면 녀석이 이곳에 왔다는 소리였다. 채원은 얼른 일어나 마당과 연결된 작은방의 문을 벌컥 열었다. 마당 한가운데 우뚝 서 있는 건우가 보였다. 그제야 모든 게 안심이 되었다.

"강건우!"

생각지도 못한 채원의 목소리에 녀석이 더 놀라 다가왔다.

"쌤! 쌤이 왜 여기 있어요?"

반항을 한다던 녀석의 행색은 예상한 것보다 더 형편없었다.

교복은 여기저기 흙투성이였고, 머리는 제멋대로 헝클어져 있었다. 어디 큰 산이라도 탄 사람처럼 얼굴이 초췌하기 그지없었다.

"혹시 형이랑 같이 왔어요?"

분위기를 눈치챈 건우가 다시 가방을 메고 돌아설 준비를 했다. 아무래도 그녀에게 보낸 메시지는 찾아 달라는 힌트가 아닌 것 같았다. 채원은 우선 녀석을 붙잡아 두어야 했다.

"지금 형님 없어. 너 찾으러 방금 전에 나갔으니까 어느 정도는 걸릴 거야. 나한테 연락한다고 했으니까 그때 가도 안 늦어."

그제야 안심한 듯 건우는 가방을 다시 내려놓고 평상에 걸터앉았다. 초여름이긴 했지만 아직 밤공기가 찼다. 채원은 얼른 방 안으로 들어가 그녀가 걸치고 온 겉옷을 녀석에게 건네주었다. 녀석도 추웠는지 거절하지 않고 옷을 어깨에 걸쳤다. 이리저리 돌아다니느라 치친 기색이 역력했다. 사서 고생을 한다는 말이 딱 맞았다.

"밥은? 뭐하고 먹은 거야?"

"오다가 햄버거 하나 대충 먹었어요. 할매 집에서 밥이나 얻어먹고 가려고 했죠. 재워 주면 더 땡큐고. 비상금 다 썼거든요. 통장에 있는 돈은 형이 눈치 까고 다 빼 가 버렸어요. 아주 독한 인간이에요, 우리 형. 가까이하지 마요, 쌤도."

이렇게 고생을 하고도 아직 정신을 차리지 못한 걸까.

채원은 건혁을 대신해 건우의 머리에 꿀밤 한 대를 먹였다.

"아, 쌤! 왜 그래요?"

"넌 맞아도 싸."

"뭐예요? 쌤도 벌써 형한테 넘어간 거예요? 우리 같은 편 아니었어요?"

"니 편 내 편이 어디 있어? 너 정말 학원 다니는 것 때문에 이러는 거야? 학원 열심히 다니지도 않았으면서 쌤 민망하게 왜 이래?"

"나 때문에 쌤 피해 보는 거 싫다고 했잖아요."

정색하며 말하는 모습을 보자 정말 진심인 것 같아 채원은 더 이상 혼낼 수가 없었다.

"너 한 명 학원 그만둔다고 쌤 직장이 어떻게 되진 않아. 원장 쌤한테는 한 소리 듣겠지만 어차피 너 고3 지나면 그만둬야 하는 거고……."

건우는 채원의 말을 이해한다는 듯 시선을 아래로 고정한 채 두 발로 땅바닥만 이리저리 쓸어 댔다. 녀석이 진짜 하고 싶은 말이 뭘까. 풀리지 않은 마음속의 응어리는 무엇일까. 이제 채원도 그것이 궁금해졌다.

"그냥…… 쌤 만나면 내가 마음이 편해져서 그래요. 그 보답을 나는 학원비로 내는 거고……."

그 마음을 모르지는 않았지만 채원은 이렇게까지 그녀가 큰 존재였나, 하는 생각에 새삼 마음이 무거워졌다.

"내가 옆에서 너, 잘 도와주면…… 대학 가 볼래?"

대학이란 말이 나오자 건우가 고개를 들어 채원을 날카롭게 바라봤다.

"형이 나 대학 보내래요?"

"굳이 안 가겠다는 이유는 뭔데?"

채원은 이것도 궁금했다. 여건만 되면 꼭 가고 싶은 게 대학이었다. 넉넉지 않은 집안 형편 때문에 그녀는 대학을 가기 위해서라도 남들보다 더 열심히 공부했다. 보내 주겠다는데도 가지 않겠다는 건, 채원의 입장에선 복에 겨운 투정으로밖에 들리지 않았다.

"형한테 짐 되기 싫어요."

짐? 채원은 건우가 이런 생각을 하고 있을 줄은 몰랐다. 부모님이 안 계시다면 가족은 두 사람뿐일 것이다. 서로 의지해야 하는 것이 맞았고, 형이 동생을 책임지는 건 당연했다. 이 녀석의 마음은 어디서부터 잘못된 것일까. 어디서부터 꼬인 것일까.

"형이 괜찮다고 하잖아."

"쌤은 우리 형이 어떤 사람인지 몰라요. 책임져야 한다고 생각하면 나 대학 가고, 취직하고, 결혼할 때까지 자기를 위해서는 아무것도 안 할 사람이에요. 나 결혼하고 나서 애라도 생기면 조카만 바라보면서 살걸요. 뻔해요."

책임감이 강한 사람. 그게 나쁘다고 생각한 적은 없었다. 하지만 건우의 말을 듣고 나니 형의 책임감이 이 녀석에겐 뿌리칠 수 없는 죄책감이었을 수도 있다는 생각이 들었다. 채원은 건우도, 그의 형도 모두 다 이해가 되었다.

"근데 네가 짐 안 되겠다고 대학 안 가면 형이 책임감 안 느낄 것 같아? 너 혼자 아무것도 못 하고 있으면 형은 더욱더 책임감을 느낄 거야. 넌 아직 미성년자야. 도움을 받아도 되는 나이야,

건우야."

"나 때문에 결혼 못 했어요, 우리 형."

참아 온 마음을 터뜨리듯 건우가 툭 하고 말을 꺼냈다.

채원은 문득 그의 고모할머님이 착각한 한 여자가 그려졌다. 그 깊은 이야기는 아무래도 그녀가 알면 안 될 것 같았다. 알게 되면 그의 아픔을 모른 척할 수 없을 것만 같았다.

"그러고 바보같이 여자도 안 만나요. 진짜 바보 같아요. 멍청해요. 10년이나 만난 사람이 배신했는데, 아무렇지도 않아요. 내 속이 다 부글부글한데, 혼자만 도인처럼 살아요. 내가 다 그렇게 만든 것 같아서 정말 싫어요. ……진짜 그런 생각도 했어요. 엄마 아빠가 날 좀 일찍 낳지. 형이랑 열다섯 살이나 차이 나게 낳지 말고 형이랑 비슷하게 낳았음 책임지고 할 것도 없을 거 아니냐고."

아직은 어린 녀석다운 생각이었다. 사람의 일이 감정만으로 해결되는 건 아니란 것을 그녀 역시 한 살씩 나이를 먹으며 터득하게 되었다. 상황이 그렇게 흐르면, 그 상황에 맞춰 결과를 받아들일 수밖에 없는 것이 어른의 삶이었다. 지금이야 형에게 짐이 되기 싫어 대학을 가지 않겠다는 녀석의 마음도 어른이 되면 후회로 남을 수 있었다. 그걸 지금은 모르는 게 어쩌면 당연한 일일지도 모르겠다. 그녀의 인생도 그랬으니.

"너, 형이 지금처럼 사는 게 싫다고 말하고 싶은 거야? 그러려면 네 말이 먹힐 힘부터 길러야지. 네가 이렇게 어렵게 반항해도 먹히지 않았던 말들이 대학 가고, 취직해서 너 혼자 제대로 설 수 있을 때가 되면 저절로 힘이 생겨. 그때 형한테 하고 싶은 말 하면 되는 거야, 강건우. 지금은 다 투정이라는 걸 왜 몰라?"

"대학 안 가도 돈 벌 수 있어요."

"어떻게 벌건데?"

"……."

채원의 날카로운 질문에 건우는 선뜻 대답하지 못했다.

"아르바이트로 돈 번다는 소리는 하지 마. 너, 지금 네 인생을 어떻게 살지도 생각 안 하고 있잖아? 그러면서 형 인생은 왜 고치려고 들어? 너가 제대로 살아야 형도 너한테 관심 끊고 제대로 인생 살 것 아니야. 앞으로 뭘 하고 싶은지도 모르는데 공부는 왜 안 하고 있어? 네가 정말 하고 싶은 게 공부를 열심히 해서 대학까지 나와야 하는 일이면 그때 가서 후회하고 공부할래? 시간은 되돌릴 수 없어. 그냥 흘러가. 네가 이렇게 반항하면서 의미 없이 보내는 시간을 다른 친구들은 제 목표에 맞춰서 아주 값지게 쓰고 있다고. 알겠어?"

"쌤."

"그래."

"원래 이렇게 말 잘하는 사람이었어요?"

"뭐?"

건우는 이야기의 핵심을 벗어나 채원을 바라보며 딴소리를 했다.

"난 지금 우리 담임이랑 얘기하는 줄. 뭐, 우리 담임은 이렇게까지 나한테 마음 쓰지도 않지만요."

"너, 자꾸 핵심에서 벗어난 얘기 할래?"

"쌤이 나 대학 보내겠다고 형이랑 약속, 아니 계약한 모양인데, 그럼 쌤은 나한테 뭐 해 줄 건데요?"

이건 또 무슨 소리인가 싶어서 채원은 어이없는 눈빛으로 건우를 바라봤다. 눈치가 빠른 녀석이란 것은 알았지만 건혁과 채원이 어떤 약속을 했는지까지 단번에 파악할 줄은 몰랐다. 이 머리 좋은 놈을 어떻게 잘 구슬려야 대학에 보낼 수 있을까. 채원은 벌써부터 머리가 아파 오는 것을 느꼈다.

"네 인생, 네가 잘 살겠다고 공부하는 건데, 쌤이 왜 뭘 해 줘야 해? 너, 아직 정신을 덜 차렸구나? 더 맞을래?"

채원이 다시 꿀밤을 때릴 자세를 취했다. 건우는 그 모습이 우습다는 듯 콧방귀를 끼더니 덥석 채원의 팔을 붙잡았다.

"나, 대학 가면 그때 진짜 나랑 사귀어요."

"……뭐?"

"농담 아니에요. 진담이에요. 그럼 진짜 열심히 공부할게요."

채원은 당황스러운 마음에 건우에게 잡힌 팔도 풀지 못한 채 그대로 굳어 버렸다. 녀석의 눈빛이 진심을 말하고 있는 것 같아 움직일 수가 없었다. 열 살이나 나이가 많은 여자를 진짜 좋아하기라도 한단 말인가. 고마운 마음보다는 민망한 생각부터 들었다. 그러다 외로움을 많이 타는 녀석이 기댈 곳을 찾다 보니 그 마음을 착각한 것이라는 데 생각이 미쳤다.

"정신 차리고 공부해서 원하는 대학 들어가면 그때…… 생각해 볼게."

"진짜죠?"

"응."

"그때까지 다른 남자 만나지 마요. 그건 지켜 줄 수 있죠?"

지킨다고도, 지킬 수 없다고도 말하지 못한 채 채원은 건우의 손에서 자신의 팔을 빼냈다. 자꾸만 한 사람이 그녀의 마음속에 걸려들어 녀석의 얼굴을 바라볼 수가 없었다.

건우는 원하던 것을 얻어 낸 듯 성취감으로 입가에 미소를 띠었고, 두 사람의 말소리가 사라진 시골 밤은 그저 고요했다. 그때 마당 밖에서 누군가 집으로 들어오려다 둘의 대화를 엿듣게 된 것은 어느 누구도 알지 못했다. 시골은 그저 조용하고 평화로울 뿐이었다.

5. 어쩔 수 없는 이끌림

"하반기도 광고가 개판이야. 이래서 밥 먹고 살겠어? 시청률 생각하지 말라고 했더니 진짜 생각들을 안 해? 여기서 누가 자기 개인 작품 만들어서 방송하랬? 정신들 안 차리나?"

누구 하나 '네'라고 시원스럽게 대답하지 못한 채 정기 회의는 길어져만 갔다. 건혁은 수첩을 펼쳐 놓고 의미 없는 글씨들만 덧칠하고 있었다. 그 모습을 옆에서 지켜보던 준규가 아무래도 이상하다는 생각을 했다. 동생 녀석을 찾겠다며 강원도에 갔다 온 날부터 조금씩 이상하다는 느낌을 받긴 했었는데, 아무래도 상태가 더 심각해진 것 같았다.

팀원들의 모습에 더 화가 난 팀장이 회의실을 박차고 나간 뒤 특집 팀 인원들이 하나둘 참았던 한숨을 내쉬며 각자의 일을 하기 위해 사라졌다. 건혁만이 회의가 끝난 줄도 모르고 멍하니 그 자리에 앉아 있었다.

"뭔 일이야?"

참다못한 준규가 건혁의 수첩을 일부러 덮으며 말을 걸었다. 그제야 회의가 끝났다는 걸 알아차린 건혁이 대답 없이 수첩을 들고 자리에서 일어났다.

"간다."

"아, 뭔 일이냐고?"

포기하지 않고 준규가 따라붙었다.

"무슨 일?"

영문을 모르겠다는 듯 건혁이 준규를 돌아봤다.

"내가 널 모르냐? 건우 녀석, 혹시 큰 사고라도 쳤어?"

"……아니야."

건혁은 힘없이 대답하고는 제 갈 길을 갔다. 오전 회의 때문에 편집 일이 밀렸기에 편집실로 향하는데, 준규가 자꾸만 그의 마음을 캐묻듯 따라왔다. 머릿속이 시끄러워 아무 말도 하고 싶지 않은데, 녀석이 그걸 눈치채고 물러나 줄 리 만무했다. 듣고 싶은 말은 들어야 했고, 하고 싶은 얘기는 해야만 직성이 풀리는 놈이었다.

"그럼 뭔데? 여자 문제일 리는 없고……. 혹시 누가 돈 빌려 가 놓고 튀었냐? 그래?"

"네가 빌린 돈이나 갚아."

"어?"

입사 초 주식을 한다며 빌려 간 돈을 준규는 아직 갚지 못하고 있었다. 그 사실을 까맣게 잊은 것처럼 보이는 녀석에게 건혁은 이자까지 계산해 놓은 수첩을 내밀었다.

할 말이 없어진 준규는 딴청을 하며 편집실 안을 돌아보았다. 아무래도 며칠 동안 집에 들어가지 않은 모양이었다. 여기저기 잠자리의 흔적이 발견되었다. 준규는 일하는 건혁을 슬그머니 바라보며 혀를 찼다. 누가 이놈을 구제할까. 구제가 되긴 할까. 박지수가 10년을 만난 것에 경의를 표할 뿐이었다.

"집에는 또 왜 안 들어가냐? 건우 때문에 이제 밤샘 못 하겠다며?"

분명 일주일 전만 해도 그렇게 말했었다. 풀어 주는 방법이 먹히지 않는다며 앞으로는 아주 단단히 조여 주겠다고 했던 건혁이 일주일 만에 예전 모습으로 돌아와 있었다. 두 형제의 문제를 가장 가까이에서 오랫동안 봐 온 준규는 누구도 승리할 수 없는 싸움이란 걸 당사자들만 모르는 것 같아 안타까운 마음이 들었다.

"돈 갚을 거 아니면 빨리 나가라. 이거 오늘 안에 끝내야 해."

차가움이 뚝뚝 떨어지는 건혁의 말에 준규는 어쩔 수 없다는 듯 고개를 흔들고는 편집실을 빠져나갔다. 준규가 나가자마자 건혁은 편집하던 손을 멈추고 몸을 의자에 깊숙이 묻었다. 눈을 감자 또다시 그날의 일이 떠올랐다.

동생 녀석의 고백, 흔들리던 그 여자의 목소리. 생각한 적 없던 일은 아니었지만 '설마'가 '진짜'가 될 줄은 몰랐다. 녀석이 그 여자에게 기대는 것이 처음엔 다행이라고 생각했다. 마음이 따뜻한 사람이 옆에 있다는 것은 마음이 놓이는 일이니까. 하지만 그 여자를 좋아하는 것이라면 건혁은 마음을 놓을 수가 없었다. 지금 그가 그녀에게 어떤 감정을 가지고 있는지도 알아차리지 못했는데, 시작조차 할 수 없는 기분이었다.

한 여자를 두고 어린 동생 녀석과 경쟁이라니. 자신이 생각해도 우스운 일이었다. 그 여자를 이용해 녀석을 대학에 보내는 게 그의 목표였다. 그 목표를 달성하기에 더없이 좋은 기회였다. 그 여자도 그걸 모르지 않을 것이다. 편한 일자리였고 어린 녀석의 마음을 잘 이용하면 능력을 인정받을 수 있었다. 머리로는 그것이 이해되었지만 마음은 자꾸만 반기를 들었다. 무엇 때문에 드는 반기인지도 모른 채 말이다.

복잡한 머릿속을 털어 내려 몸을 일으키는데, 주머니에서 진동이 울려 왔다. 짧막한 문자 하나가 건혁의 심장을 멋대로 두근거리게 만들었다.

[잠깐 뵐 수 있어요? 방송국 1층이에요.]

채원이었다. 강원도에도 돌아온 이후 처음 온 연락이었다. 아마도 건우 녀석의 과외에 관한 일인 듯했다. 하겠다는 확답을 하지 않은 상태였으니까. 건혁은 편집실 안에 비치해 둔 거울 앞에서 잠깐 자신의 모습을 점검한 후 1층으로 향했다.

아메리카노 두 잔을 시켜 놓고 그것이 도착할 때까지 두 사람은 서로 아무런 말도 꺼내지 않았다. 채원은 테이블 위에 놓인 커피 잔에만 시선을 둔 채 자신을 보지 않는 건혁을 잠자코 바라봤다. 강원도에 다녀왔을 때보다 얼굴이 좋지 않은 것 같았다. 밀린 일이 많았던 것일까. 주제넘는 생각들이 그녀 자신도 모르게 찾아들었다.

"……결정은 했습니까?"

무엇을 묻는 것인지 채원은 알고 있었다. 건혁이 그녀에게 눈을 맞추자 쓸데없는 생각들이 한순간에 사라지는 기분이었다. 이 남자는 그저 동생 일로 자신을 만나는 것뿐이었다. 그의 모든 행동이 그렇게 말해 주고 있었다. 애초부터 기대해서도, 기대할 수 있는 사이도 아니었다. '실수'라는 단어로 모든 게 정리된 일이니.

"제안해 주신 건 고맙지만, 과외는 못 할 것 같아요."

예상과는 다른 대답에 건혁이 눈빛을 바꿨다. 왜 못 하겠다는 것인지, 그 이유가 궁금했다.

"조건이 안 맞는 거라면 올려……."

"아뇨. 조건은 저한테 아주 과분해요. 근데 전 어문 전공이라서 수리는 잘 가르칠 자신이 없어요. 건우가 어문은 성적이 괜찮은 편이니까 수리만 보충하면 될 것 같아요. 그러면 굳이 저를 쓰실 필요가 없고, 저한테 그만큼 돈을 들이실 이유도 없다고 봐요. 단순히 건우 녀석 마음 붙잡아 둘 사람이 필요한 거라면 지금처럼 도와드릴 수 있어요. 학원 안 다닌다고 못 만나는 것도 아니고. 조언은 언제든지 제가 옆에서 해 줄……."

"그 녀석이 채원 씨 아니면 안 할 겁니다."

"네?"

"공부든 뭐든……. 채원 씨가 옆에 있어야 할 거라고요."

건혁은 자신이 무슨 마음으로 이런 이야기를 하는 것인지 생각할 겨를이 없었다. 이 여자를 건우 녀석 옆에 붙여 두어야 그도 그녀를 계속 볼 수 있을 것만 같았다. 그 뒷일은 생각하고 싶지 않았다.

"그 녀석, 채원 씨 좋아합니다. 그 마음 이용해서라도 대학 보내 줘요. 전 그거면 됩니다."

벌써 세 정거장이나 지나쳤다는 것을 채원은 뒤늦게 깨달았다. 학원에 가기 전, 집에 잠깐 들러 교재 연구를 위해 가져간 문제집을 챙겨 올 생각이었다. 그런데 그 계획이 건혁의 마지막 말로 인해 모두 꼬여 버린 기분이었다. 다시 집에 들르기에는 시간이 부족했고, 채원은 학원으로 곧장 가기 위해 다른 버스를 기다렸다.

버스 정류장에 서서 멍하니 건너편 정류장을 바라봤다. 그러자 한 녀석이 반갑게 그녀를 향해 손을 흔들었다. 건우 녀석이었다. 학교는 오늘도 땡땡이인 걸까. 채원은 마음속으로 한숨을 내쉬었다.

과외를 하지 말아야겠다고 생각한 건 강원도에 다녀온 직후였다. 건우 녀석은 그녀를 이미 자신의 과외 선생님으로 정한 것 같았다.

채원은 강원도에서 돌아오는 내내 건혁의 눈치를 살폈다. 그는 기분이 좋지 않아 보였다. 건우를 찾아 데려가는 건데도 차가운 모습으로 옆자리에 앉은 그녀에게 눈조차 맞추지 않았다. 그리고 그날 이후로 그에게선 아무런 연락도 없었다.

어느 정도 가까워졌다고 생각했는데 또다시 멀어진 기분이었다. 마음을 주지 않겠다고 생각했지만 이미 줘 버렸는지도 모른다. 그와 함께 걸었던 밤바다. 속마음을 나눈 이야기들. 다정한 눈빛. 모든 게 꿈인 것처럼 그는 냉정한 모습으로 돌아와 있었다.

그를 마음에 품고서는 건우와 한 약속을 지킬 수 없다고 결론 내렸다. 녀석의 마음이 잠깐의 착각이라고 한들, 그의 형을 좋아하는 마음으로 상처 주고 싶지는 않았다. 적당한 거리를 유지해야 한다고 생각했다. 희망 고문만큼 짝사랑을 힘들게 하는 것은 없었으니까.

건우 녀석이 반대편에서 핸드폰을 꺼내 받아 보라는 시늉을 했다. 채원의 주머니에선 진동이 울려 왔다. 핸드폰을 꺼내 통화 버튼을 누르자 녀석의 들뜬 목소리가 들려왔다.

— 이건 운명인 건가요? 쌤이랑 나, 진짜 뭔가 있는 것 같지 않아요?

빠른 속도로 지나치는 차들 사이로 건우가 보였다가 사라지기를 반복했다. 손을 흔들기도 하고, 한 팔로 반쪽짜리 하트를 크게 그려 보이기도 했다. 그녀의 마음 같은 건 아무래도 상관없다는 것처럼 녀석은 그녀에게로 직진을 하고 있었다.

"네 땡땡이 현장을 이렇게 잡아낸 것을 운명이라고 하지. 옆으로 새지 말고 집으로 곧장 가. 형님한테 연락해서 다 보고할 테니까."

— 아, 쌤! 정말 이러기예요? 형 요즘 다시 나한테 관심 없어졌어요. 괜찮으니까 잠깐 나랑 놀래요? 학원 수업 시간까지 조금 남

았잖아요. 햄버거 사 줘요. 히히.

그놈의 햄버거. 채원은 대답할 가치도 없다는 듯 전화를 끊어 버렸다. 그러고는 학원으로 향하는 버스에 망설임 없이 올라탔다. 창밖으로 황당해하는 녀석의 얼굴이 보였다. 모든 게 엉망이었다. 그녀는 그렇게 생각했다.

"오늘 또 원장한테 한 소리 들었어?"

"뭐?"

퇴근하자마자 큰 양푼 하나를 가져와 밥을 비빈 뒤 입 속으로 꾸역꾸역 집어넣는 친구를 보며 경주는 고개를 저었다. 폭식을 한다고 해서 그 마음이 풀릴까. 경주는 다이어트 차를 우려내 우아하게 마시며 채원의 맞은편에 앉았다.

"오늘은 또 뭔 소리를 들은 거야?"

경주는 하소연이라도 해 보라며 채원을 재촉했다.

무슨 말을 할 수 있을까. 채원은 그저 입 속에 탄수화물만 넣어 댈 뿐이었다. 이런다고 마음이 풀리지 않는다는 것을 그녀도 알았다. 하지만 답답한 속마음을 어디에 탁, 터놓고 풀어낼 수도 없었다. 뭐라고 할 것인가. 열 살이나 어린 고등학생이 자신을 좋아하는데, 자신은 그 형을 좋아하게 됐다고 할 것인가. 그러면 경주는 드라마 좀 그만 보라며 혀를 찰 게 분명했다. 현실성이 없었다. 형제와의 치정사라니.

만약 인터넷에 사연을 올린다고 해도 형제를 놓고 저울질하는 여자에게만 악플이 백만 개 달릴 것이 눈에 보이듯 훤했다.

"그냥 때려치우고 과외 하라니까. 왜 망설여? 그 애 학부모가 별로야?"

별로인 게 아니라 좋아해서 문제라고 말하려다 채원은 탁 하고 수저를 내려놓았다.

혼자만의 마음이었다. 건혁은 건우가 그녀를 좋아하고 있다는 사실을 알면서도 그걸 이용하라고 담담히 말했다. 아무것도 신경 쓸 게 없다는 소리였다. 그건 그녀에게 사심을 가지지도, 가질 생각도 없다는 말이었다. 자꾸만 서운했다. 그게 그녀의 솔직한 마음이었다.

그럴 거였으면 애초에 그렇게 다정한 눈빛을 보이지 말았어야지. 그녀의 얘기를 모두 다 들어 줄 것처럼 같이 걸어 주질 말았어야지. 채원은 이제 건혁이 얄미워졌다. 그녀도 보란 듯이 아무런 감정이 없다고 말하고 싶었다.

"과외 해야겠어. 내가 왜 안 해? 나도 쿨해질 거야. 그럴 수 있어."

"뭐래니, 지금?"

"남은 거 너 먹어. 나 수학 공부 좀 해야겠어."

"수학은 갑자기 왜?"

"전 과목 과외니까 수리도 봐줘야 해. 하려면 제대로 해야지."

"그, 그래. 열심히 해."

경주는 갑자기 달라진 태도의 채원을 보며 대충 고개를 끄덕여 주었다. 아무래도 그녀의 친구에게 요즘 무슨 일이 있는 게 분명했다. 냄새가 났다. 아주 쓰면서도 달콤한 냄새였다.

[안녕하세요. 정채원입니다. 건우 과외 때문에 문자드립니다. 정 그렇게 원하시면 과외 맡겠습니다. 학원 정리하면 다음 달부터 가능합니다. 건우와 그렇게 얘기 나눠 주시고 선입금 부탁드립니다.]

건혁은 잠자코 문자를 내려다봤다. 어제까지만 해도 과외를 할 생각이 없는 줄 알고 가슴을 졸였었다. 어떻게 마음을 돌릴까 고민하고 있는 사이, 여자는 제 발로 걸어 들어왔다. 그것도 아주 딱딱한 어투로 저만큼 거리를 둔 채 말이다. 어쩐지 따뜻하게 웃던 그 여자와는 어울리지 않는다고 생각하며 건혁은 쓸쓸하게 웃어 버렸다.

따뜻한들 차가운들 무슨 소용인가 싶었다. 건우 녀석을 잘 붙잡아 대학만 보내 주면 그만이었다. 건혁은 생각을 단념하듯 출근 준비를 했다.

며칠 만에 들어온 집은 여전히 고요했다. 강원도에 다녀온 이후, 동생 녀석과는 더 멀어진 기분이었다. 아닌 척해도 그 고백 때문이리라. 건혁은 자신의 옹졸함을 반성하며 계속해서 마음을 비워 냈다. 여자는 언제든지 만날 수 있었다. 하지만 동생은 하나뿐이었다. 그걸 오래된 옛 연인과의 헤어짐에서 뼛속 깊이 깨달았다. 그렇게 힘들었어도 모든 게 다시 제자리로 돌아왔다. 이번 역시 아무것도 아닌 것처럼 흘러가 버릴 것이다.

"강건우, 일어나."

건혁은 건우의 방으로 들어가 동생을 깨웠다.

생각지도 못한 형의 등장에 건우가 눈살을 찌푸리며 몸을 일으켰다. 시계는 7시를 가리키고 있었다. 아직 더 잘 수 있다는 소리였다. 건우는 다시 침대로 엎어졌다.

"강건우."

형의 낮은 목소리에 건우는 두 귀를 막고 일어났다. 관심이 없어졌나 싶어 좋아했는데, 착각이었다. 당근과 채찍을 아주 잘도 써먹는 형님이셨다. 빨리 대학에 가서 기숙사가 있는 곳으로 사라져 버려야겠다고 건우는 거친 세수를 하며 생각했다.

"다음 달부터 과외 선생님 오실 거야."

아침을 먹으며 건혁이 말했다. 건우는 헛숟가락질만 하다 번쩍 고개를 들어 형을 바라봤다.

"쌤이 하겠대? 진짜로?"

"그래."

"앗싸! 나, 진짜 공부 열심히 할게. 이건 진짜 진심. 형님, 땡큐!"

안 보이던 애교까지 내놓는 건우를 보니 건혁은 더 할 말이 없었다. 이만큼 그 여자가 좋다는 소린가. 가슴속 어딘가가 아려 왔다. 건혁은 내색하지 않으려 묵묵히 밥을 먹었다. 그런데 건우가 뜬금없는 말을 했다.

"형도 약속 지켜. 나 대학 가면 여자 만나기로 했잖아."

무슨 얘긴가 싶어 건혁이 고개를 들었다.

그 밤, 저 때문에 그가 지수와 헤어졌다고 착각하던 것이 생각났다. 형도 형 인생을 살라던 녀석의 말이 오늘은 조금은 야속하게 느껴졌다. 이제 누군가를 만나 볼까 생각했었다. 만나고 싶은 여자도 나타났었다. 하지만 이제는 그 기회조차 가질 수가 없었다. 그는 그러면 안 되었다.

"형, 내일부터 출장이니까 제대로 공부하고 있어. 밥 잘 챙겨 먹고."

건우의 말엔 대답하지 않고 건혁은 제 할 말만 꺼내 놓았다. 건우가 입을 삐쭉였다. 도대체 가까워질 수가 없었다. 나이 차이 때문이기도 했지만 항상 다가갈 수 없는 무언가가 존재했다. 그걸 건우도 굳이 깨부수고 싶지는 않았다. 상처받을 건 자신일 게 뻔했다.

"걱정 마. 이제 쌤도 옆에 있는걸, 뭐. 내가 알아서 할게."

건혁이 마음대로 하라는 듯 들고 있던 숟가락을 다시 움직였다.

형제의 아침은 그렇게 서로의 마음을 묻어 둔 채 흘러갔다.

□ ■ □

중국 출장이 생각보다 길어졌다. 결국 골칫거리였던 현지 코디를 대신해 건혁이 현장으로 날아가 직접 섭외와 촬영을 조율했다. 어느 정도는 마음에 드는 영상을 담아낸 후에야 귀국할 수 있었다. 그사이, 건우는 채원과의 과외를 시작했다. 수업료와 여러 가지 조건들은 중국에서 틈틈이 문자를 주고받으며 마무리 지었다. 마주치지 않으니 감정 소모는 없었다. 형식적인 문자들만 오고 갔다. 이렇게 흘러가면 될 것이었다. 어려울 건 없었다.

건혁은 집 대신 회사로 향했다. 피곤한 몸을 편한 침대에 누이고 싶었지만 그런 사소한 행동들도 이제는 쉽지 않을 것 같았다. 그 여자를 곁에 두고 바라만 보겠노라고 다짐했지만 그것조차 그는 쉽사리 해낼 수가 없는 남자였다. 그어 둔 선 안에서 벗어나지 못하는 자신이 한심스러웠지만 어쩔 수가 없었다. 이렇게 살아온 인생이었다.

"어, 왜 여기로 와? 집으로 바로 안 가고?"

캐리어를 끌고 등장한 건혁을 보고는 놀란 준규가 다가와 물었다.

"마무리해야 할 게 있어서."

"아이고, 이 징한 워크홀릭아. 중국 땅까지 가서 개고생하고 들어와서는 또 회사가 오고 싶던? 차라리 집 주소를 회사로 해라, 인마."

대꾸할 힘도 없다는 듯 건혁이 캐리어를 끌고 편집실로 사라졌다. 준규는 저러다 녀석이 쓰러지기라도 할까 봐 걱정스러웠다. 아닌 척해도 가장 친한 친구였기에 건혁을 옆에서 살뜰히 챙기는 준규였다. 부모님이 돌아가신 뒤로 책임감 때문에 더 자신을 옥죄는 것 같아 늘 마음 한편이 서늘했는데, 지수가 결혼하고부터는 더욱더 마음을 잡지 못하는 것 같아 준규는 자꾸만 신경이 쓰였다.

"어, 강 선배 왔어요?"

어느새 옆에 붙어 선 후배 지현이 준규가 바라보는 쪽으로 눈길을 같이했다.

"그래. 집에도 안 가고 회사부터 왔다, 저놈이. 아주 징글징글한 놈이야."

"그게 강 선배 매력인데요, 뭘."

"뭐? 매력?"

"차가운데 책임감 있어서 믿고 싶은 스타일이랄까?"

"너, 아직도 쟤 단념 못 했냐?"

"아, 선배! 제 짝사랑 함부로 발설하지 말라고 했죠?"

건혁이 인기가 많은 건 대학 때부터 알고 있던 사실이었다. 그런 복 받은 놈이 한 여자만 10년을 만나 여자들은 더 그에게 환상을 가지게 되었다. 그런데 그 10년 사랑은 그와 헤어지자마자 다른 남자를 만나더니 곧 결혼에 골인했다. 이 대목에서 여자들은 미완으로 끝나 버린 그의 첫사랑에 더욱더 열광했다. 남자인 준규로서는 도저히 이해할 수 없는 팬심이었다.

"아, 참. 박지수 아나운서 복귀했다던데요?"

"뭐, 벌써?"

결혼하고 나서 당분간은 휴직을 하겠다고 했었다. 건혁을 위한 나름의 배려인가 싶었는데 또 뒤통수를 쳤다. 그 녀석과 헤어지자마자 다른 남자를 만나 결혼한다고 뒤통수를 치더니, 같은 직장에서 옛 연인과 계속해서 일할 작정인 듯 보였다. 누가누가 더 쿨하나, 대결하는 것도 아니고 준규는 모든 게 이해할 수 없는 것투성이었다. 제일 이해할 수 없는 건 출장을 다녀오고 곧바로 회사에 나타난 강건혁이었다. 이게 제일 문제였다.

□ ■ □

"오늘쯤 온다고 했는데, 아직 소식이 없네요."

"뭐가……?"

과외를 마치고 교재를 정리해 가방에 넣던 채원이 건우의 말에 생각 없이 물었다.

"우리 형이요."

건혁의 이야기가 나오자 채원은 잠깐 긴장했지만 곧 아무렇지 않게 자리에서 일어났다. 중국 출장을 떠난 그는 꽤 오랫동안 돌아오지 않았다. 그사이, 그녀는 건우와 과외를 시작했고, 생각보다 녀석이 잘 따라와 주어 별문제 없이 생활하고 있었다.

눈치 볼 원장이나 동료들이 없어지고 낮 시간이 좀 더 자유로워지자 접어 두었던 공부를 시작해 볼까 하는 마음도 들었다. 평탄하게 새로운 삶에 적응하는 중이었는데, 브레이크가 걸린 것처럼 건혁의 존재가 그녀 앞에 다시 나타났다.

하지만 마주치지 않으면 그만이었다. 일부러 피하는 것인지는 모르겠지만 그도 조심하는 게 느껴졌다. 두 사람의 계약대로 건우 녀석만 대학에 보내면 되는 것이었다. 그 이상도 그 이하도 둘에게 필요치 않았다. 채원은 건우에게 인사를 하고 그의 집을 빠져나왔다.

익숙하게 지하철을 타고 버스를 갈아탔다. 어느새 한여름이라

밤에도 열대야와 폭염으로 더웠다. 집으로 오는 길에 아이스크림을 한 통 사고, 경주가 부탁한 욕실 신발도 사서 손에 들었다. 다른 생각은 들지 않았다. 신경 쓰였던 건혁의 소식도 잊었다. 모든 게 평화로웠다. 그렇게 아파트 앞에 도착해 천천히 걸어 들어가는데 익숙한 인영 하나가 그녀의 눈에 들어왔다.

"이제 오냐, 정채원."

준석이 채원을 보고 반갑게 웃었다.

"선배……."

"너무 늦게 다니는 거 아니야? 한참 기다렸다."

그의 결혼식 날 마주하고 처음이었다. 이제는 이렇게 마주할 일이 없다고 생각했었다. 처절한 짝사랑은 그렇게 끝이 났다고 생각했는데, 희망 고문이 더 남아 있는 것일까. 채원은 속없이 준석을 따라 웃을 수가 없었다.

"이거."

24시간 카페에 들어서 주문을 하고 앉자마자 준석이 손에 들고 있던 종이 가방을 내밀었다.

아마도 신혼여행 선물인 것 같았다. 이렇게까지 와서 챙겨 줄 필요는 없는데. 그의 배려가 이제는 부담으로 다가왔다.

"캔들이야. 공부할 때 피워 놓고 하면 집중이 잘된다네. 너, 학원 그만뒀다는 소리는 경주한테 들었다. 다시 공부할 생각인 거지?"

준석은 언제나 채원에게 포기하지 말라고 말했었다. 그녀가 임용 시험에 합격하기만 하면 곧 사귀어 줄 것처럼 행동하며 그녀에게 늘 용기를 주곤 했었다. 그게 단순한 후배 사랑인 것을 그가 결혼한다는 소식을 전할 때까지 채원은 깨닫지 못했다. 바보 같은 짝사랑이었다.

"결혼하니까 어때요? 아내분이 잘해 줘요?"

분위기를 전환해 보려 채원이 밝은 표정으로 물었다.

"뭐…… 좋은 사람이야."

준석이 멋쩍게 웃었지만 행복해 보였다. 채원은 그것으로 다행이라 생각했다. 이제 정말 그를 떠나보낼 수 있을 것 같았다. 고백조차 못 한 마음이었지만 그의 불행을 바란 적은 없었다.

"너, 다시 공부 시작할 것 같다고 경주한테 얘기 들으니까 내가 더 기쁘더라. 그래서 얼굴도 볼 겸 겸사겸사 왔어. 나중에 진짜 선생님 되면 나 모르는 척하지 말고. 알았지?"

"네…… 선배."

채원은 아이스크림이 녹겠다며 먼저 몸을 일으켰다. 아파트까지 데려다주겠다는 준석을 단칼에 거절하고 돌려보냈다. 미련을 남기고 싶지는 않았다. 좋은 선배였지만 그녀가 사랑했던 사람이기도 했다. 사람의 마음은 언제나 간사한 법이니까. 채원은 선을 넘고 싶지 않았다.

□ ■ □

"너, 어제 선배 만났지?"

채원이 늦은 아침을 차리고 있는데, 씻고 나온 경주가 기어이 궁금했던 말을 꺼내 왔다. 대답하지 않은 채 채원은 된장찌개에 들어갈 두부를 썰어 넣었다. 경주가 아니었으면 만나지 않았을지도 모른다는 생각이 들자 친구의 오지랖이 야속했다. 같이 붙어 다니며 친하게 지낸 정이 있기는 했지만 아무렇지 않은 척 웃으며 만날 사이가 될 수는 없었다. 짝사랑이었지만 충분히 아팠고, 뒤늦게라도 그녀의 마음을 들키고 싶지는 않았다.

"나한테 화났어? 내가 선배한테 네 얘기 해서?"

척하면 척이라고, 함께한 시간만큼 채원을 잘 알고 있는 경주가 단번에 그녀의 마음을 눈치채고 물었다. 정채원은 마음을 숨길 수 있는 여자가 아니었다. 그래서 더욱 안타까울 때가 많았다. 경주는 잠자코 채원을 바라봤다.

"나랑 말 안 할 거야?"

"그런 거 아니야……."

또 밑도 끝도 없이 착해서 화도 오래 내지 못했다. 그게 정채원의 약점이자 장점이었다.

"너한테 묻지도 않고 선배한테 말한 건 내가 잘못했어. 갑자기 선물 들고 쳐들어와서 이것저것 묻는데, 거짓말할 수가 없었어. 네가 얼마 전에 사 놓은 임용 책들 보고선 빨리 불라고 하는데, 어떻게 모른 척을 해."

"됐어. 변명 안 해도 돼."

어느새 식탁 위로 늦은 아침이 차려졌다. 경주는 머리카락도 말리지 않은 채 숟가락을 들었다. 채원은 음식 솜씨가 좋은 편이었다. 채원의 시골에서 보내오는 김치나 밑반찬을 먹어 보면 왜 그런지 납득이 갔다. 대대로 손맛이 좋은 집안 같았다.

"김 선배, 너한테 끔찍한 거 내가 모르는 것도 아니고. 네가 그냥 이참에 잘 정리했으면 했어. 그리고 결혼하고 얼굴 안 보는 것도 좀 그렇잖아."

"됐으니까, 밥이나 먹어."

채원은 더 이상 듣고 싶지 않다는 듯 밥만 열심히 먹었다. 경주는 눈치 아닌 눈치가 보였다. 어쩔 수 없이 말을 돌리려 새로 시작한 과외 얘기를 꺼냈다.

"가르치는 애는 잘 따라와?"

"뭐, 그럭저럭."

채원은 눈치 보는 친구의 마음을 생각해 적당히 대답해 주었다.

"걔한테 잘생긴 삼촌이나 나이 많은 형은 없어?"

이건 또 무슨 소린가, 채원이 숟가락질을 멈추고 경주를 바라봤다.

"뭘 그렇게 정색하면서 봐? 있으면 너랑 잘해 보라고."

"없어. 외동이야. 관심 꺼."

또다시 싸늘해진 친구의 태도에 경주는 그녀가 무엇을 잘못한 것인지 생각했다. 아무리 생각해도 별말 한 게 없었다. 아무래도 친구가 그날인 것 같다고 멋대로 결론 내려 버렸다.

"어, 너 전화 오는 거 아니야?"

방 안에서 요란한 벨소리가 들려왔다. 채원은 얼른 몸을 일으켜 방 안으로 들어갔다. 책상 위에서 울리던 벨소리가 그 순간 멈춰 버렸다. 전화를 건 사람은 건우 녀석이었다. 궁금한 문제가 있으면 연락하라고 했더니 학교에 있을 때도 곧잘 전화를 하곤 했었다. 이번에도 그런 전화려니 생각하고 채원이 돌아서려는데, 곧바로 문자 소리가 들려왔다.

[쌤 바빠요? 안 바쁨 우리 형 약 좀 사다 줘요. 그 인간 철인처럼 굴더니 감기 몸살로 드러누웠어요. 아침에 잔소리했는데도 병원에 안 가요. 나 집에 갈 때까지 내버려 둘 수가 없네요. 내가 좀 착한 동생이라서ㅋㅋㅋ 집 비밀번호 알죠? 그럼, 이따 보아용.]

채원은 건우의 문자를 보고는 한숨 쉬듯 숨을 내뱉으며 침대에 걸터앉았다. 이 녀석은 그녀의 마음을 알기나 할까. 겁 없는 녀석의 부탁에 채원은 이러지도 저러지도 못했다. 문자는 바빠서 못 봤다고 하면 그만이었다. 감기 몸살에 큰일이 날 것도 아니었다. 채원은 단념하듯 자리에서 일어나 거실로 나갔다. 경주는 식탁을 치우고 설거지를 하는 중이었다.

"누군데?"

"어, 아무도 아니야."

수상했지만 경주는 모른 척 내버려 두었다. 아무래도 오늘은 예민한 정채원 같으니까. 그런데 전화를 받으러 들어갔다 나온 후부터 채원이 더 이상했다. 뭔가 불안한 사람처럼 거실을 서성거리다 평소 보지도 않던 티브이를 켜고 만화영화를 뚫어지게 바라보고 있었다. 이건 간섭을 안 하려야 안 할 수 없는 상황이었다.

"정채원."

"……어?"

"혹시 선배 전화야?"

"응……? 무슨 소리야? 그런 거 아니야."

"그럼 왜 그러는데?"

"아니라니까……."

채원이 보고 있던 티브이를 껐다. 불안한 기색이 역력했다.

"경주야……."

"어."

"감기도 독하게 걸리면…… 큰일 나겠지?"

"뭐?"

"나 좀 나갔다 올게."

채원이 급하게 옷을 갈아입고 집을 나섰다. 설거지를 하던 경주가 고개를 저었다.

도대체 누가 저렇게 만든 거냐고! 궁금해 죽을 지경이었다.

비밀번호를 하나씩 누르는데, 저절로 침이 삼켜졌다. 도둑이라도 된 것 같은 기분이었다. 분명히 부탁을 받았고, 이 정도는 오해 없이 해 줄 수 있는 일이었다. 그녀에게 월급을 주는 고객이었으므로 관리의 대상이었다. 그 이상도 이하도 아니었다.

조심히 집 안으로 들어선 채원은 먼저 장을 봐 온 마트 봉투를 식탁 위에 내려놓았다. 약만 사 주면 된다고 했지만 빈속을 걱정하지 않을 수 없었다. 간단히 죽을 만들어 놓은 뒤 약만 주고 나와야겠다고 생각했다.

조용한 거실을 돌아보고 건혁의 방을 바라봤다. 현관에서 발견한 신발이 그의 존재를 알렸다. 마지막으로 그의 얼굴을 본 게 방송국 1층의 카페였다. 까칠했던 그날의 그가 떠올랐다. 너무 무리를 해서 일을 한 탓일까. 건우 녀석의 말대로 철인 같았던 그가 아프다고 하니 채원은 낯설기만 했다.

똑똑똑. 그의 방문 앞에서 문을 두드렸지만 인기척은 들리지 않았다. 잠든 것일까. 채원은 우선 손에 들고 있던 약을 다시 식탁 위에 내려놓고 죽을 준비했다. 빈속부터 채워야 약을 먹을 수 있을 것이다. 익숙하게 재료를 다듬고 재빨리 야채죽 만들 준비를 시작했다. 천천히 끓기 시작하는 죽을 내려다보며 채원은 그가 어서 일어나길 바랐다.

잠깐 잠이 들었다고 생각했는데 시계는 벌써 오후 4시를 가리키고 있었다. 시간을 확인한 건혁은 몸을 일으키려다 포기하고 다시 누웠다. 물을 먹은 솜처럼 몸이 무거웠다. 이렇게 아팠던 적이 언제인지 기억도 나지 않았다. 아플 만큼 몸을 혹사하지도 않았지만 적당히 관리를 하며 지냈기에 약 같은 건 먹을 일이 없었다.

병원에 가 보라던 아침의 건우 녀석이 떠오르자 스스로에게 민망해졌다. 한 번도 아픈 적이 없었던 형이 끙끙거리자 적잖이 놀란 눈치였다. 최대한 괜찮은 척을 하며 학교에 보내고 그대로 쓰러져 버렸다. 몸이 좋지 않아 회사에는 병가를 썼으니 신경 쓸 것은 없었다. 어떻게 몸을 추스를까 생각하고 있는데, 어디선가 음식 냄새가 흘러들어 오는 것 같았다. 도우미 아주머니일 거라 생각하고 요일을 따져 보니 날짜가 맞지 않았다. 그럼 누굴까. 걱정하던 건우 녀석이 학교까지 땡땡이를 치고 집에 온 것인가 싶어 건혁은 어떻게든 몸을 일으키려 했다.

그 순간, 노크 소리와 함께 방문이 열리고 누군가 들어서는 게 느껴졌다.

"형은 괜찮으니까…… 다시 학교 가……. 이제 일어나려……."

눈가에 올려놓고 있던 한 팔을 가까스로 내리자 한 사람이 보였다.

"저, 건우 아니에요. ……일어나 봐요. 죽 좀 끓였어요."

이 여자가 왜 여기에 있는 것이지. 건혁은 꿈을 꾸는 것 같아 천천히 몸을 일으켰다. 온몸이 쑤시는 걸 보면 꿈은 아닌 게 분명했다. 그런데 앞의 여자는 여전히 그를 바라보고 서 있었다.

"여기 어떻게……."

"건우가 부탁했어요. 힘들어도 죽 좀 드세요. 그래야 약 먹을 수 있어요."

채원이 성큼성큼 건혁에게로 다가와 그의 앞에 죽이 담긴 쟁반을 내려놓았다. 건혁은 말없이 그녀가 하는 행동을 지켜볼 뿐이었다. 심장이 또다시 저려 왔다. 건혁은 자신이 아픈 게 맞다고 생각했다.

"맛은 없을지도 몰라요. 입맛을 잘 몰라서……. 다 먹으면 얘기해요."

채원이 죽 그릇을 두고 돌아서자 건혁이 그녀의 팔을 붙잡았다. 채원은 그를 바라볼 수가 없었다. 어쩐지 그랬다. 아픈 모습을 보면 분명히 마음이 흔들릴 테니까.

"옆에 있어요……."

건혁이 말했다. 채원은 또 그럴 수밖에 없었다. 아픈 그를 두고 나갈 수는 없으니까.

"……알았으니까 얼른 먹기나 하세요."

채원은 붙잡힌 팔을 풀고 그의 옆에 자리를 잡고 앉았다. 건혁은 그제야 숟가락 잡고 죽을 먹기 시작했다. 그는 지난번에 봤을 때보다 살이 더 빠져 있었다. 면도를 하지 않아서 얼굴도 거뭇거뭇했다. 동생 걱정은 그만하고 자기 자신이나 좀 챙기라고 말해 주고 싶었다. 하지만 채원은 할 수 없었다.

"……맛있네요."

건혁의 말에 채원은 힘없이 웃어 버렸다.

"표정은 하나도 안 그래 보이는데요?"

"……."

건혁이 들켰다는 듯 채원처럼 웃었다.

"출장이 많이 힘들었나 봐요. 건우가 걱정을 많이 했어요. 나한테 부탁할 정도니까 어떤 마음인 줄 알겠죠?"

채원은 건혁이 천천히 죽을 먹을 수 있도록 이런저런 이야기를 꺼내 놓았다. 그는 어떤 질문엔 대답하고 또 어떤 건 대답하지 않기도 했다. 채원은 그날 바닷가에서처럼 재잘재잘 혼자만의 이야기를 이어 갔다.

"……과외 해 보니까, 수리 쪽도 나쁘지는 않더라고요. 기본기가 없는 편은 아니니까 지금처럼 노력하면 그동안 뒤처졌던 진도를 금세 따라잡을 수 있을 거예요. 대학은 아직 어디 갈지 정하진 않은 것 같던데, 건우의 경우에는 자신이 뭘 하고 싶은지 정확히 모르고 있으니까…… 진로 검사 같은 걸 해 보는 것도 나쁘진 않……."

"……건우 마음, 받아 줄 생각 있어요?"

"네?"

갑작스러운 물음에 채원은 그대로 얼음이 된 채 건혁을 바라봤다. 무슨 뜻으로 묻는 것일까. 채원은 그의 의도를 알 수가 없었다.

말없이 두 사람은 서로를 바라본 채 있었다. 건혁의 손이 천천히 채원에게로 향했다. 시간이 멈춘 것 같았다. 이끌림은 이성으로 막을 수 있는 것이 아니었다. 하지만 그 순간, 현실이 그들을 깨웠다.

"형! 어, 쌤도 있어요? 나 왔어요!"

밖에서 들리는 건우의 목소리에 채원은 벌떡 자리에서 일어났다. 건혁은 허망한 자신의 손을 내려놓으며 쓰게 웃었다. 벌컥 문이 열리고 건우가 두 사람에게로 다가왔다.

"오, 죽까지 끓였어요? 약만 사 주라고 했더니, 역시 우리 쌤은 센스가 있으시다니까. 형은 좀 어때? 천하의 강건혁이 아프다니. 하하하. 다 날 너무 많이 괴롭혀서 그런 거야. 하늘도 노한 거라고, 알아 형?"

건혁은 건우의 놀림에 대답하지 않은 채 쟁반을 채원에게 건넨 뒤 얼른 나가라는 뜻으로 다시 침대에 몸을 누였다. 건우도 형의 상태가 농담할 정도는 아닌 것 같아 꼬리를 내렸다. 그러고는 졸 졸졸 채원을 따라 방을 나섰다.

채원은 죽 그릇을 치우고 식탁 위에 있는 약봉지를 건우에게 내밀었다.

"형, 갖다 줘. 난 주방 좀 치울 테니까."

"오케이요."

건우는 알겠다며 다시 형의 방으로 들어갔다. 몇 마디 투탁거리는 게 들려왔지만 이내 잠잠했다. 채원은 그가 먹고 남은 죽을 버리고 설거지를 시작했다. 심장 어딘가가 아직도 떨려 오는 것만 같았다. 그의 눈빛을 잊을 수가 없었다. 역시 건우의 부탁을 들어주지 말았어야 했나. 채원은 상념을 잊으려 씻은 그릇을 또 씻고 씻어 댔다. 오늘 과외는 되도록 빨리 끝내야겠다고 생각했다.

6. 피할수록 더

박지수 아나운서의 컴백은 저절로 강건혁 피디의 분위기를 살
피는 것으로 이어졌다. 아무렇지 않다는 듯 건혁이 지수의 결혼식
에 참석했지만 사람들의 생각은 달랐다. 무엇 때문에 두 사람이
헤어졌는지, 왜 그녀는 헤어지자마자 곧 다른 남자와 결혼했는지,
온갖 추문과 가십들이 두 사람을 따라다니고 있었다.

준규도 그들의 소문이 잠잠해질 때까지 지수가 복직을 미뤘으
면 했다. 가능하면 빨리 아이도 하나 낳아 더 이상은 건혁의 인생
에 혹시나 하는 가능성으로 오르내리지 않기를 바랐다. 떠도는 소
문에 상처를 받을까 노심초사하는 준규와 달리, 당사자들은 오히
려 소문에 신경조차 쓰지 않는 듯했다.

박지수는 당당히 편집실 안에 등장해 건혁이 일하는 방으로 들
어갔다. 사람들의 눈길은 모두 두 사람에게로 집중됐다.

"잠깐 면회, 괜찮아?"

지수의 등장에 건혁만이 동요하지 않았다. 무슨 일이냐는 눈빛
으로 묻자 그녀는 어깨를 잠깐 으쓱거리고는 나와서 얘기하자는
듯 혼자서 편집실을 빠져나가 버렸다. 건혁은 대충 일을 마무리해
놓고 자리에서 일어났다.

그 모든 걸 옆방에서 지켜보던 준규는 아무래도 특단의 조치를
내려야 할 것만 같았다. 억지로 여자를 갖다 붙이든지 해야지, 그
가 조마조마해서 살 수가 없었다.

지수는 방송국 옥상에 자리한 인공 정원에 앉아 다 자란 꽃들
을 내려다보고 있었다. 여름이라 날씨가 더웠지만 그녀는 개의치
않는 것 같았다. 꽃을 좋아해 철마다 꽃놀이를 갔던 것이 기억이
났다. 건혁은 모두 지난 일이지만 이렇게 불쑥 찾아오는 과거의
흔적들 앞에선 쓸쓸해질 수밖에 없었다. 이제는 그녀를 앞에 두고
도 아무런 감정이 들지 않는다는 점에서 말이다.

"생각보다 빨리 복직했네."

건혁이 지수의 옆자리에 앉으며 먼저 말을 걸었다.

"며칠 놀아 보니까 도저히 안 되겠더라. 난 일하면서 살아야
하는 체질인가 봐."

지수는 미안한 웃음을 흘렸다. 건혁을 배려해 당분간은 복직하
지 않을 생각이었다. 하지만 결혼 후에도 그녀의 생활은 달라지지
않았다. 온종일 남편을 기다리는 시간만 늘어났을 뿐 그녀는 여전
히 박지수였고, 모두들 그녀를 박지수 아나운서로 기억했다. 남편

인 준석도 그런 그녀의 마음을 읽었는지 빠른 복귀에 동의를 했다. 이 남자. 건혁만이 그녀의 마음속에 낫지 않는 상처처럼 남아 있었다.

"나한테 미안해서 이러는 거면 내가 더 불편하다. 보는 눈 같은 거 신경 안 쓰는 줄은 알지만 넌 이제 결혼도 했고. 생각해야 할 사람들이 많아졌는데, 행동은 조심하는 게 좋을 것 같다."

"알아. 나도 그 정도는 생각하고 있다고. 건혁 씨까지 잔소리 안 해도 돼."

이 여자는 변한 게 없었다. 여전히 그를 옆에 있는 사람 취급하고 있었다. 헤어진 뒤 결혼을 한다고 말할 때도 그랬다. 친한 오빠에게 말하는 것처럼 결혼할 사람에 대한 조건들을 늘어놓았었다. 그 모습에 건혁은 더 빨리 마음의 정리를 할 수 있었지만.

"준규가 너 벼르고 있다. 된통 당하지 말고, 알아서 조심해. 간다."

건혁이 미련 없이 자리에서 일어났다. 지수는 그런 건혁의 뒷모습을 오랫동안 바라봤다. 다른 사람과 결혼을 했고, 그 사람과 함께 있으면 행복하다는 감정을 느꼈다. 모든 게 끝이 났는데 그녀는 여전히 그가 그녀의 곁에 있는 것만 같았다. 미련인 걸까. 지수는 그녀 자신도 모르는 마음을 떨쳐 내려 고개를 흔들었다.

정신을 차리고 엘리베이터에 오른 지수는 아나운서실로 가기 위해 3층 버튼을 눌렀다. 천천히 내려가던 엘리베이터가 TV 제작국이 있는 12층에서 멈춰 섰다. 그리고 원수를 외나무다리에서 만나듯 준규가 엘리베이터 안으로 들어섰다.

"결혼 축하한다."

비꼬는 말투에 지수는 웃을 수밖에 없었다. 그녀의 결혼식에 건혁이 나타나지 않을 것이란 모두의 예상과 달리 준규만이 참석하지 않았다. 그러곤 절친인 건혁을 대신한다는 듯 그녀를 무시하며 이를 갈았다. 친하게 지냈던 선배의 스타일을 알았기에 지수는 그저 의미 없이 웃을 뿐이었다.

"선배는 결혼식에 안 왔으니까 선물 안 샀어요. 괜찮죠?"

그런 준규를 놀리고 싶은 마음에 지수 역시 똑같이 행동했다.

준규는 어이가 없어 지수를 노려봤다. 여우처럼 강건혁을 10년 동안 가지고 놀더니 정작 건혁이 지수를 필요로 할 땐 부담스럽다며 내버렸다. 머리채라도 잡고 흔들어 버리고 싶었지만 지내 온 정이 있어 참았다. 하지만 여전히 그의 가슴속 칼에는 날이 서 있었다.

"너네가 할리우드 커플들처럼 쿨하게 굴어도 내 눈에는 다 보여. 강건혁한테 미련 갖지 마. 그 자식은 이미 끝냈어. 돌아갈 놈도 아니고. 네가 더 잘 알잖아? 버렸을 때 이미 끝난 거야."

"선배는 여전하네요. 혼자서 소설 쓰지 마요."

"뭐?"

지수는 지지 않고 준규를 올려다봤다. 자신이 나쁜 건 맞지만 건혁에게 나쁜 년인 것으로 충분했다. 잘 알지도 못하면서 모든 걸 넘겨짚게 하고 싶진 않았다. 그렇게 둘 만큼 그녀는 착하지 않았다.

"저 결혼했어요. 행복하게 잘 살고 있고요. 뭐가 선배한테 거슬

리는 거죠?"

준규는 당당한 지수를 보며 헛웃음을 터뜨렸다. 끝까지 쿨한 척을 하고 있었다.

"그래? 그럼, 강건혁한테 어울릴 여자 하나만 소개해 줘라. 너만 행복하면 불공평하잖아?"

준규의 속 보이는 억지스러운 부탁에 지수는 흔쾌히 고개를 끄덕였다.

"뭐, 괜찮은 사람 있으면요. 연락드릴게요."

말을 끝낸 지수가 당당히 걸어 나갔다. 준규는 승리의 웃음을 보였다.

□ ■ □

"소개팅?"

"응. 선배가 부탁해서 그냥 밥이나 얻어먹으려고. 방송국 피디라는데, 말 많은 남자 싫어하는 거 알잖아. 잘생겼으면 좀 더 들어 주고. 큭큭."

아닌 척해도 경주가 설레어하는 게 눈에 보였다. 주말이라 집에 있던 채원은 소개팅에 입고 나갈 옷을 고르고 있는 경주에게 이것저것 조언해 주었다. 선배가 소개하는 거라면 와이프가 일하는 방송국 사람일 수도 있었다. 그러자 저절로 건혁이 떠올랐다. 그를 처음 만났던 곳이 선배의 결혼식장이었다. 직장 동료의 결혼식에 참석한 듯 보였던 그 남자는 말끔한 정장 차림이었다. 채원은 그때 그의 모습에 반했었다. 짝사랑의 결혼식에서 다른 남자에게 반하다니. 그녀 자신이 생각해도 우스웠다.

"······어떠냐니까? 야, 정채원!"

"어?"

"무슨 생각을 그렇게 해. 이 치마는 어때?"

경주가 골라 온 치마는 무척 짧았다. 소개팅 자리에 입고 나가기엔 적절하지 않다고 생각한 채원이 고개를 흔드는데, 경주의 핸드폰에서 짤막한 문자 음이 들려왔다. 경주는 얼른 핸드폰으로 다가가 문자를 확인했다. 설레어하는 게 분명하다고 채원은 웃으며 생각했다.

"뭐야, 약속 장소가 술집? 이 남자 제정신이니?"

"편하게 보고 싶은가 보지."

채원은 설레어하는 친구의 마음을 꺼뜨리고 싶지 않았다. 남자가 조금 센스가 없어 보이긴 했지만 그건 만나 보기 전까지는 알 수 없는 것이었다. 사람은 겪어 보지 않으면 모른다고 채원은 건혁을 만나면서 생각했다. 그녀가 그에게 가진 감정들이 얼마나 다양했는지 생각을 해 보면 말이다. 또다시 그 남자를 생각하고 있는 자신을 느끼며 채원은 마음이 우울해졌다.

그날, 병간호를 하고 난 이후로 그의 얼굴을 보지 못했다. 무언가를 말하는 것처럼 보였던 그의 눈빛이 모두 거짓말이었던 것처럼 현실은 어느새 제자리로 돌아와 있었다. 마음이 헛헛해 채원은 책이라도 읽어야겠다 생각하며 거실 소파에서 몸을 일으켰다.

"에이, 이렇게 된 거 너도 같이 가자."

경주의 말에 채원은 세차게 고개를 저었다. 눈치 없는 친구가 되고 싶진 않았다.

"난 그냥 오늘 집순이 할래. 밀린 공부도 좀 하고."

"야, 그 사람한테 친구 데리고 나오라 해서 같이 보면 되잖아. 어차피 술집이라고 하는 걸 보니 센스가 꽝인데, 뭘 기대해. 나 혼자 재미없는 거보다는 너라도 있으면 분위기가 어색하진 않을 거 아니야. 또 모른다. 그 사람이 네가 기다려 온 짝일지도?"

"잘 갔다 와."

더 이상 듣고 싶지 않다는 듯 채원은 제 방으로 들어가 버렸다. 경주는 주말에도 집에 틀어박혀 있는 저 친구를 어떻게 데리고 나갈까 고민하기 시작했다. 소개팅은 이미 물 건너 간 것 같으니 말이다.

□ ■ □

[회사 앞. 비기너. SOS.]

뜬금없는 준규의 문자에 건혁은 편집 영상을 멈추고 핸드폰을 내려다봤다. 소개팅을 하러 간다던 녀석이 회사에서 입던 옷 그대로 나설 때부터 이런 상황이 올 줄은 알고 있었다. 여자를 처음 만나는 자리에서 상황이 여의치 않으면 녀석은 항상 건혁을 불러냈다. 그래야 여자들이 조금 더 그와 앉아 있어 준다고 했었다.

싱거운 일에 더 이상 부르지 말라고 단언했었는데, 급했던지 그걸 잊어버린 모양이었다. 건혁은 대수롭지 않게 문자를 씹으며 하던 일을 다시 시작했다. 그러자 1분 간격으로 문자가 날아왔다.

[이번 달 술은 내가 다 쏠게.]

[중국 촬영 편집 도와줄게.]

[원하는 거 다 들어줄게.]

[불쌍한 친구 장가보내고 싶지 않냐?]

마지막 문자에 건혁은 웃음을 터뜨릴 수밖에 없었다. 어지간히 급한 모양이었다. 제 힘으로 못 꼬드기는 여자인데 앞으로 어떻게 장가까지 갈 수 있을지도 묻고 싶었다. 건혁이 얼굴마담으로 옆에 앉아 있으면 여자들은 더 준규의 말에 집중하지 못했다. 그걸 당사자만이 아직도 깨닫지 못하는 게 안타까울 뿐이었다.

하지만 어쩔 수 없이 건혁은 몸을 일으켜야만 했다. 그에겐 그런 친구를 둔 죄가 있었다. 오늘 나가지 않으면 몇 날 며칠을 괴롭힐 게 뻔하기에 한 번 나가 주고 마는 것이 건혁의 신상에 더 이로웠다. 마침 술 한잔이 당겼고, 오늘은 주말이었다.

"여기, 여기!"

준규가 술집으로 들어서는 건혁을 보고 세차게 손을 흔들었다. 앞자리에 앉아 있던 여자가 건혁 쪽으로 고개를 돌렸고, 만족스러운 웃음을 보였다. 뻔했다. 소개팅은 튼 것 같으니 같이 친구나 불러 놀자고 했을 것이다. 늘 소개팅에서 만난 여자들과 오빠 동생 하면서 친남매처럼 지내는 준규를 보며 녀석의 인생에서 결혼은 이미 물 건너 간 것이라 생각했었다. 오늘도 아마 그 상황의 연속인 듯 보였다.

"여기는 최경주 씨. 그리고 이 친구는 강건혁. 서로 인사해요."

준규의 소개에 건혁과 경주는 짤막하게 묵례를 했다. 간호사로 일한다는 여자는 딱 친구 준규의 타입이었다. 밝으면서 제 할 말은 하는, 똑 부러지는 여자 같았다. 이목구비도 뚜렷해 시원한 인상을 받았다. 오밀조밀한 얼굴을 가진 한 여자와는 정반대였다. 건혁은 자연스럽게 채원을 떠올렸다. 요즘 그의 머릿속에 있는 여자는 그 여자 하나뿐이었다.

"경주 씨 친구는 언제 온답니까? 같이 놀아야 재밌는데."

들뜬 준규가 경주에게 재촉했다.

"안 온다고 버티는 걸, 취한 척하면서 데리러 나오라고 했어요. 재미있게 안 놀아 주시면 저 집에 가서 무릎 꿇어야 해요."

여자의 말은 거침이 없었다. 건혁은 경주의 말에 낮게 웃으며 술잔을 비워 냈다. 친구가 오면 짝을 맞춰 놀자는 게 분명했다. 모르는 여자와 어색하게 앉아 있고 싶은 마음이 없는 건혁은 눈치껏 빠질 생각이었다. 준규의 입장이 난처하겠지만 그건 녀석의 문제였다. 건혁은 화장실을 간다고 말하며 자리에서 일어났다.

"야, 너 튈 생각 하지 마. 지옥까지 쫓아갈 거야."

알겠다는 듯 건혁이 고개를 끄덕였다. 화장실을 가는 척 술집 밖으로 나와 건혁은 담배 하나를 입에 물었다. 끊었던 담배를 요즘 들어 다시 피우기 시작했다. 머리가 복잡할 때면 담배 생각이 간절했다. 담배를 피우며 건혁은 또다시 한 여자를 떠올렸다. 생각을 정리하려 했지만 더 생각하는 꼴이 되었다.

"어, 다 왔어. 여기…… 어?"

채원은 앞에 서 있는 건혁을 보고 그 자리에 멈춰 섰다. 들고 있는 핸드폰에선 친구 경주의 재촉하는 목소리가 계속해서 흘러 나왔다. 하지만 그녀는 어떤 대답도 할 수가 없었다.

건혁이 피우고 있던 담배를 비벼 껐다. 술을 마신 것인지 그의 눈이 조금은 젖어 있었다. 채원은 뛰는 심장을 어떻게 해야 할지 몰랐다. 그가 다가오는 모습에 자신도 모르게 한 걸음 물러났다.

"이쪽에서 약속이 있나 봅니다."

아팠던 건혁의 모습은 이제 사라지고 없었다. 냉정하고 이성적인 모습으로 돌아온 건혁이 채원을 동생의 과외 선생님으로 깍듯이 대하고 있었다. 우연한 만남이야 그냥 우연으로 지나치면 그만이었다. 채원도 이성적으로 행동하려 애쓰며 건혁에게 인사를 건넸다.

"친구 데리러 왔어요. 그럼, 먼저 가 볼게요."

채원은 잊고 있던 핸드폰을 다시 귀에 가져다 대며 건혁에게서 돌아섰다. 뒤쪽에서 여전히 그의 시선이 느껴졌지만 신경 쓰지 않으려 했다.

술집 안으로 들어서자 경주가 그녀에게 손을 흔들었다. 그리고 건혁이 그녀의 뒤로 따라 들어오는 게 느껴졌다.

"어, 두 사람 같이 오네요. 오호, 인연인가. 어서 와요. 통성명 해야죠."

채원은 무엇이 어떻게 된 것인지 영문을 몰라, 경주와 뒤에 서 있는 건혁을 번갈아 바라봤다. 건혁은 지금의 상황을 이미 파악한 듯 아무렇지 않게 채원을 앞질러 소개팅 남의 옆자리로 가 앉았다. 채원만이 그에게 무언가를 묻듯 그 자리에 서서 건혁을 바라봤다. 마치 피할수록 더 그에게 달려가는 것만 같았다. 포기하듯 채원이 건혁의 앞자리에 앉았다.

"이쪽은 내 친구 정채원이고요. 여기는 준규 씨, 그리고 이분은 준규 씨 친구분. 아, 이름이 뭐라고 하셨죠? 금방 듣고도 깜박하네요."

"강건혁입니다."

채원은 처음 만나는 사람처럼 자신을 소개하는 건혁에게 눈빛을 보냈다. 모른 척하고 싶은 것이냐고. 건혁은 아무 말도 하지 않은 채 채원에게 시선을 고정했다. 늘 떠올랐던 깊은 눈빛이었다. 위험했다. 채원은 얼른 다른 곳으로 시선을 돌렸다.

"우리 2차 갈까요? 이렇게 만난 것도 인연인데, 노래방 어때요?"

분위기를 띄우겠다고 준규가 몸을 일으켰다. 경주는 채원이 조금 이상하다고 느꼈지만 뒤늦게 온 대각선에 앉은 남자가 자신의 친구에게서 눈길을 떼지 않는 모습을 보면서 오늘 수확은 이것이라고 직감하며 준규의 말에 장단을 맞췄다.

"노래방 좋죠. 점수 제일 못 나온 사람한테는 벌칙 있습니다. 각오하세요."

"하하하. 역시 시원시원하시네. 경주 씨 친구분도 괜찮으시죠?"

"아, 네. 전……."

채원은 취했던 경주만 챙겨 갈 작정이었다. 그 친구가 전혀 취해 보이지 않아서 배신감이 느껴졌지만 그렇다고 아무렇지 않게 놀고 갈 생각은 없었다. 더군다나 건혁을 더 이상 마주하고 있을 자신이 없었다.

"집이 어느 쪽입니까?"

건혁이 망설이는 채원에게 물었다.

"네?"

"근처면 제가 가는 길에 데려다드리겠습니다. 두 사람은 2차 하러 가시죠."

뭐가 어떻게 된 것일까. 건혁이 채원만 쏙 빼내 얼른 택시에 태우자 준규와 경주는 아무런 반응도 할 수가 없었다. 홀연히 두 사람만 길가에 남게 되자 경주도 준규도 어색함을 지우지 못했다. 다시 소개팅이 시작되는 기분이었다.

택시 안에서 그는 잠이 들어 버린 것 같았다. 채원을 뒷좌석 안쪽에 태우고 그는 그 옆자리에 앉았다. 채원의 집으로 향하는 중에 조심스레 그를 돌아보자 눈을 감고 헤드레스트에 목을 기대고 있었다. 금방 고개를 돌려야 했지만 채원은 그러질 못했다. 잠든 그를 한참 동안 바라봤다. 얼굴 아래로 쓸쓸한 그늘이 지는 것 같아 마음이 아팠다.

결혼할 여자가 있었다고 했다. 그 여자와 헤어지고 그는 아무도 만나지 않은 걸까. 아직도 그 여자를 그리워하는 걸까. 채원은 어느새 그의 외로움을 느끼며 마음의 선을 넘어가고 있었다.

채원이 한참 만에 창가로 고개를 돌리자 그제야 건혁은 감고 있던 눈을 떴다. 보고 있으면 무언가 저질러 버릴 것만 같았다. 냉정하고 이성적이라고 자부했던 성격이 이 여자를 만나기만 하면 180도로 변하고 있었다. 뜨거워진 심장이 감당할 수 없다고 아우성치는 것 같았다. 잊을 수 없는 그날 밤이 떠올랐다. 여자의 입술은 달콤했고, 그는 온전히 남자였다.

채원은 다시 고개를 돌려 그를 바라봤다. 그리고 건혁과 눈이 마주쳤다. 그는 깨어 있었다. 두 사람의 눈이 피할 수 없이 엉켜 버렸다. 건혁의 이성이 날아가는 순간이었다.

"도착했는데요, 손님."

기사의 말에 건혁이 한숨을 쉬며 눈길을 돌렸다. 차 문을 열고 먼저 내린 뒤 채원이 뒤따라 내리기를 기다렸다. 택시 밖으로 나온 채원이 인사를 건네려 하자 건혁이 주머니에서 현금을 꺼내 계산하고는 택시의 문을 닫아 버렸다. 그는 다시 타고 갈 생각이 없다는 소리였다.

"좀 걸읍시다."

건혁이 제 할 말만 하고 성큼성큼 걸어갔다. 더 이상은 위험했다. 채원은 마음을 멈추고 싶었다. 또다시 제멋대로 혼자만의 착각 속에 빠질 수 없었다. 건우도 생각했다. 그 녀석을 대학에 보내려면 그를 멀리하는 게 맞았다.

"건혁 씨."

채원의 부름에 건혁이 멈춰 섰다.

"늦었어요. 전 그만 들어갈게요."

건혁이 채원에게로 천천히 다가왔다.

"……."

"……."

그는 말없이 그녀를 내려다봤다.

젖은 그의 눈이 무엇을 말하려는 걸까.

채원은 그 눈을 피할 수가 없었다.

"건혁 씨도 취한 것 같으니까, 얼른 들어가서……."

"나랑 있는 게…… 싫습니까?"

무섭다고 말하고 싶었다. 이렇게 숨도 못 쉴 정도로 바라보면 채원은 무서웠다. 준석을 좋아할 때와는 달랐다. 감당할 수 없을 만큼 심장이 떨렸다. 이대로 그에게 빠져 버린다면 헤어 나오지 못할 것만 같았다.

"또 저 혼자 얘기할 게 뻔하잖아요. 재미없어요."

채원은 자연스럽게 웃으며 건혁의 눈을 피했다.

"오늘은 쉬고 싶어요. 그만 가세요."

그러곤 망설임 없이 그에게서 돌아섰다.

건혁도 더 이상 채원을 붙잡을 수가 없었다. 같이 있고 싶다는 생각뿐이었다. 그 마음이 결국 이 여자에게 부담이었던 것일까. 건혁의 발이 그 자리에서 쉽사리 떨어지지 않았다. 채원은 집으로 걸어 들어가는 내내 단 한 번도 뒤를 돌아보지 않았다. 건혁은 혼자 외롭게 서 있었다.

7. 최악의 데이트

    참으면 병이 된다는 옛말이 틀린 게 아니었다. 마음을 가둬 놨더니 몸에서 병이 났다. 채원은 열이 끓어오르는 자신의 이마를 또 한 번 짚어 보며 덮고 있던 이불을 더욱더 끌어 올렸다.

    어제 저녁 2차까지 마치고 뒤늦게 들어온 경주는 아침 일찍 데이 근무를 나가고 없었다. 홀로 병마와 싸우며 채원은 우선 건우 녀석에게 문자를 보냈다. 이런 상태로 오늘 과외는 힘들었다. 혹시나 녀석에게 감기를 옮기기라도 한다면 한 시간이 아까운 수험생에게 치명적일 수 있었다.

    아프다는 말보다는 사정이 생겼다는 게 나을 것 같아 간단히 문자를 보냈다. 곧 녀석에게서 오늘 하루 자유냐고 철없는 답장이 날아왔다. 문제들을 씹어 먹어도 시원찮을 판에 휴가라니. 채원은 자신의 약골 체력을 원망하며 거대한 양의 숙제를 녀석에게 투하했다.

숙제 폭탄을 맞고 사망했는지 건우에게선 더 이상 답장이 없었다.

채원은 약이라도 찾아봐야겠다고 생각하며 몸을 일으켰다. 빨리 낫지 않으면 한 수험생의 미래가 위험했다. 벗어 둔 카디건을 껴입고 침대를 벗어나는데, 머리가 어질어질했다. 혼자서 아프면 서럽다고 하더니, 금방이라도 눈물이 왈칵 쏟아질 것만 같았다.

이 모든 게 다 그 남자 때문인 것 같아 채원은 더 신경질이 났다. 함께 있는 게 싫으냐고 묻다니. 같이 있고 싶어 안달 난 사람처럼 말하고 있었다. 어쩌다 한 번씩 보는 얼굴에서는 차가운 냉기가 가득했으면서 눈빛만은 삼킬 것같이 그녀를 바라봤다.

남자에게 휘둘리지 않겠다고 다짐했지만 그 남자는 그녀의 마음뿐만 아니라 몸까지 이 지경으로 만들어 놓고야 말았다. 이리저리 약상자를 찾으며 채원은 어느새 눈물을 흘리고 있었다. 서럽다는 게 맞았다. 아프다고 죽까지 만들어 주었는데, 고맙다는 말 한마디가 없었다. 그저 당연한 것처럼 그녀에게 또다시 냉정하게 굴었고, 그러다 또 넘칠 만큼 뜨겁게 만들었다. 헷갈렸고, 흔들렸고, 마음 아팠고, 더 이상은 숨길 수가 없어 몸을 앓았다.

빠져도 단단히 빠져 버렸다. 병이라면 약을 먹어서라도 낫지, 이건 약을 먹어서 나을 수 있는 것도 아니었다. 채원은 무슨 생각에선지 다시 방 안으로 들어가 핸드폰을 찾았다. 단번에 그의 번호를 찾아 통화 버튼을 눌렀다.

— 네. 무슨…… 일입니까?

그는 또다시 이성적으로 돌아가 있었다. 딱딱하고 사무적인 말투에 채원은 한 손으로 눈가의 눈물을 훔쳐 내며 앙칼지게 대답했다.

"약 좀 사 가지고 와요."

— 네? 어디…… 아픕니까? 무슨 일 있어요?

흔들리는 그의 목소리에 마음이 또다시 녹아내렸지만 채원은 멈추지 않았다.

"너무너무 아파요. 아파서 숨도 못 쉬겠어요. 그러니까……."

채원은 터져 버린 눈물을 참을 수 없어 전화를 끊어 버렸다. 꺼이꺼이 눈물을 쏟아 내고 나서야 자신이 무슨 짓을 벌였는지 깨달았다. 미친 여자라고 생각할 것이 분명했다. 차라리 이러는 게 낫다는 생각도 들었다. 희망 고문만큼 마음을 좀먹는 일도 없었으니. 그녀는 그에게 막 나가기로 작정했다.

"야, 회의는 어쩌고 어디 가?"

"급한 일이라서 그래. 팀장한테 잘 좀 말해 주라."

건혁이 헐레벌떡 편집실을 뛰어나가는 모습에 준규는 놀라 눈을 키웠다. 강건혁에게 다급함이라니. 10년을 알았지만 좀처럼 보기 힘든 모습이었다. 어제의 보쌈 사건에 대한 전말을 듣고자 기다리고 있었는데, 선수를 뺏긴 기분이었다. 뭐, 여자를 만나러 가는 거라면 백번이라도 거짓말을 해 줄 용의가 있었다.

여자? 준규는 갑자기 촉이 왔다. 드디어 강건혁 인생에도 희망이……? 그렇다면 자신이 양복을 얻어 입는 게 맞았다. 어제의 그 만남은 그의 머릿속에서 나온 각본이었다. 준규는 두 사람의 인연이 어디서부터 시작되었는지 전혀 모른 채 시원하게 김칫국을 마셔 대고 있었다.

엘리베이터를 기다리지도 못하고 계단으로 뛰어 내려간 건혁이 지하 주차장의 차에 올라 급하게 액셀러레이터를 밟았다. 그녀의 집으로 향하는 길에 몇 번이고 다시 전화를 걸었지만 받지를 않았다. 울고 있는 목소리였다. 아파서 우는 걸까. 울 일이 생겨 아픈 걸까. 건혁은 마음이 답답했다.

어젯밤 돌아섰을 땐 또다시 놓친 기분이었다. 옆에만 두겠다고 다짐했지만 그게 잘되지 않았다. 옆에 있으면 만지고 싶고 가지고 싶어졌다. 욕심은 이성을 덮었다. 건우 녀석의 미래 따윈 안중에 없었다. 택시에서 내리지 않았다면 그녀에게 키스했을 것이고, 그 밤, 놓아주지 않았을 것이다.

사랑은 열병 같았다. 숨길 수가 없어 시름시름 아팠고, 결국엔 터져 버렸다. 사랑 같은 거 한 번도 안 해 본 사람처럼 바보같이 굴었다. 자신의 멍청함에 화가 나 건혁이 핸들을 내리쳤다. 빵 하고 클랙슨이 뻥 뚫린 도로 위에서 울려 퍼졌다.

아파트 앞에 차를 대고 또다시 전화를 걸었다. 오는 길에 약국에 들러 챙겨 온 약봉지가 건혁의 손에 들려 있었다. 하지만 그녀는 받지 않았다. 숨바꼭질을 하고 싶은 거라면 몇 번이라도 받아 줄 용의가 있었다. 그러나 무슨 일이라도 생긴 거라면……. 건혁은 그 자리에 서서 문자를 입력했다.

[집 앞입니다. 전화받아요.]

[몇 동 몇 홉니까?]

[살아 있는 거 맞습니까?]

[내 친구한테 물어서 간호사 친구한테 연락할까요?]

마지막 문자를 내려다보던 채원은 핸드폰을 들 수밖에 없었다. 이미 엎질러진 물이란 것도 알았다. 그 물을 자신이 엎질러 버린 것도 알고 있었다. 그런데 두려웠다. 지금 그를 본다면 들킨 마음을 모두 내보이고 자신을 좋아해 달라고 애원할 것만 같았다.

"……죄송해요."

그가 단번에 전화를 받자 채원은 사과했다.

— 뭘 말입니까?

그는 화가 난 것 같았다. 이렇게 뛰어오게 만들어 놓고 전화를 받지 않았으니, 화를 내는 건 당연했다. 채원은 그를 어떻게 돌려보낼지 생각했다. 시원하게 울고 나자 모든 게 부끄러웠다. 지난번에 그녀가 병간호를 해 줬으니 이번에는 당신 차례가 아니냐고 투정 부리는 걸로밖에 보이지 않았다.

"친구가 가져다 놓은 약이 있었어요. 아까는 정신이 없어서……."

— 그 말, 믿어 달라면 믿어 줄 수 있습니다. 돌아가라면 돌아가죠. 아무것도 하지 말라고 하면 안 할 겁니다. 그냥, 괜찮은지…… 확인만 하게 해 줘요.

그의 진심에 채원은 그대로 무너질 수밖에 없었다. 동과 호수를 말하고 나자 심장은 또 제멋대로 뛰었다.

초인종 소리에 채원은 천천히 걸어가 현관 앞에 섰다. 이 문을 열면 우리는 어떻게 될까. 채원은 그녀 자신만은 예전으로 돌아갈 수 없을 것이란 생각이 들었다. 갑추기엔 이제 심장이 주인의 말을 듣지 않았다.

문을 열자 건혁이 약봉지를 들고 서 있었다. 그가 성큼 안으로 들어오자 현관문이 저절로 닫혔다. 채원은 또다시 차오르는 눈물을 꾹꾹 참아 내며 아무렇지 않은 척 안으로 걸어 들어갔다.

"드릴 게 녹차밖에 없……."

어느새 걸어 들어온 건혁이 단번에 채원을 안아 들었다.

"이 몸으로 뭘 한다는 겁니까, 지금?"

"아니, 잠깐……."

건혁에게 안긴 채 채원은 내려 달라 몸을 흔들었다. 하지만 더욱 단단해진 건혁의 팔은 내려 줄 생각이 없는 것 같았다. 문이 열려 있는 안방으로 건혁이 채원을 안은 채 성큼성큼 걸어 들어갔다.

침대 위에 채원을 조심히 내려놓고 건혁은 이마의 온도를 체크했다. 뜨거웠다. 어제만 해도 멀쩡하던 여자가 하루 만에 다 죽어 가는 얼굴이었다. 건혁의 심장 어딘가가 저릿해졌다.

"간호사 친구는 어디 갔습니까?"

"……출근했어요."

"밥은 먹은 겁니까?"

"……."

채원은 대답하지 않고 뒤늦게 고개를 끄덕였다.

아무것도 먹지 않은 게 분명했다. 건혁은 죽이라도 사 올 작정으로 몸을 일으켰다. 그러자 채원이 얼른 그의 팔을 붙잡았다. 똑같은 상황이 반복되었다. 둘은 웃을 수밖에 없었다.

"금방 죽만 사 올게요. 가는 거 아니니까 안심해요."

"안 먹어도 돼요……. 근데, 회사는……?"

"그렇게 약 사 오라고 당당히 말했으면 예상한 거 아닙니까? 땡땡이치고 왔습니다."

채원은 또다시 피식, 힘없는 웃음을 터뜨렸다.

"그 형에…… 그 동생이네요."

건혁은 뭐, 하루 이틀이냐며 몸을 일으켰다. 빈속에 약을 먹일 수는 없었다. 그렇다고 여자들의 주방에서 당당히 요리 솜씨를 뽐내는 것도 불가능해 보였다. 어쩔 수 없이 얼른 신발을 신고 건혁이 집을 빠져나갔다.

현관문이 닫히는 소리에 채원은 그제야 긴장했던 마음을 풀고 길게 숨을 내쉬었다. 뜨거워진 얼굴이 좀처럼 식지 않았다. 아파서 뜨거운지, 그의 품에 안겼던 기억 때문에 뜨거운 것인지 알 수 없었다. 가라앉았던 기분은 언제 그랬냐는 듯 말끔히 사라져 버렸다. 아무래도 그녀가 지금 앓고 있는 병의 약은 강건혁 같았다.

"채원아, 좀 괜찮아?"

경주의 목소리에 채원이 벌떡 자리에서 일어났다. 분명 병원에 있어야 할 시간이었다. 잘못들은 것인가 싶어 급히 거실로 나가 보니 한가득 장을 봐 온 경주가 주방에 들어가 있었다.

"어, 돌아다니는 걸 보니 좀 괜찮은가 보네?"

채원을 발견하고 경주가 물었다.

"네, 네가…… 지금 시간에 웬일이야?"

"뭘 그렇게 놀라. 너 때문에 조퇴 쓰고 왔지. 아침엔 다 죽어 가더니 어쩌 지금은 멀쩡하다? 상비약까지 다 떨어져서 부랴부랴 챙겨 왔는데, 누가 약이라도 사다 줬어…… 어? 이거 웬 약이야?"

건혁이 식탁 위에 올려 둔 약이 경주의 눈에 포착됐다. 채원은 얼른 다가가 그것을 챙겨 허리 뒤로 감추었다.

"내가 사 온 거야. 이제 좀 괜찮아. 약 먹으니 낫네……."

"뭐, 그럼 다행이고."

경주는 의심 없이 눈길을 돌렸다. 그러고는 식탁 위로 장 봐 온 물건들을 꺼내 놓기 시작했다. 조퇴를 했다고 하니 금방 집을 나갈 분위기는 아니었다. 채원은 마음을 졸였다. 혹시라도 건혁이 도착하지 않을까 현관과 주방을 번갈아 바라봤다. 얼른 그에게 문자를 보내기 위해 방 쪽으로 걸음을 옮기는데 경주가 뜬금없이 물었다.

"그 남자는 어떻게 아는 거야?"

"뭐?"

채원이 돌아서서 경주를 바라봤다.

"어제 만난 남자. 소개팅 남 친구 말이야."

"무, 무슨 소리야?"

"원래 아는 사이 아니야? 그렇지 않고선 나올 수 없는 눈빛이던데."

역시나 최경주였다. 두 사람 사이의 분위기를 눈치채지 못할 리 없었다. 채원은 되도록 아무렇지 않은 척 헛소리 말라며 고개를 흔들고는 얼른 방으로 들어갔다. 심장이 제멋대로 뛰었다. 얼른 그에게 문자를 보내야 했다. 채원은 핸드폰을 찾았다.

[친구가 왔어요. 진짜예요. 죽은 먹은 걸로 할게요. 미안해요.]

급하게 문자를 보내고 채원은 침대에 걸터앉았다. 꼭 죄를 지은 것만 같았다. 생각해 보면 잘못한 것도 없는데, 마음이 불편했다. 그를 뭐라고 소개할까. 짝사랑 선배의 결혼식장에 만나 하룻밤을 보낸 남자. 아니면 내가 가르치고 있는 학생의 나이 많은 형이라고 해야 할까. 무엇 하나 설명이 쉽지 않았다. 건혁은 채원에게 그런 남자였다.

문자를 확인하고 건혁은 죽 봉투를 다시 차에 넣은 뒤 계속해서 무시했던 준규의 전화를 받았다. 팀장의 화가 머리끝까지 나 있다고 했다. 제멋대로 할 거면 퇴사하라는 말까지 들었다고 했다. 아무렴 어떠냐 싶은 마음에 건혁은 대답하지 않고 전화를 끊었다. 곧 채원에게 문자를 써서 보냈다.

[퇴근하고 집 앞으로 갈게요. 기다려요.]

[……네.]

건혁의 입가에 미소가 떠올랐다. 그동안 참아 온 마음이 억울할 정도였다. 이젠 아무것도 생각하고 싶지 않았다. 그 여자를 옆에 두고 그만 바라보게 하고 싶었다. 욕심이라 해도 어쩔 수 없었다. 모든 것을 그 여자에게 **빼앗겨** 버린 마음은 이미 그의 것이 아니었기에.

"붙어."

회사에 도착해 팀장에게 한 소리를 듣고 회의실을 나오는 길이었다. 건혁을 기다린 것처럼 준규가 그의 옆으로 따라붙어 옆구리를 찔러 댔다.

"뭘 말이야?"

건혁이 모른 척 시치미를 뗐다.

"어허, 빨리 이 형님한테 불라니까?"

후 하고 건혁이 준규의 얼굴에다 대고 음주 측정 하듯 바람을 불었다. 순간 얼음처럼 굳어 버린 준규가 아닐 거라며 고개를 흔들었다. 천하의 강건혁이 이런 웃기지도 않은 장난을 치다니. 그를 친구로 만난 10년을 되돌리고 싶은 심정이었다. 그런데 기분이 나쁘지 않았다. 녀석에게선 자꾸만 달콤한 냄새가 나는 것 같았다. 왜 그런지 이유는 알 수 없었지만 아주 달콤한 것이 분명했다.

"밥이나 먹으러 가자."

건혁이 준규를 구내식당으로 이끌었다. 친구의 입가에 조그만 웃음이 걸렸다고 준규는 식당으로 걸어가며 생각했다. 팀장에게 한 소리를 들었을 줄 알았는데 아닌 것인가. 그럼 팀장은 왜 자신에게만 큰소리를 쳤는지 억울한 마음도 들었다. 준규는 아무것도 모른 채 혼자만의 착각에 빠져 있었다.

점심시간이 끝나 갈 즈음이라 식당 안은 한산했다. 마지막 배식이라 식당 아주머니의 사랑을 듬뿍 담은 식판을 들고 준규와 건혁은 자리를 잡고 앉았다. 이때를 기다린 것처럼 준규가 참지 못하고 물었다.

"그 여자랑 무슨 사이야?"

무슨 소리가 싶어 건혁이 준규를 바라봤다.

"경주 씨 말로는 아는 사이인 것 같다고 하던데. 맞아?"

그녀의 친구는 눈치가 빠른 여자 같았다. 건혁은 대답 없이 그저 숟가락질만 했다. 자신의 친구는 눈치가 없는 편이라 모른 척 넘어가면 그만이었다.

"팀장이 창사특집 얘기 하던데. 왜 너한테 넘어갈 게 나한테 와?"

건혁은 은근슬쩍 말을 돌렸다. 준규는 자신이 넘긴 게 아니라며 황급히 손을 흔들었다. 단순한 놈. 건혁은 그렇게 생각하며 나머지 식사를 이어 갔다.

"점심이 늦네?"

반갑지 않은 목소리가 들리자 준규도 건혁도 그대로 숟가락질을 멈췄다. 지수는 마치 일행인 것처럼 두 사람의 옆에 자리를 잡고 앉았다. 준규의 눈에선 이미 레이저가 최대치를 넘어가고 있었다.

"왜 여기 앉아? 자리도 많은데."

준규가 차갑게 말을 뱉었다. 지수는 대수롭지 않은 듯 받아쳤다.

"아는 사람이 있는데 따로 앉는 것도 이상하잖아요?"

이제 알은척할 수 있는 사이가 아니라고 말하고 싶었지만 상관하지 말라는 건혁의 눈빛에 준규는 어쩔 수 없이 관심을 끊었다. 똥이 무서워서 피하냐, 더러워서 피하지.

"아, 참. 건혁 씨 소개팅은 어떻게 됐어요?"

이건 또 무슨 소리냐며, 건혁이 지수를 바라봤다. 예상치 못한 지수의 공격에 준규는 당황하며 변명하기 시작했다.

"아니, 그, 그게 지수가 좋은 사람이 있음 소개해 준다고 해서……. 겸사겸사 너도 하고 나도 하고…… 그러니까 어쨌든 그날 좋았잖아, 우리?"

건혁은 딱 보고 상황을 파악했다. 준규가 나간 그 소개팅은 지수가 그에게 소개해 준 자리였다. 소개팅을 하라고 해도 당연히 할 리 없는 그를 데리고 나갈 구실을 만들기 위해 친구 작전을 쓴 것이었다. 뭐, 어쨌든 그 덕에 그 여자를 만났고, 마음을 표현할수 있게 되었다. 건혁은 그걸로 된 거였다.

"그래. 고맙다, 지수야."

건혁의 대답에 지수도 준규도 놀랐다. 강건혁은 누군가에게 고맙다고 말할 인간이 아니었다. 준규는 점점 더 그 여자가 궁금해졌다. 어떻게 강건혁을 요리한 거지.

지수는 아무렇지 않은 듯 밥을 먹는 건혁을 잠자코 바라봤다. 이 남자, 어쩐지 들떠 보였다. 10년을 만나면서 그의 모든 것을 알았다. 그 누구보다 자신의 감정을 잘 숨기는 남자였지만 그녀는 알 수 있었다. 이 남자의 마음에 지금 무슨 변화가 일어나고 있는지.

"간호사라고 들었는데 예뻐요?"

번지수를 잘못 짚은 지수의 물음에 건혁은 그저 웃음만 건넬 뿐이었다.

지수는 마음 어딘가가 무너져 내리는 것만 같았다. 욕심이었다. 자신은 그를 놓았으면서 그는 자신을 놓지 않길 바랐다. 다른 여자를 만나도 사랑은 하지 말았으면 했다. 철저히 이기적인 마음이었다. 어느 누구에게도 말할 수 없는 감정이었다.

"일이 있어서 먼저 일어난다. 먹고 가라."

건혁은 지수를 신경 쓰지 않은 채 식판을 들고 일어섰다. 준규
역시 다 먹지 못한 밥을 들고 친구를 따라나섰다. 어쩐지 박지수
가 한 방 맞은 것처럼 보여 기분이 통쾌했다. 할리우드 마인드는
외국에서나 찾는 게 맞았다. 여기는 한국 땅이었고, 헤어진 남녀
는 얽히면 안 되는 거였다.

"아무래도 수상해."

"어?"

어느샌가 채원의 방문 앞에 선 경주가 팔짱을 낀 채 의심의 눈
초리를 보냈다. 채원은 이리저리 옷가지들로 어지럽혀져 있는 침
대 위를 급하게 치우기 시작했다.

"오늘 아침에 아팠던 사람은 어디 갔어?"

"……그만 놀려."

채원은 경주를 보고 입을 일자로 다물었다.

"그러니까 이 언니한테 사실대로 소상히 말하라니까? 결국에
다 들킬 거면서 왜 입 꾹 다물고 있는 거야? 그 남자 혹시 유부남
이야? 아니면 애 딸린 홀아비?"

멋대로 상상해도 아직은 아무 말도 할 수가 없었다. 말하면 안
될 것 같았다. 허무하게 끝난 짝사랑처럼 모든 것이 날아가 버릴
지도 몰랐다. 여전히 건우가 마음에 걸렸고, 건혁이 어떤 생각으
로 이러는지도 알 수가 없었다.

"넌 그 남자랑 어떻게 됐어?"

"요것 봐라. 말 돌린다 이거지?"

"아직 아무것도 아니니까 그렇지."

"아무것도 아닌데, 이렇게 들떠 있어? 그 사람, 너 아픈 건 알아? 아픈 애를 쉬지도 못하게 끌어낸단 말이지? 이거 내가 좀 나서야 할 것 같은데."

채원은 경주의 말에 벽시계를 확인했다. 곧 그가 도착한다고 한 시간이었다. 이 상황을 어떻게 벗어나야 할지 생각했다. 하지만 그녀는 천하의 최경주를 이길 자신이 없었다.

"또 뵙네요, 강건혁 씨?"

건혁은 경주와 함께 등장한 채원을 보며 그녀에게 눈빛으로 물었다.

누가 데이트하는데 혹을 달고 나오냐고.

채원은 그저 웃을 뿐이었다. 그 순간, 아파트 안으로 택시 한 대가 들어섰다.

"이야, 이게 누구야? 오늘 집에 급한 일이 있다고 거짓말한 내 친구 강건혁 아니야?"

준규는 경주에게 미션 성공의 브이를 그려 보였다.

최악의 첫 데이트였다. 적어도 건혁과 채원에게는 그랬다.

8. 시작하지 않을 이유는 충분했다

건혁이 운전대를 잡았고, 조수석엔 준규가 앉았다. 뒤쪽으로 보이는 채원을 백미러로 확인하며 건혁은 깊은 한숨을 내쉬었다. 뭐가 신난 것인지 자신의 친구는 듣지도 않는 철 지난 가요 CD를 틀어 놓고 따라 부르기 시작했다.

악몽도 이것보다는 나았다. 최악의 시나리오라고 말하는 게 이런 걸 두고 하는 소리였다.

"어디 교외로 나갈까? 바다 보는 건 어때요, 두 분?"

준규가 뒤쪽으로 몸을 돌려 두 여자에게 물었다. 채원은 대답 없이 창밖을 바라봤고, 경주는 자신의 친구와 운전석의 남자를 번갈아 바라보며 대충 고개를 끄덕였다.

경주가 볼 때 건혁의 마음이 장난 같지는 않아 보였다. 둘만의 데이트를 망치게 하자는 의도도 있었지만 이 남자의 마음이 어느

120

정도인지 알고 싶었다. 제3자의 눈으로 바라봐야 알 수 있는 것들이 있었다. 이미 자신의 친구는 그에게 빠져 버린 것 같아 중심 잡기 힘들어 보였으니.

도로를 조금 달리자 곧 탁 트인 전경이 나타났다. 어찌 됐든 평일 저녁에 어울리지 않는 여유였다. 네 사람 모두의 마음이 조금씩 상황에 적응하고 있는 사이, 한적한 바닷가가 눈앞에 펼쳐졌다.

"우와, 바다다!"

가장 먼저 문을 열고 뛰쳐나간 사람은 역시나 준규였다. 경주도 그를 따라 몸을 움직였고, 채원도 친구를 따라 차에서 내렸다.

"이거 입어요."

건혁이 차에 두었던 얇은 외투를 채원에게 걸쳐 주었다.

그 순간 앞서가던 경주의 눈이 반짝였다. 그래도 데이트라 이건가. 자신의 눈치 없는 행동에 미안한 마음이 생겼지만 두 사람을 지켜보는 재미가 쏠쏠했다.

"아, 괜찮은데……."

채원이 건혁을 보며 미안한 웃음을 흘렸다.

"아픈 사람보고 데이트하자고 한 내 탓이에요. 채원 씨가 눈치 볼 거 없으니까 마음 쓰지 말아요."

건혁이 그렇게 말하고는 자신의 친구가 있는 쪽으로 먼저 걸어갔다. 채원의 마음은 어느새 따뜻해졌다. 그 마음이 아팠던 적이 있었던가 싶었다.

"의외로 로맨티스트인데."

경주가 앞서가는 건혁의 뒷모습을 보며 조용히 읊조렸다.

"너무 짓궂게 굴지 마. 이 상황, 다 나 때문에 벌어진 일이니까."

"얼씨구."

경주가 코웃음을 쳤다. 얼마큼 알았다고 벌써 저 남자 편이었다. 선배 때문에 울고불고한 것이 엊그제 같은데, 채원은 다른 남자를 눈에 담고 있었다. '사랑은 사랑으로 잊는다'는 진리가 불변의 진리로 느껴지는 순간이었다.

"너, 솔직히 말해 봐. 더블데이트, 네가 하고 싶었던 거 아니야?"

채원의 도발에 경주가 무슨 소리냐며 눈을 키웠다. 생각 없이 바닷물에 첨벙첨벙 기어들어 가는 저 남자와 자신을 어떻게 엮을 수 있냐며 채원을 노려봤다. 경주의 시선은 무시한 채 채원은 준규의 장난을 단칼에 거절하는 건혁을 바라봤다. 너무나도 다른 두 남자였다. 어떻게 친구가 됐을까, 이유가 궁금해지는 순간이었다. 이제는 이 남자의 어떤 것이든 알고 싶었다.

"처음부터 내 과는 아니구나 생각했죠. 맨날 강의실 끝에 앉아서 입에 거미줄 치고 왕따처럼 있는데, 이 과대 서준규 마음속의 인류애가 발동하지 않았겠습니까?"

묵묵히 조개를 굽고 있던 건혁이 피식, 웃음을 터뜨렸다. 왕따라니. 다른 사람들을 왕따시켰으면 시켰지, 그가 왕따를 당할 인간은 아니었다. 그건 앞자리에 앉아 조개가 빨리 익기를 바라는 두 여자의 생각도 마찬가지였다.

"뭐, 이 녀석의 겉모습이 학생회에 필요했던 건 부인할 수 없는 사실이지만. 뭐 암튼, 죽어라 꼬드겨도 안 넘어와서 내가 막 여자한테 들이대는 것처럼 들이댔다니까요. 그래서 우리가 03 신방 게이 커플로 오해받긴 했지만. 아, 이런 얘기는 할 필요가 없지."

건혁의 눈썹이 꿈틀거리자 준규는 친구의 눈치를 보며 말을 돌렸다.

"아무튼 그렇게 목석같은 이놈이 나한테 어떻게 마음의 문을 열었냐 하면요. 그 당시에 다섯 살이었나, 남동생을 학교에 데려왔을 때였어요. 처음엔 이놈, 자식인 줄 알고 역시 대단한 놈이구나 생각했는데, 동생이라는 거예요. 형이랑 같이 수업 듣겠다고 우는 놈을 제가 수업까지 째고 돌봐 줬죠. 아, 제가 또 조카만 열 명이라 유아 조련사였거든요."

그 유아가 아무래도 건우 같았다. 채원은 어릴 적 그와 건우를 떠올려 봤다. 형이 저에게 관심이 없다고 했지만 이런 사연이 있었다는 것을 알면 건우는 아마 형을 다시 보게 될지도 몰랐다. 아닌 척해도 건혁의 마음속에는 동생 건우에 대한 사랑이 변함없이 자리하고 있었다. 그걸 이제 채원은 느낄 수 있었다.

"그때 다섯 살이면 지금 몇 살이야? 부모님이 되게 금실이 좋으셨나 봐요?"

아무것도 모르는 경주가 건혁에게 생각 없이 말을 건넸다. 건혁은 아무렇지 않은 듯 짤막하게 웃어 버리곤 계속해서 조개를 구웠다. 원래부터 그의 몫인 것처럼 세 사람 모두 건혁이 하는 행동을 가만히 지켜보고만 있었다. 건혁은 의외로 섬세한 부분이 많았다. 채원의 그릇에만 다 익은 조개를 올려놓는 것도 그중 한 부분이었다.

"친구야, 너무 티 나는 거 아니니?"

결국 그 모습을 참지 못하고 준규가 투정을 부렸다. 역시, 게이 커플로 오해할 만했다.

건혁은 더 징징대는 꼴이 보기 싫어 맛없는 부위를 준규 그릇 안에 던져 주었다. 그러니 금세 조용해졌다.

"우리 진실 게임 같은 거 할까요?"

갑자기 경주가 운을 뗐다.

"이긴 사람 소원 들어주기!"

준규의 대답에 나머지 세 사람이 고개를 갸우뚱했다. 진실 게임에 승자가 있었나? 대답을 못한 사람이 벌칙주를 마시는 걸로 아는데, 준규는 어디서부터 게임을 잘못 배웠는지 혼자만 결의에 찬 표정으로 앉아 있었다.

"여기에 좋아하는 사람이 있다?"

돌린 소주병의 입구가 가리킨 사람은 건혁이었다.

"네."

건혁은 너무도 쉽게 대답했다. 준규도 경주도 이 질문은 이미 답을 아는 것이나 마찬가지란 생각이 들었다. 그저 그의 앞에 앉아 있는 채원만이 순간 가슴이 두근거렸다.

"그 사람과 오늘 키스할 거다?"

준규가 또다시 건혁 쪽으로 병을 돌려놓은 뒤 짓궂게 물었다. 건혁은 준규를 바라보며 눈을 부라리고는 곧장 채원을 바라봤다. 채원은 순간 딸꾹질이 나올 것만 같았다. 그가 제발 대답하지 않고 벌칙을 받았으면 했다. 그런데 그 벌칙이 이것저것 말아 놓은 폭탄주였으니 차를 가져온 그에겐 큰 고민이 아닐 수 없었다. 여기서 모두의 발이 묶이느냐, 아니면 한 여자의 심장이 터지느냐, 선택의 순간이었다.

"제가 흑기녀 할게요!"

당사자는 생각조차 하지 않고 있었는데, 채원이 흑기녀를 자처했다. 경주는 웃음이 터지지 않을 수 없었다. 정채원다운 선택이었다.

누가 말릴 새도 없이 채원이 폭탄주를 원샷 하려는데, 건혁이 다시 그 잔을 빼앗아 마셔 버렸다. 그럼 누가 운전하라고? 나머지 세 사람이 동시에 건혁을 바라봤다. 그러다 채원과 건혁의 눈이 마주쳤다. 둘은 동시에 가슴이 두근거렸다.

"어, 이번엔 경주 씨다."

분위기가 바뀌고 경주가 질문을 받게 됐다. 준규는 진지한 눈빛으로 물었다.

"얼마 전에 소개팅한 남자와 사귈 마음이 있다?"

"아니……."

"제가 흑기사 하죠!"

경주의 대답을 막으며 준규가 급하게 술잔을 들었다. 어차피 대답은 들은 것이나 마찬가지였지만 안 들은 것으로 하고 싶었다. 경주는 아무렴 어떠냐고 어깨를 으쓱거릴 뿐이었다. 흑기사의 마음을 받아 줄 생각이 애당초 그녀에게 없었기 때문이었다.

그 충격 때문인지 준규가 이상했다. 연거푸 폭탄주를 마신 탓도 있겠지만 새벽 밤바다를 미친 사람처럼 뛰어들어 갔다. 건혁은 말릴 생각을 하지 않았다. 바다만 보면 몸을 가만히 두지 못하는 건 대학 때도 마찬가지였다. 그런데 그 짓을 혼자만 하면 좋겠으나 주변까지 가만히 두지 않는다는 게 문제였다.

건혁은 준규가 공격하지 못하게 지능적으로 채원을 마크했고, 그 덕분에 경주만이 준규의 손에 이끌려 강제로 바닷물 구경을 해야 했다.

"나만 죽을 순 없어! 정채원, 이리 와!"

경주와 준규가 한 팀이 되어 채원을 노렸다. 건혁의 등 뒤로 숨으며 채원은 그의 체온을 아주 가깝게 느꼈다. 은은한 남자 스킨 냄새가 그녀의 가슴을 설레게 만들기 충분했다.

"채원 씨, 꼭 잡아요!"

건혁은 채원을 등 뒤에 꼭 붙이고 물먹은 바닷가 좀비 둘을 상대했다. 두 좀비가 거칠어질수록 건혁과 채원은 더 가까워졌다. 건혁은 채원을 품 안에 안고 놓아주지 않았다. 좀비들의 접근을 막기 위해 그녀를 더욱 끌어안았다. 그의 품 안에서 채원은 두근대는 심장을 멈출 길이 없었다. 채원은 차라리 바닷물을 먹는 편이 더 낫다고 생각했다.

"우리 그만 항복해요."

채원이 건혁에게 안긴 채 그를 올려다보며 말했다.

그 틈을 놓치지 않고 준규와 경주가 채원을 끌고 가 바닷물에 빠뜨리려 했다.

"나만 빠질게. 나만. 채원 씨는 놔줘. 아픈 사람이잖아."

건혁이 제안하자 준규와 경주는 동시에 야유를 내놓았다.

"오. 사랑이다 이거냐?"

"그래요. 봐줬음. 그 대신 건혁 씨 입수 30초, 콜?"

경주의 짓궂음에 채원이 친구를 노려보지만 소용없었다. 건혁은 비장한 모습으로 성큼성큼 바닷물 속으로 걸어 들어갔다. 사랑하는 여자를 지켜 낸 남자의 최후는 생쥐 꼴이었다. 처음 예상 그대로 최악의 데이트가 아주 분명했다.

"방 두 개요."

모텔 주인이 젖어 있는 네 사람을 데스크 안에서 건너다보며 눈살을 찌푸렸다. 해수욕장 주변도 아닌데 이 새벽에 물놀이를 한 모양새였다. 스무 살 어린애들이라면 이해하겠지만 모두들 나이가 있어 보여 뒤로 혀를 차며 방 키를 내밀었다.

"옷만 갈아입고 갈 겁니다."

건혁이 죄송하다며 방 키를 받고선 주인에게 고개를 숙였다. 근처 편의점에서 속옷과 옷을 구매해 이곳으로 들어온 길이었다. 해수욕장 근처는 아니었지만 여름 휴가철이라 바캉스 룩을 파는 곳이 있었다. 다행이라 생각하며 네 사람은 엘리베이터에 올랐다.

"그럼 방은 어떻게 나눠요?"

이건 무슨 소린가 싶어 세 사람이 동시에 준규를 바라봤다.

"건혁이랑 채원 씨는 같이 써야 하는 거잖아요."

"네?"

"야."

경주는 곧 준규의 의도를 파악하고 웃음을 흘렸다. 이참에 만리장성까지 쌓으란 말인 것이다. 그 부분에 대해 반기를 들 생각은 없지만 그렇게 되면 자신이 준규와 한방을 써야 한다는 사실에 경주는 기분이 썩 좋지 않았다.

"제 눈은 생각 안 하세요?"

경주의 말에 준규는 이거 왜 이러냐며 금방이라도 젖은 옷을 벗어 던질 기세였다.

사랑싸움은 방 안에서 해결하라며 건혁은 얼른 채원의 손을 붙잡고 엘리베이터에서 내렸다. 남은 방 키 하나를 준규에게 던져주고는 곧장 자신들의 방으로 들어갔다. 생각할 틈도 없이 건혁에게 이끌려 한방에 들어가게 된 채원은 문 앞에서 꼼짝하지 않고 그대로 서 있었다.

건혁이 그런 채원을 돌아보고는 허무한 웃음을 내놓았다.

"그때는 날 끌고 들어가더니…… 어떤 게 채원 씨 본모습입니까?"

놀리는 게 분명했다. 채원은 뜨거워진 얼굴을 감추며 당당히 그의 앞으로 걸어갔다.

"팔색조라서 수시로 변해요."

말은 그렇게 했지만 그의 눈이 너무 뜨거워 제대로 바라볼 수 없었다.

"나, 샤워실 좀 쓸게요."

얼른 그의 눈길을 피하고 싶어 채원은 샤워실로 향했다. 그녀는 바닷물이 살짝 튄 정도라 옷을 갈아입을 필요는 없었지만 그를 피할 장소가 필요했다. 세차게 물을 틀어 놓고 욕조에 기대앉았다. 심장이 두근거려 아무것도 할 수가 없었다.

건혁은 채원을 기다리며 티브이라도 틀까 하다가 그만두었다. 집중이 될 것 같지도 않았다. 기회는 이때다 싶어 손을 붙잡고 이곳으로 끌고 들어왔지만 첫 데이트에 모텔은 생각해 본 적 없는 시나리오라 그도 어찌할 바를 몰랐다. 하룻밤을 보낸 사이이긴 했지만 그건 두 사람 모두에게 일탈이나 다름없었다.

건혁이 이리저리 방 안을 배회하는 사이, 두고 간 채원의 가방에서 벨소리가 울렸다. 당황한 그가 얼른 샤워실 쪽을 한 번 바라보고는 핸드폰의 벨소리를 무음으로 돌려놓았다. 그러다 보게 된 핸드폰 화면에는 동생 건우의 이름이 찍혀 있었다. 곧 전화가 끊겼지만 건혁은 그대로 핸드폰을 내려놓을 수가 없었다. 곧이어 긴 문자가 들어왔다.

[쌤, 나 숙제 폭탄 전부 다 했어요! 잘했죠? 칭찬받으려고 전화했는데ㅠㅠ 어디 나 빼놓고 좋은 데 놀러 간 건 아니죠? 매일 보다가 하루 안 보니 보고 싶네요ㅋㅋㅋ]

현실로 돌아온 기분이었다. 그녀를 좋아한다는 마음을 이용해 녀석 옆에 채원을 붙여 놓았다. 그래 놓고 녀석 몰래 그녀에게 마음을 품고 그 마음을 멈추지 못했다. 뒤는 돌아보지 않았다. 그 자신만 생각했다. 등 뒤로 서늘한 기운이 흘러내렸다.

샤워실 문이 열리고 채원이 걸어 나왔다. 건혁은 잠자코 그녀를 바라봤다. 무엇을 어떻게 해야 할까. 무엇을.

건혁이 씻으러 들어간 사이, 채원은 건우에게서 온 문자를 확인했다. 어쩌면 건혁이 이것을 보았을지도 모른다는 생각이 들었다. 그는 무슨 생각을 했을까. 채원은 아무것도 추측할 수 없었다. 들떠 있던 마음이 아무 일도 없었던 것처럼 가라앉아 버렸다.

어차피 해결할 수 없는 문제였다. 지금 두 사람 앞에 놓인 가장 급한 미션은 건우의 대학이었다. 그 일을 그르치면 안 되는 이유가 둘 모두에게 있었다. 누가 먼저 이성적으로 돌아올 것이냐만 남아 있을 뿐이었다. 나쁜 역할이 필요하다면 그것은 그녀가 하는 게 맞았다.

채원은 건혁이 샤워실을 나오자마자 웃는 얼굴로 돌아섰다.

"얼른 나가요. 경주랑 준규 씨 기다리겠어요."

눈도 맞추지 않고 재촉하는 채원의 모습에 건혁의 심장이 덜컹거렸다.

"채원 씨."

"건우한테 전화 왔더라고요. 가는 길에 통화해야겠어요."

"……."

일부러 건우 이야기를 꺼내며 채원은 문 앞에 섰다. 건혁은 그 자리에 서서 움직이지 않은 채 채원을 바라볼 뿐이었다. 두 사람 사이에 흐르는 긴장이 이번만큼은 달콤하지 않았다.

"형님이랑 여기 온 거 알면 질투하겠다, 그죠? 가면서 호두과자라도……."

"……."

채원은 더 이상 말을 잇지 못하고 건혁을 바라봤다. 그가 무슨 말이라도 해 줬으면 좋겠다고 생각했다. 나쁜 역할은 그녀가 맡겠다고 생각했지만 칼자루를 쥔 사람은 그녀가 아니라 그인 것만 같았다. 건혁이 성큼성큼 채원에게로 걸어왔다. 그의 눈이 슬퍼 보이는 건 그녀의 착각인 것일까. 채원은 더 이상 건혁을 바라보지 못하고 고개를 내렸다.

"빨리 나가요."

"내가 또 물러날까 봐 그럽니까?"

채원이 다시 고개를 들었다.

"……이해해요. 그러니까……."

"뭘요? 뭘 말입니까? 뭘 이해하겠다는 건지……."

건혁이 우습다는 듯이 말을 줄였다. 채원도 오기 같은 것이 생겼다. 어차피 우리는 이루어질 수 없는 사이 아니냐며, 혼자만 상처받은 것처럼 굴지 말라고 말하고 싶었다.

"끝이 보이는 관계는 시작할 필요가 없다고 봐요."

건혁이 또다시 낮게 웃었다.

"그래서…… 지금 도망이라도 가겠다는 겁니까?"

"아뇨. 뭐, 우리가 시작이라도 했나요? 도망이라는 건 시작했을 때나 붙이는 거죠. 난 끝이 보이는 관계는 시작하고 싶지 않다고 말하는 거예요."

채원의 냉정한 말에 건혁이 두 손을 모아 마른세수를 했다. 그러고는 천천히 채원에게 다가와 문 앞에서 그녀를 두 팔로 가두었다. 채원을 바라보는 건혁의 눈빛이 너무도 짙어 그녀는 숨이 막혔다. 얼른 이 자리를 벗어나고 싶은 마음뿐이었다.

"이러지 마요. 나는 이미……."

"내 진심은요. 그럼, 내 진심은 어떻게 할 겁니까?"

"……."

건혁이 아프다고 말하고 있었다. 마음이 아프다고 눈으로 말했다.

"건우 녀석 생각 하죠. 하루에도 열두 번 생각합니다. 그리고 당신 생각도 해. 매일……. 보고 싶고, 만지고 싶고, 내 걸로 만들고 싶어서 미칠 것 같아. 당신도 그래……?"

건혁이 슬픈 눈으로 물었다. 채원은 아무 말도 할 수가 없었다.

"……."

"내 마음 접을 생각 없습니다. 이제, 채원 씨가 선택해요. 날 어떻게 할 건지……."

이제는 아픈 사랑은 하고 싶지 않았다. 다시 사랑을 한다면, 마음이 아프지 않았으면 좋겠다고 생각했다. 채원은 건혁을 올려다봤다. 가슴이 너무 아팠다. 그를 사랑하면 안 될 이유는 충분했다.

9. 빗속의 고백

"이번 모의고사 성적이에요. 전교 30등이나 올랐어요. 잘했죠?"

건우가 자랑스럽게 성적표를 채원에게 내밀었다. 거짓말이 아니었다. 기본기가 있는 과목들은 조금만 잡아 주었더니 금방 점수가 올랐다. 이대로 간다면 원하는 대학에 원서를 쓸 수 있을 것이란 생각도 들었다. 채원은 흐뭇하게 성적표를 바라봤다.

"그래. 수고했네. 쌤이 맛있는 햄버거 사 줄게."

"애걔? 햄버거만요? 그건 너무 약소하지 않습니까, 쌤?"

음흉한 웃음을 보이는 건우에게 채원은 틈조차 주지 않고 자리에서 일어났다. 중심을 잡아야 하는 사람은 그녀였다. 다른 누구도 아니었다.

건우는 냉랭해진 채원의 공기가 낯설어 머리를 긁적였다. 어쩐지 과외를 시작하고 나서부터는 자신에게 곁을 주지 않는 기분이었다. 좋아한다는 고백이 부담스러웠나 싶어 건우는 애가 닳았다. 채원을 잃는다면 그는 그대로 무너질 것만 같았다.

"형이 쌤 데려다준다고 기다리래요."

건우가 급하게 채원을 붙잡았다. 이건 거짓말이 아니었다.

건혁에게서 온 문자를 그녀의 눈앞에 보여 주며 건우는 조금만 더 같이 있어 달라는 눈빛을 보내 왔다. 채원은 냉정하게 건우의 손을 떼어 내며 대답했다.

"혼자 갈 수 있어. 그러시지 말라고 해."

채원은 지체하지 않고 돌아섰다. 그녀가 할 일만 하면 되는 것이었다. 감정적으로 두 사람에게 휘둘리지 않을 생각이었다. 그게 맞았다. 결국엔 뻔히 보이는 답을 모른 척한다고 해서 달라지는 건 없었다. 건우의 집을 빠져나오며 채원은 또 한 번 마음을 다잡았다. 이 녀석만 대학에 보내면 모든 것이 깨끗하게 끝이 날 것이다. 그녀는 그날이 오기만을 바랐다.

"쌤, 그냥 갔어……."

풀이 죽은 모습으로 자신의 방에 들어가는 건우를 보며 건혁은 급하게 오느라 풀지 못한 넥타이를 그제야 목에서 풀어냈다. 특집 팀 기획 발표가 있어 평소에는 잘 입지 않던 슈트를 차려입고 나갔다가 돌아오는 길이었다.

바닷가에 갔다 온 이후부터 요리조리 그를 피하고 있는 그녀와 맞닥뜨릴 수 있는 기회는 건우와의 과외가 끝나는 시간뿐이었다. 그 기회를 오늘도 놓친 것 같아 건혁도 건우 녀석만큼 힘이 빠졌다. 무엇을 어떻게 해야 할까. 그도 답이 나오지 않았다.

"쌤이 이상해."

건우가 답답하다는 듯 방에서 튀어나와 건혁에게 말했다.

건혁은 대답하지 않고 그의 방으로 들어가 옷을 갈아입기 시작했다. 그런 형의 행동에도 건우는 돌아서지 않고 제 할 말을 이어갔다.

"무슨 일이 있는 게 분명해."

"……."

"내가 좋아한다고 그래서 그런 걸까?"

"……."

"과외도 안 한다고 하는 거 아니겠지?"

"……."

"형!"

건혁은 건우의 부름에 그제야 녀석과 눈을 맞추었다. 뭐라고 해야 할까. 무슨 말을 할 수 있을까. 그 선생님에게 형도 좋아한다는 말을 해서 얼굴조차 보여 주지 않는다고 말을 할까. 건혁은 아프게 웃을 뿐이었다.

"형이 잘 좀 말해 주라. 나, 성적도 많이 올랐어. 이참에 쌤 보너스도 많이 챙겨 주고. 알았지?"

건혁은 알겠다며 그저 고개를 끄덕였다. 건우는 형이 오늘 일이 많이 힘들었나 보다 생각하며 조용히 자신의 방으로 돌아갔다.

건혁은 그제야 침대 위에 걸터앉을 수 있었다. 그대로 몸을 누였다. 머릿속에는 그 여자의 얼굴만 떠올랐다. 뭘 얼마나 알았다고. 그 여자의 말처럼 시작조차 못 한 마음에 이리도 휘둘리는지. 그런 자신이 건혁도 이해되지 않았다. 눈을 감았지만 그 여자가 사라지지 않았다. 오히려 또렷해졌다. 미칠 노릇이었다.

"소개팅?"

"응."

"갑자기 왜……?"

경주는 친구의 눈치를 살피며 식사를 이어 갔다. 채원이 그날, 바닷가에 다녀온 이후부터 이상하다는 것은 감지하고 있었다. 그것은 새로운 사랑으로 들뜬 느낌이라기보단 모든 것이 끝이 나 정리하는 분위기였다.

당연히 그날 이후 두 사람이 잘될 줄 알고 있었던 경주는 이해가 되지 않았다. 남자에게는 결격사유가 없어 보였다. 채원을 좋아하는 게 한눈에 보였고, 그건 채원도 마찬가지였다. 무슨 이유일까. 경주는 궁금했지만 또 무턱대고 물을 수가 없었다.

"내 주변에 남자가 어디 있냐? 다 능구렁이 여자들뿐이지."

"그럼 어쩔 수 없고."

"그 남자는……."

"나, 먼저 씻을게."

채원은 경주가 무엇을 물을지 알았기에 서둘러 몸을 일으켰다. 유치해도 어쩔 수 없었다. 그 남자에게서 멀어지는 방법은 다른 사람을 만나는 것뿐이었다. 그럼 그도 단념할 수 있을 테고 형제가 한 여자를 좋아하는 일 따위는 일어나지 않을 것이다. 나쁜 역할은 그녀가 자처했다. 그래도 상관없었다. 그게 모두를 위한 길이라고 생각했다.

시골에 계신 엄마에게도 전화를 걸어 선 자리를 부탁했다. 결혼은 생각조차 없는 줄 알았던 막내딸이 선 얘기를 하자 엄마는 반가워하시며 자리를 알아보겠다고 했다. 형부들 주변이라든지 시골 어느 집 손자든지 자리는 알아보면 많을 것이다.

채원은 자신의 마음이 우스웠다. 그의 눈빛 하나, 행동 하나에도 들떠 하며 얼굴을 붉혔었다. 좋아한다는 말만 하지 않았을 뿐, 모든 걸 내보이며 사랑받고 싶어 했었다. 그러다 덜컥 무서워졌다. 그 남자가 모든 걸 내놓고 다가오자 도망쳐 버렸다. 얼마나 가볍고 이기적인 마음인지. 자신이 싫어져 채원은 눈을 감았다. 어떤 것도 생각하고 싶지 않았다.

선 자리는 금방 잡혔다. 남자는 둘째 형부의 대학 후배로, 은행을 다니는 착실한 사람이라고 했다. 나이는 채원보다 한 살이 많았고, 집에서 조용히 살림할 여자를 원한다고 했다. 그건 채원도 원하는 바였다. 임용 시험은 언제 합격할지 알 수 없었고, 다시 학원에서 근무할 생각도 없었다. 결혼하게 되면 여느 가정주부처럼 살고 싶었다. 평범한 그녀는 평범하게 사랑하고 평범하게 결혼하는 게 맞았다.

"어디서 보는데?"

친구의 차려입은 옷을 보며 경주는 참지 못하고 물었다.

"여기서 가까워."

선을 보러 간다는 여자의 얼굴이 설레기보다는 비장했다. 경주는 뭐가 어떻게 잘못 돌아가고 있는지 알아야 한다는 생각이 들었다. 더 두고 봤다가는 친구의 인생이 불행하게 흘러갈 것만 같았다.

"왜, 내가 준규 씨한테 전화해서 강건혁 씨 그리로 보낼까 봐 그래?"

장소를 말하지 않는 채원의 마음을 모두 읽어 낸 경주가 숨기지 않고 되물었다.

"그래. 그러지 마. 의미 없어."

채원도 마음을 감추지 않았다. 어차피 경주도 알아야 한다고 생각했다.

"왜 강건혁 씨는 아닌 건데?"

"나랑 안 맞아."

"이 세상에 다 맞는 남녀가 어디 있을까?"

"경주야."

"너랑 그 사람이 안 되는 이유는 셀 수 없이 많겠지. 근데 네 마음이 그 사람이라는 건 어떻게 멈출 건데? 이렇게 멈춘다고 될까?"

경주는 채원의 마음을 읽고 경고했다.

"이미 멈췄어. 멈추고 있어. 시간이 지나면 다 해결돼. 선배 때도 그랬잖아? 다를 게 뭐 있어."

그것과 이것이 똑같을 수 있냐고, 그런 말은 하지 않았다. 경주는 네가 그렇다면 그런 거 아니겠냐고, 고개를 끄덕이고는 채원을 배웅했다. 그러고는 곧 준규에게 전화를 걸었다.

"확고해요."

준규에게선 난처한 웃음이 흘러나왔다.

— 참 이게 무슨 상황인지. 바닷가에선 그렇게 깨 볶았으면서 하루아침에……. 건혁이는 건혁이대로 반쯤 넋이 나가 있어요. 아무리 물어도 대답을 안 해요. 중간에서 우리만 눈치 보고 이게 뭡니까?

"사랑이 원래 그런 거예요. 끝을 알 수 없는 거."

— 아, 우리처럼요?

경주는 어이가 없어 그대로 전화를 끊어 버렸다. 참 변함없는 들이댐이었다. 거기다 눈치까지 없는 건 옵션이었다. 경주는 얼른 준규에 대한 생각을 지우고 채원의 선 자리 장소를 어떻게 알아낼까 머리를 굴렸다.

"선보러 갔대."

건혁에게선 아무런 대꾸가 없었다. 준규만 답답할 노릇이었다. 온 얼굴로 힘들다 말하고 있으면서 아무것도 하지 못하고 있었다. 좋아하면 무조건 직진인 그로서는 도저히 이해할 수 없었다. 준규는 포기하듯 편집실을 빠져나왔다.

선. 건혁은 그대로 무너지듯 웃어 버렸다. 그 여자다운 행동이었다. 미안한 일을 만들지 않겠다고 혼자 불구덩이 속으로 기어들어 가고 있었다. 자신이 다치겠다고 선포를 했는데도 그걸 허락하지 못했다.

모르는 남자 앞에서 웃고 있을 채원을 생각하자 건혁은 피가 거꾸로 솟는 기분이었다. 일부러 그를 더 자극하는 행동이었다. 피할수록 더. 안 된다고 할수록 더. 그는 그녀를 원하고 있었다. 인연이라면 인연이었고, 악연이라면 악연이었다. 그걸 헤쳐 나가야만 이 마음이 멈춰질 것 같았다. 건혁은 아무것도 하지 않았지만 그렇다고 끝낸 것은 아니었다. 그의 마음은 여전히 그녀에게로 향하고 있었다.

"아버지는 토지공사에 다니시다가 퇴직하셨어요. 지금은 작은 가게 하나를 하시고요. 생활비 정도는 나오니까 제가 신경 쓸 건 없어요."

남자는 현실적인 사람이었다. 채원은 웃는 그를 따라 고개를 끄덕였다. 그녀로서도 나쁠 건 없었다. 언니와 형부가 그런 걸 고려하지 않고 사람을 소개해 주진 않았을 거란 생각도 들었다. 모든 것이 그녀에게는 과분했다. 그러니 그녀가 거절할 이유도 없었다.

"아직 결혼 안 한 여동생이 있기는 한데, 아버지가 알아서 시집보내실 거예요. 저 살기도 바쁜데 동생까지 신경 쓸 수는 없잖아요. 아, 그렇다고 제 상태가 빠듯하다는 건 아니고요. 사실은 동생한테 별로 정이 없거든요. 나이 차이가 좀 있는 편이라서……."

남자의 말에 채원은 저절로 건혁과 건우를 떠올렸다. 건혁은 건우의 모든 것을 책임지겠다고 했다. 돈이나 자기 인생 같은 건 생각하지 않았다. 어쩌면 그런 남자를 만나는 것보다 이렇게 계산이 빠른 남자를 만나는 게 그녀의 삶에는 더 좋을지도 몰랐다. 이기적인 세상이었으니까. 나 혼자만 잘 살면 되니까.

"채원 씨도 언니들만 있다고 들었는데, 그럼 가족들한테 신경 쓰실 건 없죠?"

자기 자신한테도 철저히 계산적인 사람이 평생을 함께할 결혼

상대에 대해서 계산을 하지 않을 리 없었다. 이 남자는 아무래도 그녀의 그런 배경을 마음에 들어 이 자리에 나온 걸로 보였다.

"그래도 가족이니까 신경 안 쓸 순 없죠. 부모님 아프시기라도 하면 똑같이 돈 모아서 병원 보내 드려요. 전 아직 결혼 안 해서 언니들보다 제가 더 넉넉하게 보태기도 하고요. 그리고 사랑받고 자란 막내다 보니 부모님이랑 정이 더 많은 편이에요. 전 결혼해서도 부모님 자주 챙길 생각이에요."

채원의 대답에 남자의 표정이 조금씩 일그러졌다. 예상과는 전혀 다른 답을 듣고 후회하는 모양이었다. 사실 채원은 부모님에게 살가운 편이 아니었다. 독립을 하고 나서부터는 명절을 제외하곤 1년에 한 번 시골에 내려갈까 말까 했다. 평범한 딸인 그녀가 앞의 남자로 인해 아주 효녀가 되어 버렸다. 왜 이런 있지도 않은 말을 내놓았는지 그녀 자신도 몰랐다.

"제가 오늘 미뤄 놓고 온 일이 있어서⋯⋯. 이만 일어나도 될까요?"

남자는 더 이상 지체하지 않았다. 계산적인 사람이라 더 그럴 것이다. 채원은 흔쾌히 고개를 끄덕이는 남자와 함께 자리에서 일어났다. 어쩐지 마음이 홀가분했다. 모든 걸 계산하는 남자와 만나고 싶은 생각은 없었다. 다른 누군가가 떠올랐지만 채원은 이내 머릿속에서 지워 냈다.

호텔 로비에서 남자와 헤어지고 문 앞으로 걸어 나오자 밖은 비가 내리고 있었다. 미리 챙겨 온 작은 우산을 펼치고 채원은 무작정 걸었다. 차려입은 옷은 불편했고, 신지 않던 구두는 발을 아프게 하기에 충분했다. 하지만 이대로 집에 돌아가고 싶지는 않았다. 경주는 오늘 비번이었기에 선에 대해서 꼬치꼬치 물을 게 뻔했다. 아무렇지 않게 정리했다고 생각했지만 사실은 아무것도 정리되지 않았다.

선본 남자를 바라보면서도 건혁을 생각했다. 이렇게 그를 선 자리에서 만났다면 어떻게 됐을까. 그의 동생을 몰랐다면 어땠을까. 평범하게 사랑할 수 있었다면 어땠을까. 그럴 수가 없는 일들을 생각하며 채원은 마음을 접어야 하는 이유에 대해 곱씹고 또 곱씹었다. 그녀는 자신의 발걸음이 어디로 향하는지도 모른 채 무작정 걸어 나갔다.

"어, 강건혁 씨……?"

근처 슈퍼에서 우유를 사 오던 경주가 우산을 쓴 채 아파트 앞에 서 있는 한 남자를 알아봤다. 빗줄기가 점점 굵어지고 있는데, 건혁은 차 안이 아닌 밖에 서서 누군가를 기다리고 있었다. 그건 물으나 마나 채원일 것이다.

"혹시, 채원 씨 전화 됩니까……?"

"아, 저도……. 아무래도 꺼 놓은 거 같아요."

경주는 잠수를 타 버린 친구를 생각했다. 선 자리가 어딘지 알아보려 했지만 쉽지가 않았다. 채원의 어머니도 장소가 정확히 어딘지 몰랐다. 둘째 언니가 소개해 준 은행원 남자라고만 했다. 둘째 언니의 연락처까지는 물어보지 못하고 전화를 끊었다. 그런 뒤 채원에게 계속 연락해 보았지만 그녀는 이미 전화를 꺼 둔 상태였다.

"집에는 오겠죠. 잠깐…… 얼굴만 보고 가겠습니다. ……들어가세요."

경주는 채원이 왜 이러는지 이유를 묻고 싶었지만 건혁 역시 가르쳐 주지 않을 것 같단 생각이 들었다. 두 남녀의 줄다리기가 그저 작은 사랑싸움으로 끝이 나길 바랐다. 그녀가 보기에 둘은 서로의 짝이었다. 그걸 밀어 낸다고 해서 끝이 나진 않았다. 채원보다 더 많은 사랑을 한 그녀가 보기엔 그랬다. 사랑은 피한다고 피할 수 있는 게 아니었다.

빗줄기가 점점 더 거세지고 있었다. 이 여자는 어디서 무엇을 하고 있을까. 선을 본 남자와 아직까지도 함께 있는 것일까. 건혁의 마음이 타들어 갔다. 다른 사람을 만나겠다면 그러라고 하고 싶었다. 가까이 다가오지 말라고 하면 그렇게 하겠다고 할 생각이었다. 아무것도 시작하지 않겠다고. 그저 옆에만 있겠다고. 그저 바라보게만 해 달라고 말해 볼 작정이었다. 그것조차 안 된다고 하면 건우 녀석 옆에만 있어 달라고 부탁할 것이다.

핸드폰을 들어 또다시 채원의 번호를 눌렀다. 들려오는 소리는 똑같았다. 건혁은 포기하듯 핸드폰을 주머니에 넣었다.

결국 자신의 아파트로 돌아온 건혁은 주차장에 차를 세웠다. 우산을 받쳐 쓰고 출입문 쪽으로 걸어가는데 노란 우산 하나가 보였다. 심장이 두근거렸다. 설마, 하는 생각에 걸음을 재촉하자 그곳엔 정장을 차려입은 한 여자가 서 있었다. 옷은 반쯤 젖어 있었고, 새하얀 구두는 흙이 튀어 지저분했다. 여기서 얼마나 기다렸던 걸까.

도대체 이 여자는 무엇을 하고 싶은 것일까. 그것을 묻기도 전에 건혁은 자신의 우산을 버리고 채원에게 다가가 그녀를 와락 끌어안았다. 채원은 그대로 건혁에게 안겨 바닥으로 떨어진 자신의 노란 우산을 바라봤다. 결국 이런 걸 원한 걸까. 채원의 마음이 먹먹해졌다.

"……."

"……."

둘은 말없이 한참 동안 서로를 끌어안고 있었다.

"비 맞아요……."

채원이 젖어 가는 건혁을 보며 먼저 입을 열었다. 그제야 건혁이 그녀를 풀어 주고 자신의 우산을 찾아 그녀에게 씌어 주었다. 건혁은 그대로 비를 맞은 채 우산 밖에 서 있었다.

"건우한테는 비밀로 해야만 해요. 건우 대학은…… 무슨 일이 있어도 보내야 하니까. 들키면 헤어져요. 믿었던 사람한테 또다시 상처받게 할 순 없어요. 무조건 내가 꼬드긴 거예요. 나만 나쁜 년인 거예요. 형제 사이 갈라놓고 싶지 않아요. 그렇게 약속해 줄 수 있어요?"

"……."

건혁은 아무 말이 없었다. 계속 채원만 바라볼 뿐이었다.

"강건혁 씨. 우리 연애해요."

그제야 건혁은 웃을 수 있었다.

10. 연애

　연애는 달콤했다. 수시로 심장을 간질였다. 늘 똑같은 일과를 묻고 답하는데도 새로웠다. 보고 있어도 보고 싶었다. 밥을 먹지 않아도 배가 불렀다. 이상한 감정이었다. 채원은 그녀를 기다리며 서 있는 건혁을 보고 그렇게 생각했다.

　"오늘은 좀 일찍 끝났네요?"

　차 문을 열어 주며 건혁이 물었다.

　"수학 문제 풀면서 졸기에 딱해서 그만하자고 했어요. 곧 코피라도 쏟을 것 같은 얼굴이었어요."

　건혁과 채원은 아무렇지 않게 건우의 이야기를 주고받았다. 의식하고 모른 척하면 더 생각나는 법이었다. 차라리 모든 걸 내려놓고 공개하는 게 마음이 쓰이지 않고 편했다.

　서로 나쁜 여자, 나쁜 형이 되겠다고 마음먹으니 홀가분했다.

이 연애의 결말이 해피엔딩이 아니더라도 지금은 행복했다. 그것이면 된다고 두 사람은 생각했다.

"그렇게 공부에 집중할 수 있는 놈인 줄 몰랐어요."

"그래요. 형님이 조금 일찍 관심 가져 주셨으면 더 좋은 대학 갈 수 있었을지도 모르는데 안타깝네요."

채원의 뼈가 있는 아쉬움에 건혁은 어쩔 수 없다며 어깨를 으쓱거렸다. 이렇게 마음을 붙잡고 공부를 하는 것만 해도 감사하다는 생각이 들었다. 그게 다 채원 덕분이라고 말하지는 못했다. 건우뿐만 아니라 지금 그에게도 그녀는 꼭 필요했으니까. 누구에게 우선순위를 둘 수는 없었다.

"우리 어디 가요?"

"영화 봅시다. 예매했습니다."

"좋아요."

건혁이 곧 차를 출발시켰다.

영화가 시작하자마자 건혁은 채원의 손을 붙잡았다. 이리저리 만지다가 또 못 참겠다는 듯이 그녀의 얼굴을 한참동안 바라봤다. 영화에 집중이 될 리 없었다. 그건 채원도 마찬가지였다. 마음을 확인하니 거리낄 게 없었다. 같이 있는 것만으로도 좋았고, 만지고 싶고, 그 이상을 더 하고 싶었다. 연애란 그런 것이었다.

"그만 좀 봐요. 내가 영화예요?"

채원은 참지 못하고 건혁에게 귓속말을 했다.

"영화보다 더 흥미로워서."

건혁이 짓궂게 웃었다.

"이럴 거면 왜 예매했어요, 돈 아깝게."

채원은 입을 샐쭉거렸다.

"어두운 데서 같이 있고 싶으니까."

이 남자의 말은 필터링이 없었다. 채원의 심장은 또 멋대로 두 근대기 시작했다. 작은 한숨이 새어 나왔다. 이렇게 매일 두근대 는 게 연애라면 곧 심장마비가 올 게 분명했다.

"모텔 가자고 안 하니 다행이네요."

"가고 싶어요?"

채원은 웃고 있는 건혁을 째려봤다. 그제야 그녀에게로 고정되 어 있던 시선이 다른 곳으로 옮겨졌다. 하지만 입가의 웃음은 좀 처럼 내려오지 않았다.

엔딩 크레디트가 올라가고 상영관의 불이 켜졌다. 당연히 영화 의 내용은 하나도 생각나지 않았다. 진짜 돈을 낭비하고 있는 것 이 맞았다. 연애란 것이 그랬다. 함께 있는 시간의 대가로 어딘가 에 돈을 뿌리고 다녔다. 근데 그게 아깝지 않다는 것이 미스터리 였다. 우리만 이런 것인가. 채원이 상영관 안의 다른 커플들을 살 펴보다 한 커플과 눈이 마주쳤다.

"채원아."

"어, 건혁 씨?"

준석과 지수가 채원과 건혁을 돌아봤다.

운명의 장난은 늘 그렇게 불시에 찾아왔다. 건혁은 채원을 아 는 척하는 지수 옆의 남자를 바라봤고, 채원은 그의 이름을 부르는 준석 옆의 여자를 바라봤다. 결혼식 때 잠깐 마주한 얼굴들이었다.

지수는 그날 남편의 후배라고 소개한 여자가 건혁의 옆에 서 있자 흥미롭게 그들을 바라봤다. 만나고 있는 여자가 이 여자일까. 간호사 후배는 결혼식에 오지 않았다고 했었다. 그렇다면 그녀가 해 준 소개팅은 제대로 성사되지 않았다는 소리였다.

건혁은 지수가 채원을 공격이라도 할 것 같은지 그녀를 뒤로 숨겼다. 지수는 웃지 않을 수 없었다. 그리고 가슴이 조금 아프기도 했다. 강건혁의 보호를 받을 수 있는 여자는 그녀 한 명뿐이라고 생각했으니까. 10년을 그렇게 살아왔으니까. 모든 것이 꿈인 것만 같았다. 그녀의 옆에 있는 사람이 건혁이 아니라 준석이라는 사실이 아직도 믿기지 않았다.

"안녕하세요. 우리 결혼식 때 뵀었죠? 이 사람, 회사 동료분이시라고 했던 거 같은데……. 채원이랑은 어떻게……?"

준석이 먼저 건혁에게 다가서며 궁금한 마음을 물었다. 건혁은 사귀는 사이라고 말하려다 채원을 보고는 한 번 마음을 참았다. 그녀의 말대로라면 두 사람은 비밀 연애 중이었으니까.

"동생이 친하게 지내는 학원 선생님입니다."

"아……. 인연이 참 신기하네요. 채원이는 제가 아끼는 후밴데, 그쪽은 제 와이프 회사분이시고. 두 분은 또 아는 사이라고 하니……."

건혁과 이야기를 나누면서도 준석의 눈길은 그 옆에 서 있는 채원을 향해 있었다. 다른 남자의 옆에 서 있는 채원을 상상해 본 적이 없었다. 늘 조용하고 착하게 웃기만 하던 후배는 남자라는 건 모르고 사는 줄 알았다. 혹시 두 사람이 사귀기라도 하는 걸까. 준석은 그가 궁금해할 필요가 없는 일을 주제넘게 알고 싶어졌다.

"선배, 우리는 기다리는 사람이 있어서……. 먼저 가 볼게요."

"아, 그 동생이랑 같이 왔구나. 그래, 먼저 가 봐."

제멋대로 추측하고선 준석은 채원에게 인사를 건넸다. 세 사람이 함께 영화를 보러 온 것이라면 다행이라는 생각이 들었다. 왜 그런 생각이 들었는지는 모르겠지만 채원의 옆에 남자가 있는 건 아직 받아들이기 힘들었다. 여동생 같은 후배였다. 아직도 그 마음에는 변함이 없었다.

준석은 지수가 자신을 바라보고 있는지도 모른 채 남자와 영화관을 벗어나는 채원에게서 끝까지 시선을 떼지 못했다.

건혁의 운전이 조금 거칠다고 생각하는 건 그녀의 착각이었을까. 채원은 어쩐지 차 안의 분위기가 영화관에서와는 다른 것 같아 신경이 쓰였다.

"선배가 오지랖이 넓은 편인가?"

"네?"

뜬금없는 건혁의 물음에 채원은 그를 바라봤다.

"당신 보는 눈빛이 마음에 안 들어서 말이야."

그것 때문에 갑자기 저기압인가 싶어 채원은 피식 웃음이 났다. 나이가 많아도 남자의 질투는 귀여운 법이었다. 온몸으로 이

여자가 내 여자다, 말하고 있었으면서도 마음이 놓이지 않는 모양
이었다. 신경 쓸 필요가 없는 일에 에너지를 낭비하고 있는 것 같
아 채원은 갑자기 그를 놀리고 싶어졌다.

"짝사랑하던 선배예요."

건혁의 인상이 그대로 일그러졌다. 그 남자가 짝사랑한 게 아
니라 채원이 짝사랑한 사람이라고 말하고 있었다. 이미 지난 과거
였지만 치졸한 질투심과 부러움이 어느새 마음에 들어찼다.

"눈이 높은 줄 알았는데, 아니었군."

"뭐라고요?"

"당신이 날 선택하기에 눈이 높은 편이라고 생각했거든."

"착각이 아주 심하시네요, 강건혁 씨."

"진심인데."

"근데 왜 자꾸 반말해요?"

채원이 발끈하며 따졌다.

"내가 다섯 살이나 많은 걸 모르지는 않겠지?"

"나이 많아서 좋겠네요."

"뭐?"

유치했다. 그걸 두 사람 다 알고 있었기에 그냥 웃어 버렸다.
건혁이 운전대를 잡고 있지 않은 손을 뻗어 채원의 손을 잡았다.
모른 척 채원은 그가 하는 대로 놔두었다. 그는 데이트할 때면 손
을 잡는 걸 좋아했다. 그의 체온을 느끼며 채원도 마음이 따뜻해
졌다.

"채원아……, 라고 하면 손잡은 거 뺄 건가?"

그가 다정하게 부른 이름에 채원의 심장이 떨렸다. 채원아. 채원아. 그가 이렇게 다정하게 그녀의 이름을 불러 줄 사람이라고 생각해서 그날, 그녀는 그와 하룻밤을 보낸 것일지도 몰랐다. 그 밤이 떠올라 부끄러운 마음에 잡은 손을 빼내려 하자 그가 손을 더욱 세게 붙잡았다.

"이제 못 빼."

"그럼 왜 물어요?"

"못 뺀다고 말하려고."

"아주 마음대로네요."

"그래서 싫어?"

"……"

그 질문엔 대답하지 않았다.

채원은 건혁에게 붙잡힌 손을 내려다봤다.

아무래도 싫지 않았다. 아니, 좋았다.

□ ■ □

"아주 꼴값이구나."

경주의 놀림에도 흔들리지 않고 채원은 3단 도시락의 마지막을 아주 정성스럽게 마무리했다. 데커레이션까지 넣어 주자 나름 볼 만했다. 주말에도 야근을 하게 돼 데이트를 할 수 없다며 아쉬워하는 그에게 깜짝 선물을 안겨 줄 생각이었다. 요리에는 나름 자신이 있었기에 낮부터 도시락 준비에 들어갔다. 집 안 가득 맛있는 냄새가 진동을 하자 비번인 경주는 배가 아파 소리를 내질렀다.

"너 먹을 것도 있으니까 그만 샘내."

"샘은 무슨. 이 좋은 구경을 혼자만 해서 아쉬워서 그런다. 마음 다 접었다고, 그 사람이랑 안 맞는다고, 안 맞는다고, 한 내 친구는 어디 간 거야. 전화 좀 해 봐 봐. 통화 좀 하자."

"그 친구 바빠. 당분간 연락하지 마."

"뭐라고? 네가 아주 연애를 하더니 결혼할 기세다?"

"뭐?"

"빨리 결혼해. 그래야 나도 해방되지."

경주는 채원의 다음 말이 무서워 얼른 욕실로 도망쳐 갔다. 채원은 경주가 사라진 욕실 문만 잠자코 노려봤다. 결혼. 그런 건 생각해 본 적이 없었다. 연애도 아주 어렵게 결정했는데 결혼이라니. 가당치도 않은 소리였다. 또다시 저 밑에 내려놓았던 건우 녀석이 마음 위로 떠올랐다. 좋아하는 여자가 형수가 된다면 그 녀석은 어떤 표정을 지을까. 채원은 또다시 저 밑으로 건우를 밀어 놓았다. 그래야만 할 것 같았다.

"설마, 이 도시락이 그 도시락은 아니지?"

그 도시락이 어떤 도시락을 말하는지 모르겠지만 건혁은 자신의 눈앞에 있는 도시락의 퀄리티에 감탄하지 않을 수 없었다. 죽을 끓여 낸 솜씨를 봤을 때 요리를 제법 한다고 생각했었다. 그게 이 정도일 줄은 몰랐다. 한 단 한 단 꽉꽉 채운 채원의 정성에 건혁은 도저히 젓가락을 가져다 댈 수가 없었다.

"어디 맛 좀 볼까?"

"무슨 짓이야?"

건혁이 순식간에 준규의 젓가락을 빼앗아 버렸다. 아이고, 치사하고 아니꼬워서 안 먹는다. 퉤퉤거리며 자리에서 일어나야 하는데 도무지 그렇게는 안 되었다. 준규는 재빠르게 한 손을 뻗어 김밥 몇 개를 집은 뒤 입 안으로 쑤셔 넣었다. 그 순간 건혁의 눈이 전쟁이라도 일으킬 것처럼 불타올랐다.

"야, 진짜 맛있네. 최고다, 최고."

입 안 가득 김밥을 물고 준규가 엄지를 치켜들었다. 건혁은 용서해 줄 생각이 없다는 듯 준규의 목덜미를 붙잡아 편집실 밖으로 끌어내 버렸다. 그러고는 아예 문을 잠가 버렸다. 이 정도로 소유욕이 생길 줄은 몰랐다. 그 여자와 관련되어 있는 건 모조리 그랬다. 그 자신도 무서워질 정도였다.

건우 녀석이 알게 되면 언제든지 헤어져야 한다고 말했었다. 그게 가능할까. 건혁은 생각에 잠길 수밖에 없었다. 단순히 연애를 하는 것이면 상관없었다. 연애를 끝내고 헤어지면 그뿐이니까. 하지만 이 여자를 놓고 싶지 않았다. 10년을 사랑한 여자도 한순간에 놓을 수 있었는데, 이 여자는 그게 가능하지 않을 것만 같았다. 놓을 수 없다면 어떻게 될까. 건혁의 마음이 한순간 묵직하게 가라앉았다.

[맛 어때요? 급하게 한 거라 조금 짤 수도 있어요.^^;]

부끄럽다는 듯 이모티콘을 붙여 채원이 문자를 보내 왔다. 건혁은 다른 생각을 할 수가 없었다. 곧장 핸드폰을 들어 통화 버튼을 눌렀다.

"오늘 일 못 할 것 같아."

— 네? 왜요?

"30분이면 도착할 거야. 준비하고 있어."

건혁은 그대로 도시락을 다시 싸서 챙겼다. 밀린 일은 잠을 포기하고 새벽에 와서 하면 될 것이다. 그게 지금 그의 상태로 봐선 맞는 방법일 것 같았다.

뒷방에 있던 준규는 건혁이 있던 편집실 문이 갑자기 열리자 야식을 먹을 수 있겠다는 생각으로 벌떡 일어났다. 준규가 복도로 나서자 건혁은 바람처럼 그의 옆을 스쳐 갔다. 설마, 지금 땡땡이를 치는 건 아니겠지? 준규는 건혁의 방으로 들어가 도시락의 행방을 살폈다. 없었다.

아무래도 사랑에 미친 친구는 자신의 일을 대신 봐주고 있는 친구에게는 일말의 미안함도 없는 것 같았다. 소개팅 자리에 나오면 일을 도와준다고 약속했긴 하지만 이렇게 혼자 일을 독차지할 줄은 몰랐다.

준규는 경주를 꼬드겨서 또다시 둘의 연애를 방해해 볼까 생각하다가 그만두었다. 강건혁이 행복하다면 그까짓 일쯤이야 혼자할 수 있었다. 사나이는 의리니까. 하지만 그 사나이는 야식이 고팠다. 조금 전 맛만 본 3단 도시락이 자꾸만 눈앞에 아른거렸다.

"이렇게 만날 거면 뭐 하러 도시락 쌌니?"

끝까지 배 아픈 티를 내고 싶은지 채원이 현관 앞에서 이것저것 신발을 골라 신는 모습을 지켜보며 경주가 한심하다는 눈빛을 보내 왔다. 보고 있어도 보고 싶은 마음을 네가 아냐고 말하려다 채원은 입을 다물었다. 그녀 자신이 생각해도 손발이 오그라들었다. 정채원 인생엔 이런 닭살스러움은 없을 줄 알았는데, 사랑은 모두에게 다 똑같은 것 같았다.

사랑이라니. 또다시 심장이 두근거렸다. 그러는 사이 건혁에게서 전화가 걸려 왔다. 채원은 서둘러 결정한 신발을 신고 현관을 빠져나갔다.

경주는 어쩐지 부러운 마음이 들었다. 나도 연애나 해 볼까, 그런 겁 없는 생각도 들었다. 갑자기 준규의 얼굴이 떠오르자 그녀는 얼른 고개를 저었다.

채원이 아파트 입구로 뛰어갔다. 건혁이 저 멀리서 채원을 알아보고 손을 흔들었다. 숨이 차올랐다. 그 밤, 강원도를 떠날 때처럼 그 남자가 그곳에 서 있었다. 이번엔 진짜 데이트였다. 채원이 천천히 건혁에게로 다가갔다.

"채원아."

그가 채원의 이름을 다정하게 불렀다.

한강에 차를 세우고 돗자리를 깔았다. 여름 끝자락의 열대야라 사람들이 많이 북적이진 않았다. 생각보다 바람도 선선해 건혁도 채원도 기분이 한결 상쾌했다. 그녀가 정성스럽게 만들어 준 도시락을 펼쳐 놓고 하나하나 맛을 음미했다. 건혁은 음식들이 사라지는 게 아쉽다는 듯 하나를 먹고 채원을 보고 또 하나를 먹고 채원을 한참 동안 바라봤다.

"내 얼굴에 뭐라도 묻었어요?"

채원의 말에 피식, 건혁이 웃어 버렸다. 알면서 모르는 척을 하나. 이 연애에 그만 애가 타는 것 같아 건혁도 심술이 생겼다. 채원의 무릎에 머리를 베고 누워 버렸다. 무슨 큰일이라도 난 것처럼 채원이 이리저리 주변을 살폈다. 한강의 연인들은 그들보다 더하면 더했지 덜하지는 않았다.

채원은 아무도 두 사람에게 관심이 없는 것 같아 그제야 마음이 놓였다. 사랑을 시작하고 당당해진 줄 알았는데, 아직도 겁이 났다.

"피곤하죠……?"

채원이 눈을 감은 채 누워 있는 건혁을 내려다보며 조용히 물었다.

"조금…….'

일하랴, 연애하랴, 피곤할 만도 했다. 늘 일에 빠져 살며 완벽을 추구하던 그의 성격이 어디 가진 않았다. 그런데 연애가 시작됐다. 일을 소홀히 할 수도, 그렇다고 이 여자를 안 만날 수도 없었다. 며칠째 두 시간 이상을 자지 못한 체력이 방전이라고 아우성이었다.

건혁은 눈을 감은 채로 채원의 손을 찾아 잡았다. 이 여자의 손은 따뜻했다. 그녀의 마음을 보여 주는 것 같아 자꾸만 잡고 싶어졌다. 그 마음이 그에게 물들었으면 하고 바랐다. 이 여자로 인해 모두 다 편안했으면 하고. 문득 부모님이 생각났다. 건혁의 마음이 진해졌다.

"어디 들어가서 좀 쉴래요……?"

의도한 바가 그렇지 않더라도 이번엔 그저 멍청하게 모른 척하고 싶지 않았다.

건혁이 천천히 눈을 떠 채원을 올려다봤다. 그의 눈빛이 너무도 짙었다.

11. 세상이 끝났으면

건혁이 호텔 주차장에 차를 세우자 채원이 놀란 표정으로 그를 바라봤다.

"그렇게 봐도 소용없어. 이제 못 물러."

"건혁 씨."

건혁은 채원의 말을 더 듣지 않고 차에서 내린 뒤 조수석으로 다가와 문을 열었다. 채원은 독 안에 든 쥐처럼 건혁을 바라볼 수밖에 없었다. 도망칠 수 없다는 건 이미 알고 있었다. 그렇지만 오늘 입은 속옷 색깔이 신경 쓰이는 것도 어쩔 수 없었다. 신발을 신고 집 밖으로 나서는 그녀의 뒤에다 대고 철저히 준비했냐고 묻던 경주의 말이 갑자기 생각났다. 이런 준비가 필요할 줄은 몰랐다.

"누가 안 들어간대요? 그냥 여기는 너무 비싸고⋯⋯."

우선은 그 핑계라도 대야 했다. 잠깐 쉬다 갈 공간으로는 너무 사치스러웠다.

"당신 여기 데려올 정도로는 돈 버니까 걱정 마."

계속 머뭇거리는 채원을 보며 건혁은 어쩔 수 없이 채원의 팔을 붙잡아 차에서 내리게 했다. 처음부터 겁 없이 그런 말을 하지 말았어야 했다. 어디 들어가서 쉬자니. 섹스를 하자는 말보다 더 그의 몸을 자극시켰다.

"피곤하다면서요?"

채원이 다른 뜻으로 물었다.

"누가?"

건혁이 다른 뜻으로 되물었다.

"피곤한 거 아니면 그냥 가요. 쉴 필요 없잖아요."

채원이 걸려들었다며 얄미운 웃음을 보였다. 건혁은 어떻게든 빠져나가려고 애를 쓰는 채원이 귀여워 더 놔줄 수가 없었다. 건혁의 손이 채원을 꼭 붙들었다.

"쉬면서 그거 하면 안 피곤해."

그거. 종종걸음으로 그를 따라가는 채원의 얼굴이 뜨거워졌다. 성큼성큼 호텔 안으로 그녀를 끌고 들어가는 이 남자는 그런 것에 부끄러움이 없나 보다고 생각하자 마음속에서 또다시 심술이 솟아났다. 채원은 머릿속으로 빠져나갈 구멍만 생각했다.

"어, 건우 형님 아니세요?"

그런데 그 구멍이 이렇게 난처하게 찾아올 줄은 몰랐다. 건혁은 채원을 잡고 있는 손을 풀지 않은 채 건우의 담임에게 묵례를 건넸다.

호텔의 카페에서 일행들과 걸어 나오던 건우의 담임은 어쩐지 낯이 익은 두 사람을 보고는 그 자리에 멈춰 서 알은척을 했다. 자신의 반 학생인 건우의 형과 예비 형수였다. 그전엔 분명 의심이 들 만큼 어색했는데, 눈앞의 두 사람은 정말 결혼을 앞둔 연인처럼 다정해 보였다. 건우의 말이 거짓은 아니었나 보다.

"안 그래도 한번 전화드리려고 했는데……."

담임이 말하자 건혁도, 그의 옆에 서 있는 채원도 긴장했다.

"무슨 일로……?"

"요즘 건우가 아주 열심히 해서요. 성적도 껑충 오르고. 어떻게 마음잡게 만드신 건지 궁금하기도 하고요. 제가 말할 때는 항상 콧방귀만 뀌었거든요."

녀석이 어떻게 행동했을지 건혁과 채원은 상상이 갔다. 그래도 학교에서 열심히 한다는 칭찬을 들으니 마음이 뿌듯했다. 채원을 옆에 두기로 한 방법이 아주 적절했다는 생각도 들었다. 건혁은 만족한 듯 더욱더 채원의 손을 끌어 잡았다.

"그래서 이제는 대학 진학 상담을 해야 하지 않을까 싶어서요. 어디 가고 싶은지 물으면 자꾸 형수님 얘기만 해요. 형수님이랑 상의해서 결정하겠다고. 건우가 형수님을 아주 좋아하는 것 같아요. 많이 따르죠?"

담임이 채원 쪽을 바라보며 물었다. 채원은 마음이 찔려 그저 어색한 웃음으로 고개만 끄덕였다. 같이 진로를 찾아보자고 한 것이 이렇게 건우 녀석의 마음속에 크게 자리하고 있을 줄은 몰랐다. 정말 그녀의 마음을 얻기 위해서 공부를 하고 있는 건가 싶어 덜컥 겁이 났다. 죄책감 같은 것도 뒤따라 찾아들었다.

"부모님이 안 계셔서 더 그런 것도 있습니다. 선생님이 잘 보듬어 주시니 감사할 따름이죠. 언제 한번 찾아뵙겠습니다. 저희가 볼일이 있어서……."

건혁의 말에 담임이 얼굴을 붉히며 얼른 인사를 건넸다. 그리고 축하한다는 듯 물었다.

"결혼 날짜는 잡으셨어요? 가을쯤 하신다고 한 것 같은데."

건혁이 무슨 말이냐는 듯 담임을 바라봤다. 담임의 눈은 채원에게로 향해 있었다.

"아, 그게…… 아직 결정을 못 했어요."

"아, 그러시구나. 여기 계신 걸 보니 얼른 하셔야겠네요. 그럼……, 어서 볼일 보세요."

담임이 오묘하게 웃으며 사라지자 이번엔 건혁이 채원을 아주 오묘한 눈빛으로 바라봤다. 언제 그들이 가을에 결혼하기로 되어 있었던 건지. 신랑은 아직 그 소식을 모르는 듯했다.

"언제 결혼할 거야?"

"미안해요."

채원이 고개를 들지 못하고 말했다.

"날짜 잡으면 얘기해 줘."

"그만 놀려요."

건혁은 재미있어 죽겠다는 표정이었다. 이런 식으로 나온다면 지금 그가 원하는 '그것'을 할 수 없게 만들어야 했다. 채원은 얼른 핸드폰을 찾아 경주의 번호를 눌렀다.

"경주야."

채원의 행동에 건혁의 얼굴이 그대로 굳어졌다. 바닷가의 악몽이 되살아나는 기분이었다.

"우리 같이 데이트……."

건혁이 채원의 핸드폰을 단숨에 빼앗아 그대로 종료 버튼을 눌렀다.

"왜 이래? 나 죽일 셈이야?"

"뭐가요? 같이 데이트하면 좋잖아요. 준규 씨 장가보내면 건혁 씨도 편해지고."

후자는 맞지만 전자는 아니었다. 아이들을 가르치는 선생님이니 머리가 좋은 줄은 알았지만 잔머리가 있는 줄은 몰랐다. 능구렁이처럼 빠져나가는 솜씨가 예사롭지 않았다. 마음씨가 착하다고 성격이 무른 것은 아닌가 보다.

건혁은 채원의 그런 점이 또 마음에 들었다. 무엇인들 마음에 안 들까. 갓 연애를 시작했으니 그는 채원의 모든 것이 좋았다. 특히나 그를 애달프게 만들어 놓고 저는 그런 적이 없다는 듯 맑은 표정으로 바라보는 것. 이 모습 때문에 그는 그냥 돌아갈 수가 없었다. 오늘은 기필코 만리장성을 쌓으리.

경주는 끊긴 핸드폰을 내려다보곤 헛웃음을 지었다. 같이 데이트를 하자는 말인지 말자는 말인지. 같이 데이트하자며 굳이 나오라고 하면 나갈 용의는 있었지만 그렇다고 서준규란 남자와 둘만 있고 싶은 마음은 없었다.

경주는 고민했다. 혼자 외롭게 이 밤을 보낼 것인가. 아니면 그 남자를 불러낼 것인가. 막 좋지는 않았지만 꼴도 보기 싫은 것도 아니었다. 경주에게 연애 상대란 만나면 죽을 만큼 떨리는 사람이어야 했다. 그게 그녀가 생각하는 연애였다. 아무래도 나이가 드니 연애에 대한 기준도 변하나 보다 생각하며 준규의 전화번호를 찾으려는데 핸드폰이 울렸다.

"네, 선배."

준석이었다.

— 뭐 해? 통화 괜찮아?

"아, 비번이라 집에 있어요. 왜요?"

— 아, 아니…… 채원이는?

이제 그만하라고 말할 뻔했다. 경주는 준석에게 경고해 줘야 하지 않을까 생각이 들었지만 무슨 소용이 있나 싶어 그만두었다. 어차피 정채원의 마음은 벌써 다른 남자에게로 날아간 것 같았으니.

"채원이 나갔어요. 할 말 있으면 전화하……."

경주는 데이트 중인데 혹시나 오해를 만들어 내는 건 아닌가 싶어 얼른 말을 고쳤다.

"아, 과외 중이라 전화 안 될 거예요. 나한테 말해요. 전해 줄게요."

— 할 말 있어서 한 건 아니고 그냥…….

경주는 준석 같은 남자가 딱 싫었다. 질질질. 결혼까지 했으면서도 계속 어장 안에 두고 싶은가 보다. 그녀라면 절대 쳐다보지 않을 남자를 채원은 4년이나 짝사랑했다. 정채원이니 가능한 것이었다. 그리고 이 남자는 그런 채원을 늘 헷갈리게 만들었다. 마지막까지.

— 아, 너 소개팅은 어떻게 됐어? 와이프가 잘됐냐고 묻기에…….

"아, 뭐. 나쁘진 않아요."

경주는 진심이었다. 나쁠 건 없었다.

— 그래, 너희들도 이제 남자 만나야지. 나이가 있는데…….

'너'가 아닌 '너희'라기에 경주는 또 짤막한 웃음이 터져 나왔다. 알고 싶은 게 정채원의 연애였나. 그렇다면 다 말해 줄 용의가 있었다.

"저는 잘 모르겠고, 채원이는 곧 결혼할 것 같아요."

연애를 시작한 지 얼마 되지 않았지만 경주는 자연스럽게 결혼이란 말이 튀어나왔다. 그래야 이 선배라는 인간이 단념할 것이란 생각이 들었다.

— 결혼이라니……?

"못 들었어요? 채원이, 선배가 소개한 그 피디분 친구랑 사귀어요. 나랑 같이 소개팅했거든요. 그 사람도 피디예요. 잘생기고, 키 크고, 능력도 있어서 내가 배 아파하고 있어요. 그러니까 선배도 이제 채원이 걱정 그만하세요."

충고가 아니라 경고였다.

— 그래……. 그럼, 다행이네……. 다음에 또 연락하자.

"선배."

경주가 마지막이다, 생각하고 준석을 불렀다.

"지금 후회해도 소용없어요. 채원이 잡지 않은 건 선배예요. 처음부터 채원이 마음 알고 곁에 둔 거 내가 모를 줄 알아요? 마지막까지 저울질하다 아나운서 와이프 선택했으면 그냥 거기에 만족하고 살아요. 나중에 더러운 꼴 당하지 말고."

— 경주야.

"솔직히 채원이 아니면 나한테 연락할 일도 없잖아요? 우리 서로 모른 척하고 살아요. 그게 채원이 위하는 길이에요. 그럼, 잘 사세요."

경주가 제 말만 쏟아 버리고 전화를 끊었다. 어쩐지 속이 시원했다. 그래서 어정쩡하게 웃긴 한 남자를 불러다가 놀고 싶은 마음이 생겼다. 경주는 망설이지 않고 준규에게 전화를 걸었다.

"그냥 받아요……."

"됐어."

지금 이 자식 전화를 받아서 무슨 꼴을 당하라고 전화를 받으란 말을 하냐는 듯한 건혁의 눈빛을 채원은 애써 외면했다. 준규는 건혁과 채원이 호텔방 키를 받고 올라탄 엘리베이터 안에서부터 끊이지 않고 전화를 걸어 오고 있는 중이었다. 무시하면 또 걸고, 무시하면 또 걸었다. 무서운 집착이었다. 채원은 순간 그의 혈액형이 무엇인지 궁금해졌다. 이런 집착은 남녀 사이에서도 하기 힘들었다.

“여기 와서 같이 놀······.”

더 이상 그런 끔찍한 얘기는 하지 마라며 건혁은 핸드폰을 꺼 버렸다. 장난이 지나쳐 화가 난 것 같았다. 냉기가 흐르는 모습에 채원은 가만히 그의 손을 붙잡았다. 이제 마음대로 하라고. 도망 갈 생각 따윈 없다고. 그 생각을 읽었는지 건혁이 급하게 호텔방 문을 열었다.

문이 닫히기도 전에 그는 채원의 얼굴을 붙잡고 키스를 퍼부었 다. 혀가 엉키자 채원은 그의 가슴을 지지대처럼 붙잡았다. 제대 로 서 있을 수가 없었다. 모든 것을 집어삼킬 듯한 욕망이었다. 덜덜, 심장이 떨리고 단숨에 몸이 달아올랐다. 이제껏 참아 온 것 이 대단할 정도였다. 채원은 눈앞에서 저를 삼키려 하는 남자에게 속수무책으로 이끌려 갔다. 그대로 옷이 벗겨지고 속옷 속으로 순 식간에 그의 손이 파고들었다.

“잠, 잠깐만······.”

채원이 가까스로 말을 꺼내 말려 보았지만 이미 건혁에게는 들 리지 않는 것 같았다. 피곤한 모습은 온데간데없었다. 타오르는 그의 눈빛을 마주하며 채원은 달큼한 숨을 삼켰다. 서로의 체액이 오고 가는 중에도 목구멍은 바짝 말라 들었다. 활활 타는 심장처 럼 뜨거운 열이 얼굴로 올랐다.

“채원아······.”

그가 그녀의 이름을 불렀다. 참지 못해 뱉어 내는 숨 같았다.

채원은 그를 끌어안으며 생각했다. 내가 진짜 사랑을 하는 거 라면, 그게 당신이라서 다행이라고······. 모든 것이 꿈처럼 사라져 버린다고 해도 당신이라면 이해할 수 있다고. 채원이 그를 더욱더 강하게 끌어안았다.

입고 있던 모든 옷이 벗겨지고 순식간에 나체가 되었다. 바라보는 건혁의 눈빛이 뜨거웠다. 모든 것을 기억하고 담겠다는 듯 그녀의 온몸을 훑어 내렸다. 몸이 앞선 그 밤은 지금을 이길 수 없었다. 마음이 채워진 순간은 행복했고, 벅차올랐다. 끝나지 않기를 바랐다. 이 밤, 그녀, 그, 모든 것이 영원하기를.

"······도망가지 마. 안 놔줘."

건혁이 소원같이 말했다. 무엇이 불안한지 알았다. 채원을 가져도 모든 것이 끝나지 않는다는 걸 느꼈다. 그래서 더 그녀 안으로 파고들었다. 그녀의 몸이 마음인 것처럼. 더 깊게. 더 오랫동안······.

"······건혁 씨! 읏."

예고 없이 건혁이 들어서자 채원이 이를 악물었다. 시선이 마주치고, 참을 수 없는 자극에 떨었다. 두 사람은 넋을 놓고 서로를 바라봤다. 그러나 그의 몸은 멈출 생각이 없어 보였다. 채원이 못 참겠다며 고개를 흔들면 그는 혀가 얼얼할 만큼 키스했다. 그러곤 이번이 마지막인 것처럼 몸을 움직였다.

휘몰아치는 쾌감에 어지러웠다. 정신이 아득했다. 건혁은 짐승처럼 끝을 향해 채원을 몰고 갔다. 질식할 듯한 눈으로 건혁을 바라보며 채원이 애원했다. 살려 달려고. 그는 그럴 마음이 없었다. 전부 다 집어삼켜야만 끝이 날 것 같았다. 이 무서운 열애의 끝은 아마도 세상의 끝인 것만 같았다.

새벽녘까지 두 몸은 떨어지지 못했다. 잠이 든 채원을 바라보며 건혁은 채워질 줄 모르는 자신의 욕망을 탓했다. 방전된 줄 알았던 체력은 다른 용도로 쓰이자 끝을 몰랐다. 이제껏 참아 온 것이 대단할 따름이었다.

　집착 같았다. 채원이 그의 옆에 있는데도 더욱더 욕심이 났다. 연애를 시작했음에도 자꾸만 아쉬운 마음이 들었다. 무엇일까. 이 마음은 대체. 건혁은 채원의 머리카락을 조심스럽게 쓰다듬으며 정리되지 않은 마음을 다스리기 위해 애썼다.

　"음, 깼어요? 가야 하죠……?"

　채원이 건혁의 손길을 느끼고 몸을 일으키려 했다.

　"조금만……."

　건혁이 채원을 끌어안았다. 숨이 막혔다. 그리고 심장이 떨렸다.

　"건혁 씨……."

　"어차피 늦었어."

　"준규 씨, 화났을지도 몰라요."

　"내라고 해."

　채원은 안 되겠다 생각하며 건혁의 품에서 빠져나왔다. 그가 아이처럼 떼를 쓰고 있었다. 다섯 살이나 많다며 자랑하던 분이 달콤한 사탕을 뺏기기 싫어 꽉 붙들고 있는 꼴이었다. 그의 어린 시절은 어땠을까. 채원은 문득 그런 궁금증이 들었다.

　누구보다 어른스러운 남자. 부모를 먼저 보내고도 담담하게 말하던 사람. 그의 감춰진 아픔은 어디에 있을까. 어디에 묻어 두고 살아갈까. 채원은 가만히 건혁의 가슴에 손을 가져다 댔다.

"한 번 더 할까?"

건혁이 묻자 채원은 그런 뜻이 아니라며 고개를 흔들었다.

"얼마나 아팠어요?"

"……뭘?"

"부모님 돌아가셨을 때……."

"……."

건혁은 대답 대신 웃으며 자신의 가슴을 문지르고 있는 여자를 다시 끌어안았다.

그때의 그는 위로가 필요하다고 느낄 새도 없었다. 그럴 정신이 없었으니까. 건혁은 저 자신만은 울지 말고 일을 수습해야 한다고 생각했다. 그리고 건우를 챙겨야 한다고 느꼈다. 부모님은 늘 그에게 어린 건우를 끝까지 부탁한다고 말씀하셨다. 이렇게 빨리 부탁을 들어드리게 될 줄은 몰랐지만 그게 부모님의 마지막 소원이라고 그는 받아들였다.

"당신…… 조금 더 일찍 만났으면, 내가 옆에 있어 줬을 텐데. 미안해요……."

착한 채원의 마음이 그대로 건혁에게 전해졌다.

이 여자가 옆에 있었다면 그는 울 수 있었을까…….

세상이 끝난 것처럼 울던 사람들도 곧 아무렇지 않게 보험금 얘기를 했고, 자신들이 받지 못한 작은 빚까지 수면 위로 꺼내 놓으며 독촉했다. 그들 사이에서 건혁이 우는 것이 사치였다. 어린 동생은 구석방에서 부모를 잃은 두려움에 떨며 겁에 질려 있었고,

그는 모든 일을 혼자서 해결해야만 했다.

울 수 있었다면, 그때 이 여자가 있었다면, 마음이 덜 외로웠을까……

건혁은 마음을 감추려 채원에게 키스했다. 눈물을 잠재우려 채원을 탐했다. 더 이상 힘이 없어 못 하겠다는데도 놓아주지 않았다. 세상이 여기서 끝이었으면…… 하고 건혁은 바랐다.

12. 아군인가 적군인가

건우가 힐끗, 채원을 바라보고는 또 히죽 웃었다. 방학 같지 않은 고3의 방학이 끝나 갈 무렵, 채원은 건우를 데리고 야외로 나왔다. 달콤한 휴식이었지만 또 다른 채찍질이기도 했다.

진로 상담을 받은 건우가 가고 싶다고 생각한 대학은 카이스트였다. 녀석의 성적으로는 어림도 없는 꿈이었다. 아무래도 대학교 구경을 하고 싶어 일부러 지어낸 말 같았다. 혹시나 이제야 큰 꿈을 꾸게 되었다며 재수라도 하겠다는 건 아닌가 싶어 마음이 조마조마했다. 1년을 더 녀석을 속일 자신은 없었다. 지금도 충분히 그녀는 양심의 가책을 느끼고 있었다.

"이러니까 꼭 데이트하는 것 같다, 헤헤."

어디서 그런 분위기를 느끼는지는 모르겠지만 녀석은 자꾸만 히죽히죽 웃어 댔다. 그렇게나 좋을까 싶었다. 채원은 건우가 왜 자신을 좋아하는지 그녀 자신도 이해가 되지 않았다. 자신보다 젊고 예쁘고 매력적인 여자들이 지금만 해도 눈앞에서 5초 단위로 지나가고 있었다.

"넌 내가 왜 좋아?"

정말 궁금해서 묻는 질문이었다.

"쌤요? 그냥 좋아요. 좋은 데 이유 있어요?"

그랬다. 좋은 데 이유는 없었다. 채원에게 건혁이 왜 좋으냐고 물어본다면 자신의 대답 역시 건우와 마찬가지였다. 건혁이라서 좋았다. 건혁이기 때문에 좋았다. 아무래도 사랑은 모두에게 심각한 병이 아닐까 싶었다.

"대학교 들어가자마자 딴소리할걸."

"쌤, 절 그런 지조 없는 놈으로 보셨어요?"

그 지조가 제발 지켜지지 않기를 간절히 바랐다. 학교 선생님을 좋아하듯 풋사랑으로 끝나길 원했다. 나이, 인종, 종교 상관없이 사랑은 어느 누구에게나 소중한 것이 맞지만 녀석에게는 끝이 보이는 답이 있었다. 채원은 해맑은 건우를 안타깝게 바라봤다.

"학교 구경이나 하자."

"사실, 여기 올 생각 없어요."

건우가 고해 성사를 하듯 말했다. 채원은 아마도 자신의 추측이 맞을 거라 생각했다.

"그럼 왜 오자고 했어?"

"쌤이랑 콧바람 좀 쐬려고요. 요즘 저한테 너무 소홀하신 듯하여?"

소홀? 마음의 중심이 건혁에게 가 있으니 당연했다. 하루 일과가 건우의 과외를 마치면 건혁과 데이트를 하는 것이었다. 주말은 종일 붙어 있었다. 그는 웬만한 일은 챙겨 와 그녀를 옆에 앉혀 놓고 함께했다. 미안한 마음이 들었지만 그녀도 그와 떨어지기 싫었다. 그런 채원의 모습을 본 경주가 아주 큰일이라며 혀를 찼다. 뒤늦게 빠진 사랑은 답이 없었다. 채원은 그렇게 결론을 내렸다.

"넌 제발 공부를 소홀히 하지 말자. 쌤이 부탁할게."

"하여튼 틈을 안 줘요."

건우가 입을 삐쭉였다. 귀여운 녀석이었다. 어떤 면에서는 건혁과 닮은 점도 있었다. 형제이니 당연했다.

"참고로 말하지만 쌤은 너 같은 스타일 별로야."

어떻게든 마음을 접게 만들자 싶었다. 관심이 없다고 자꾸 세뇌시키면 녀석도 포기하지 않을까 생각했다. 사랑도 맞장구를 쳐 줘야 할 수 있는 것이었다. 짝사랑 4년에 채원이 터득한 깨달음이었다. 그 맞장구를 준석은 사귀지도 않으면서 잘도 쳐 주었지만. 그래서 그녀의 짝사랑이 더 길어졌는지도 몰랐다.

"그럼 어떤 스타일이 좋은데요? 내가 맞출게요."

맞춘다고 되는 게 아니라고 말하려다 채원은 그만두었다. 좋아하는 사람에게 전부 맞추고 싶은 마음이야 그녀가 더 잘 이해했다.

"난 조용한 사람이 좋아……. 이성적이면서 할 말은 할 줄 알고. 묵묵하게 뒤에 있는 것 같은. 나를 지켜 줄 수 있는 사람?"

"꼭 우리 형 같네요."

건우의 말에 채원은 놀라 딸꾹질이 튀어나왔다. 조심한다고 생각했는데, 자신도 모르게 티를 내고 있었다. 건우의 눈빛이 혹시나 하는 의심을 담았다가 다시 그럴 일은 없다는 듯 평상시로 돌아왔다.

"형이랑 쌤은 안 어울려요."

"……뭐?"

이 말은 좀 기분이 나빴다. 채원은 그 이유가 알고 싶었다.

"우리 형, 여자 사귈 때 이름도 제대로 못 부를걸요? 그전에 오래 만났던 여자한테도 자기 할 말만 했어요. 난 가족인 줄. 달달이랑은 거리가 멀어요. 여자만 불쌍해요."

그 불쌍한 여자가 자신이라고 말하진 못했다. 아무래도 동생은 형의 연애 스타일을 잘못 알고 있는 것 같았다. 다정하게 이름을 불러 주던 그의 목소리가 어딘가에서 들리는 것만 같았다. 뜨겁게 그녀를 끌어안던 건혁이 생각나 채원은 얼굴을 붉혔다.

"쌤도 애교가 많은 타입은 아니잖아요?"

인정했지만 채원은 또 기분이 좋지 않았다. 아무리 좋아하는데 이유가 없다지만 넌 대체 날 왜 좋아하니?

"만약에 그럴 일은 없겠지만, 우리 형이랑 쌤이랑 만나면 고구마만 백만 개 먹은 거 같을 거예요. 답답이 둘이 만나서 뭘 해요. 쌤은 나같이 애교 많고, 말도 많고, 사랑도 많은 남자를 만나야 한다니까요?"

건우가 채원에게 필살기를 날리듯 윙크했다. 고구마를 백만 개 먹은 것처럼 채원의 가슴이 꽉 막혀 내려가지 않았다. 여자 친구로는 괜찮아도, 형숫감은 아니란 소리였다. 뭘 어디서부터 건드려

174

야 할지 막막했다. 벌써 형수가 될 생각을 하고 있는 자신이 우스웠다. 사람의 욕심은 끝이 없었다.

"아, 말 나온 김에 우리 형 여자 좀 소개해 줘요. 좋은 사람 없어요?"

있어도 소개해 줄 리 만무했다. 채원은 쌀쌀맞게 대답했다.

"없어."

건우는 쌤이 왜 갑자기 토라졌는지 알 수가 없었다.

여자들의 마음은 알다가도 몰랐다. 열아홉 인생의 가장 큰 미스터리였다.

□ ■ □

뭔가 마음에 안 드는 일이 있는 것이 분명해 보였다. 건혁은 창사특집 기획안을 수정하다 앞에 앉아 있는 채원에게로 시선을 고정했다. 건혁의 눈길을 느꼈는지 채원이 아무렇지 않은 듯 창가로 고개를 돌리며 아메리카노를 마셨다.

"무슨 일인데?"

"뭐가요?"

채원이 모른 척하며 되물었다.

건우 녀석을 데리고 대전에 있는 대학교 탐방을 간다기에 잘 다녀오라고 보너스까지 챙겨 주었다. 건우가 허튼짓을 할 녀석도 아니기에 신경 쓰지 않고 보냈는데 거기서 무슨 일이 있었던 것 같았다. 건혁은 아예 노트북을 닫고 채원을 바라봤다.

"벌써 다 했어요?"

"당신이 계속 아무 말 안 하면 오늘 이 일 못 할 것 같아."

채원은 또 이렇게 억지를 부린다며 건혁을 노려봤다. 자신은 감정을 잘 숨기지 못하는 타입이었기에 건혁이 이상하게 볼 거란 생각은 했다. 하지만 그녀도 왜 이렇게 기분이 가라앉는지 이유를 몰랐다.

건우가 그의 짝으로 그녀가 어울리지 않는다고 생각해서일까. 처음엔 그저 들키지만 않았으면 했다. 우스운 관계가 되는 것이 싫었기에 연애도 거부했었다. 그러나 그와 연애를 시작하자 건우의 마음보다 그의 동생에게 어떻게 보이냐가 중요해져 버렸다. 혹시나 자신이 좋아한 여자는 형의 여자로 인정할 수 없다고 하면 어떡하나. 동생을 끔찍하게 생각하는 그가 녀석 때문에 또 물러나 버리면 어떡하나. 채원은 바보같이 겁이 났다.

욕심이었다. 연애를 하고, 그를 사랑하고, 그와 헤어지가 싫다는 마음이 결국엔 결혼이라는 것까지 꿈꾸게 만들었다. 이 남자는 그녀의 이런 마음을 알기나 할까. 채원은 입 밖으로 꺼낼 수조차 없는 마음이었다.

"건우가 너무 좋아서 죽겠대?"

핵심을 잘못 짚은 건혁이 진지하게 물었다.

"그 마음이야 뭐 하루 이틀인가요?"

채원은 그녀답지 않게 거만한 말투로 대답했다.

"지금 내가 질투를 해야 하는 상황인 거지?"

건혁이 또 진지하게 농담을 던졌다.

"그만해요. 재미없어요."

그러곤 채원의 반응에 금세 시시하다며 웃어 버렸다.

"건우가 당신이랑 나, 안 어울린대요."

이건 또 무슨 얘기인가 싶어 건혁이 눈빛을 달리했다. 그 녀석이 뭔가를 알고 하는 말은 아닐 것이다. 정말 있는 그대로 건혁과 채원이 어울리지 않는다고 말한 모양인데, 그게 이 여자의 마음을 신경 쓰이게 만든 것 같았다. 건혁은 그런 채원의 모습이 귀여웠다.

그는 두 손을 채원의 얼굴로 가져가 그녀의 양 볼을 감쌌다.

"난 너무 잘 맞아서 미칠 지경인데……."

뭔가 능글거리는 의미를 내포한 말에 채원이 눈살을 찌푸렸다. 지금 분위기에 할 말은 아니었다. 남자는 다 똑같다는 경주의 말이 저절로 떠올랐다. 채원은 억지로 건혁의 손을 끌어 내렸다.

"경주가 오늘은 집에 들어오래요."

채원의 말에 건혁이 모른 척 노트북을 다시 펼쳤다.

"서준규랑 싸운 모양이네. 신경 쓸 필요 없어."

"건우도 의심해요. 오늘은 들어가요."

아무리 건혁이 야근을 밥 먹듯이 한다고는 해도 일주일째 계속되는 외박이었다. 3일은 진짜 야근. 그리고 나머지는 열애. 여자에게 빠져도 단단히 빠진 형을 동생은 알기나 할까. 채원은 오늘만은 그를 집에 들여보낼 작정이었다.

건혁이 일주일 만에 집으로 들어서자마자 건우는 참아 왔던 말을 쏟아 냈다.

"우리 쌤은 정말 형이 싫은가 봐."

"뭐……?"

방금 전 자신이 안고 들어온 여자가 누군지 의심되는 말에 건혁의 눈썹이 꿈틀댔다.

"내가 쌤한테 형 장가보내게 여자 좀 소개해 달라고 했거든. 그랬더니 정색을 하면서 없대. 화가 난 것 같았는데, 아무래도 여기서 화날 포인트는 형밖에 없어. 형 때문에 쌤이 학원 그만둔 거나 마찬가지잖아. 얼마나 싫겠어. 난 이해해."

그것 때문에 두 사람이 또다시 인연으로 엮인 것은 말하지 않았다. 건혁은 건우가 잘못 짚어도 한참 잘못 짚은 듯 보여 차후를 생각해 조금은 두 사람의 사이를 예상할 수 있도록 밑거름을 깔아 두었다.

"난 너희 쌤…… 괜찮던데?"

건혁의 입에서 전혀 예상치 못한 말이 흘러나오자 건우는 형을 노려봤다.

"관심 끄시지? 우리 쌤은 나 만나야 하거든!"

유치한 마음에도 지조는 있는 것 같아 건혁은 그저 웃어넘겼다. 사실대로 말하면 공부고 뭐고 다 필요 없다 할 것이 분명했다. 대학만 가면……. 건혁은 그 생각만 했다. 그러면서 한 가지 궁금한 것이 생겼다. 이 녀석은 왜 이리도 채원을 좋아할까.

"네 쌤 어디가 그렇게 좋아?"

건혁의 질문에 건우는 부끄러운 웃음을 흘렸다.

"예쁘잖아⋯⋯."

예뻐서 좋은 거라면 여자는 많았다. 건혁은 건우가 단순히 그 이유만으로 채원을 좋아하는 거라면 이렇게 마음고생 하면서까지 비밀 연애를 할 이유가 있겠나 싶었다. 녀석에게 다른 예쁜 여자를 소개해 주면 모든 게 해결될 테니까.

"그리고⋯⋯ 쌤이랑 있으면 마음이 따뜻해져. 다른 사람은 안 그래. 쌤만 그래."

형제를 동시에 위로하고 있는 사람. 그 여자의 능력이 대단하게 느껴졌다. 이런 말을 할 정도로 녀석이 채원에게 많은 위로를 받고 있는 거라면 당분간은 상처를 주고 싶지 않았다. 그처럼 이 녀석도 편안해졌으면 좋겠다고 생각했다.

"형은 모르겠지만 한 번씩 엄마 아빠가 너무나도 보고 싶을 때가 있어. 그때 혼자 있는 건 정말 싫거든. 형이랑은 있어 봤자 더 외롭기만 하고. 그럴 때 쌤 찾아가서 같이 있으면 마음이 좀 풀려. 내가 왜 그런지 묻지도 않고 자기 말만 조잘조잘하면서 그냥 옆에 있어 주거든. 아주아주 맛있는 햄버거도 사 주면서."

건우는 대수롭지 않게 말했지만 건혁은 동생의 말속에서 그로는 채워지지 않는 외로움을 알아챘다. 건혁의 가슴이 싸하게 내려앉았다. 채원이 아니었다면 알지 못했을 마음이었다. 건혁은 채원에게 고마운 마음을 느끼면서도 한편으론 두려웠다. 건우가 만약 그들의 비밀을 알고 더 이상 그녀에게서 위로받지 못하면 어쩌나. 마음의 기우인 것을 알면서도 자꾸만 나쁜 쪽으로 상상하게 됐다. 연애가, 사랑이, 그를 작아지게 만들었다.

□ ■ □

"강건우, 담임이 너 불러."

채원이 내 준 수학 숙제의 마지막 문제를 쉬는 시간을 이용해 막, 클리어하려던 건우가 반장의 말에 고개를 들었다. 아무래도 담임은 겁 없이 카이스트에 간다고 말한 자신 때문에 긴장을 한 것 같았다. 그동안은 공부를 안 해서 속을 썩이더니 이제는 주제도 모르고 꿈을 키운다고 혀를 차고 있을 것이 분명했다.

담임은 이상한 오지랖이 있었다. 진심을 담아 걱정하지도 않으면서 어떤 것이든 참견해야 직성이 풀리는 성격이었다. 건우는 그 장단에 적당히 맞춰 주자 생각하며 몸을 일으켰다.

"형수님이랑 대학교는 잘 구경했어?"

상담을 할 때마다 형수님 핑계를 댔더니 담임은 채원이 진짜 형수님인 줄 알고 있었다. 건우는 자신의 거짓말을 들키지 않기 위해 열심히 고개를 끄덕였다.

"근데 쌤이 생각할 때는…… 네가 가고 싶은 곳이 올해는 조금 힘들 것 같아. 지금 충분히 잘하고 있는데, 조금 기준을 낮춰서……."

"사람 일은 모르는 법이죠, 선생님. 노력하면 된다고 저한테 늘 말씀하셨잖아요?"

건우가 열정 가득한 눈으로 말했다. 담임은 그렇지, 하며 어쩔 수 없이 고개를 끄덕였다. 설득이 쉽지 않을 것 같았다. 건우의 형수님은 이 녀석을 대체 어떻게 설득한 건지 궁금하지 않을 수 없었다.

"그래. 열심히 해 봐. 선생님이 응원할게."

"네, 선생님! 감사합니다."

건우가 벌떡 일어나 90도로 인사를 건넸다. 상담을 일찍 끝내는 그만의 노하우였다. 흔들림 없는 모습. 뭐든 밀어붙여야 얻을 수 있었다. 채원에 대한 자신의 마음도 그렇다고 생각했다.

"근데 형님 결혼하시면 너도 같이 살게 되니?"

"네?"

"선생님이 얼마 전에 뵈었을 땐 가을 전에 하실 것 같던데."

담임이 뭔가 의미를 내포한 웃음을 흘렸다. 건우는 의아했다. 제가 알기론 담임이 채원을 본 것은 형을 대신해 부른 상담 때가 처음이자 마지막이었다. 그때 이후로 채원을 만난 적이 있단 말인가. 그리고 가을에 결혼을 한다고? 만날 일이 없는 두 사람이 결혼할 가능성은 제로였다. 건우는 담임이 오지랖을 넘어 망상을 한다고 생각했다. 그렇게 대수롭지 않게 넘겨 버렸다.

□ ■ □

"이건 어떤데?"

경주의 말에 채원이 생각 없이 고개를 끄덕이고는 다시 손목시계를 바라봤다. 과외 시간까지 얼마 남지 않았다. 성격상 시간 약속은 어기지 않는 편이라 집을 나설 때부터 신경이 쓰이긴 했다.

하지만 친구 경주는 기어이 그녀를 백화점으로 끌고 가 쇼핑 코치를 하게 만들었다.

원피스만 열 벌째 갈아입는 중이었다. 평소 경주의 취향도 아니었다. 아무래도 건혁의 친구 준규와 연애를 시작한 것 같다고 채원은 추측했다. 자신들도 비밀 연애를 하고 싶은지 입으로는 아니라 하지만 행동은 꼭 맞았다. 들떠 있는 표정까지, 백 프로였다.

"다 괜찮으니까 제발 좀 사. 나, 과외 늦어."

"내가 태워 준다니까 그러네. 이건 어때?"

경주가 빨강 원피스를 자신의 몸에 가져다 대곤 채원이 서 있는 방향을 바라봤다.

"응. 최고야."

채원이 쳐다보지도 않은 채 대답했다. 그녀는 건우에게 조금 늦는다는 문자를 보냈다.

"정채원, 관심 좀 갖지?"

"어?"

채원이 그제야 고개를 들었다.

"그래. 가자, 가자. 근데 너, 그거 강박이야. 조금 늦으면 어때? 고딩이 잡아먹어? 걔한테도 숨 쉴 틈 좀 줘라. 학교 다닐 때 선생님이 조금 늦는다면서 자습하라고 할 때 기분 알잖아? 뭔가 개이득? 히히. 요즘 애들은 이런 말 쓴다며? 넌 매일 젊은 애랑 있어서 좋겠다."

"뭐?"

"어린애들은 또 어린애들만의 매력이 있거든!"

경주가 늙은 여우처럼 채원에게 눈을 찡긋거렸다. 알 만했다. 최경주는 연하 킬러였다. 준규로 만족하고 있다는 게 놀라웠다. 그가 아주 대단하거나 최경주가 바뀌었거나. 둘 중 하나였다.

"오, 개이득인데?"

그녀는 바뀌지 않았다. 뛰어오는 건우 녀석을 보고는 경주가 채원에게 귓속말로 말했다.

뭐가 이득이라는 건지.

"얼른 가."

채원이 경주의 차에서 내리며 재촉했다. 혹시나 하는 마음에서였다. 건우를 이렇게 마주칠 거란 생각도 못 했지만 혹시라도 건혁의 존재를 말하기라도 한다면 상황이 아주 복잡해질 것이었다.

"왜, 나도 젊은 기운 좀 받아 보자. 안녕, 친구."

경주는 재빨리 채원을 따라 차에서 내린 후 다가온 건우에게 인사를 건넸다.

"누구세요?"

건우는 채원의 옆에 선 낯선 여자에게 물었다.

"나, 너희 쌤 친구. 반가워."

건우는 그제야 활짝 웃으며 90도로 깍듯이 인사를 했다.

"아! 안녕하세요! 처음 뵙겠습니다!"

"그래. 완전 잘생겼네, 너. 연예인 해도 되겠다."

채원은 서둘러 경주의 입을 막고 차에 태우려 했다. 얼른 돌려

보내지 않으면 친구의 입에서 무슨 말이 나올지 몰랐다.

"너, 이제 가. 우리 수업해야 해."

"야, 인사도 못 해? 근데 너 이렇게 잘생긴 애랑 맨날 어떻게 수업하니? 심장 떨려서."

건우는 경주의 과한 칭찬에 멋쩍게 웃었다. 기분이 나쁘지는 않았다. 그의 외모를 인정해 주는 친구가 옆에 있다면 채원의 마음을 잡는 데 더 유리할 것이었다.

"울 쌤은 나 같은 스타일이 별로인가 봐요. 너무 잘생겨서 싫은가?"

쿵짝이 잘 맞았다. 경주는 건우가 마음에 드는지 갈 생각이 없었다. 채원 혼자서만 발을 동동 굴러야 했다. 진짜 비밀 연애는 아무나 하는 게 아니었다. 심장이 자꾸만 튀어나오려고 했다.

"그럼, 열공해. 난 간다."

드디어 경주가 차에 올라탔다. 채원이 안심하며 건우와 돌아서는 순간이었다.

"근데 너, 누구 좀 닮았다?"

경주의 예리함에 채원의 심장이 쿵 하고 내려앉았다.

13. 가질 수 없어, 가지고 싶은

"웃음이 나와요?"

채원은 경주가 듣지 못하게 문을 닫고는 건혁에게 하소연했다.

― 경주 씨한테는 말하는 게 어때? 그럼, 당신이 좀 편해질 거 아니야.

그건 건혁의 말이 맞았다. 채원은 더 이상의 비밀을 감당하기 힘들었다. 뭔가 눈치를 챈 것인지 경주는 과외를 마치고 집으로 들어선 그녀를 빤히 바라보았다. 어서 불라고. 뭔가 있는데 왜 말하지 않느냐고. 안 불면 그 고딩한테 가서 무슨 말이든 다 해 버릴 것이라고 말하는 듯한 눈빛이었다.

"그거 가지고 또 딜할 게 뻔해요. 경주 알잖아요. 무서운 애라는 거?"

― 나도 내 불쌍한 친구를 보면서 충분히 느끼고 있긴 한데.

그래도 일단 우리 편으로 만드는 게 중요해. 잘 말해 봐.

건혁과 통화를 마친 뒤 채원은 라면을 먹고 있는 경주의 앞에 앉았다. 이 밤에 라면이라니. 365일 다이어트를 하는 경주에게 어울리지 않는 행동이었다. 무슨 일인가 싶어 채원이 눈치를 살폈다.

"그렇게 봐도 안 줘. 나, 혼자 다 먹을 거야. 먹고 싶으면 끓여 먹어."

얄미운 친구의 행동에 채원은 눈빛을 세웠다.

"안 먹어. 다이어트 중이야."

"그럼 다행이고."

"무슨 일 있어? 지금 라면 먹으면 살찔 텐데?"

"찌라지. 잘 보일 남자도 없는데, 뭐."

아무래도 준규와 싸운 것 같았다. 채원은 경주의 행동이 귀여워 웃을 수밖에 없었다.

"준규 씨랑 데이트 못 했어?"

오늘 산 옷을 바로 입고 나설 때부터 알아봤다. 아무래도 오늘의 데이트가 마음처럼 이뤄지지 않은 것 같았다. 연애는 사람을 유치하게 만드는 듯했다. 사랑에 통달한 늙은 여우에게도 그건 마찬가지였다.

"방송국 일 혼자 다 하는 남자랑은 상종 안 해. 로미오와 줄리엣도 아니고. 벌써 세 번이나 까였어. 자꾸 나 피하는 거 같은 이 찜찜한 느낌적인 느낌은 뭐지?"

"나도 그 사람 일이랑 같이 데이트해. 그러니까 네가 좀 이해해."

"그럼 얼굴이라도 보여 줘야지? 건혁 씨는 얼굴이라도 보여 줄 것 아니야?"

그건 맞았다. 건혁은 일보다 연애가 먼저인 것처럼 행동했다. 그래서 채원은 데이트 중에도 일하는 그의 모습을 이해할 수 있었다. 경주 앞에선 준규의 편을 들어 주긴 했지만 채원으로서도 준규의 지금 행동은 이해하기 힘든 부분이었다.

"그건 그렇고. 강건혁 씨 생각하니까 갑자기 또 그 고딩이 떠오르네."

채원의 심장이 또다시 두근거렸다. 이실직고하지 않으면 조만간 심장 마비가 올 것 같았다. 채원은 고해 성사를 하듯 경주에게 사실을 털어놓았다.

"두 사람 형제야."

경주의 눈이 한 번 놀랐다.

"그 동생이 나 좋아하고."

경주의 눈이 두 번 놀랐다.

"그래서 우리는 지금 비밀 연애 중이고."

세 번 놀라려다 경주는 채원을 노려봤다.

"둘 다 가지겠다는 거냐?"

"무슨 소리야?"

"비밀 연애를 왜 해. 걔 마음 포기하게 만들어야지. 혹시, 걔한테 마음……."

"아니야, 그런 거!"

채원이 급하게 손까지 흔들며 부정했다.

"그럼 왜 그러는데? 우리처럼 비밀 연애 놀이 하니?"

헉. 경주는 자신이 먼저 이실직고해 버리자 깜짝 놀랐다.

내 이럴 줄 알았다며 채원은 대수롭지 않은 듯 넘겨 버리고는 숨겨 온 말을 꺼냈다.

"걔 대학 갈 때까지만 비밀로 할 거야. 저번에 말했잖아, 마음 붙잡아서 대학 보내야 한다고. 우리 사귀는 줄 알면 또 상처받고 방황할지도 몰라. 그 사람도 그 생각엔 동의했고."

"네 마음도 이해는 되는데, 그 애한테 들키거나 나중에 이 사실 알면 문제 더 커지는 거 아니야? 너, 강건혁 씨랑 결혼할 생각 없어?"

"어?"

채원이 속마음을 들켜 버린 듯 눈을 키웠다.

"결혼할 생각이면 그 애가 네 시동생이 될 텐데, 나중에 걔 입장도 이상할 것 아니야. 자기가 좋아했던 여자는 형수로 받아들일 수 없다고 반대해 버리면 어떡할 건데?"

모두 맞는 말이었다. 그리고 채원도 생각을 안 해 본 것이 아니었다. 하지만 지금은 건우의 대학이 급했고, 자신과 건혁의 연애와 결혼은 두 번째였다. 채원은 그저 건우가 잘 이해해 주길 바랄 뿐이었다.

"딜레마구만. 바닷가에서 그래 놓고 왜 선보러 나갔는지 이제 이해가 된다. 어쩌다 그렇게 엮어서⋯⋯. 인연인 거니, 악연인 거니?"

그 끝이 좋으면 인연인 거고, 좋지 않다면 악연인 것이었다. 지금은 어떤 것도 결정되지 않았다. 채원과 건혁에겐 그랬다. 마음을 확인하고 연애를 하는 중이지만 확실하게 서로를 붙잡진 못했다. 그래서 늘 불안하고, 안타깝고, 애틋했다. 이상한 심리였다.

"제3자라 뭐라고 말은 못 하겠지만, 속이는 시간이 길어질수록 너한테 좋은 일은 없을 것 같아. 고딩인데 뭘 그렇게 심각하겠어. 잘 설득하면 되지 않을까 생각한다."

경주는 제 할 말만 마치고 다시 라면을 먹기 시작했다. 말하느라 불어 터졌다고 불평이 터져 나왔지만 채원은 신경 쓰지 않고 자리에서 일어났다. 경주의 말을 듣고 나니 머리가 더욱더 복잡해진 기분이었다. 어떻게 하는 것이 가장 좋을까. 답이 나오지 않았다.

□ ■ □

"박지수를 메인으로 세울 거야."

팀장의 말에 건혁이 고개를 들었다.

"껄끄러운 사이라도 일은 일이야. 강 피디, 그렇게 감정적인 사람 아니잖아? 잘 맞춰서 만들어 와. 박지수 정도면 프리 하고도 남는데, 다시 복직한 게 얼마나 고마워. 잘 이용해서 이번에 시청률 좀 만들어 보자. 알겠지?"

개인 면담을 신청한 이유가 이것이었나. 건혁은 급하게 회의실을 빠져나가는 팀장을 바라보며 생각했다. 이런 일이 생길지도 모른다는 예상은 했었다. 감정은 모두 정리됐으니 문제 될 건 없었다. 하지만 연애를 시작하고 나니 걸리는 게 있었다. 혹시나 채원의 입장에서 마음이 상하지 않을까 하는 생각이 들었다. 지수와 10년이나 만난 사이라는 건 아직 말하지 않았다. 말할 필요가 없다고 생각했다. 이미 지난 과거였고, 신경 쓰게 하고 싶지 않았다.

그가 이런, 하지 않아도 될 고민을 하게 만든 발단은 다름 아닌 그의 친구 서준규였다. 창사특집은 원래 준규의 몫이었다. 연애에 빠져 정신 못 차리는 놈을 오늘은 제대로 일하게 만들어 줘야겠다고 건혁은 생각했다.

"왜 불똥이 나한테 튀는데?"

준규는 살려 달라는 눈빛으로 프리뷰 되지 않는 편집본을 바라봤다.

"난 창사 준비 해야 해. 네가 도와준다며, 무슨 일이든?"

"야, 그게 언제 적 말인데, 아직까지 우려먹고 있는……."

"그럼 네가 창사 준비 할래?"

준규는 그대로 입을 다물고는 마우스를 붙잡았다. 조금씩 새어 나오는 욕은 건혁이 모른 척해 주었다. 두 사람이 대학 때처럼 옥신각신하며 요상한 냄새를 풍기고 있을 때, 편집실 안으로 한 여자가 들어섰다. 건혁은 그녀를 보고는 준규의 뒤통수를 한 번 내리친 뒤 편집실 밖으로 나섰다.

컴퓨터 화면만 보고 있던 준규는 이유도 모른 채 뒤통수를 맞아야 했다. 왜 다들 나만 갖고 그래! 준규의 마음속 외침이 입 밖으로 나오지 못하고 사라졌다.

"콘셉트는 건혁 씨가 잡아 줘. 일 잘하니까 믿고 맡길게."

회의실에 들어서자마자 두 사람은 곧바로 일 얘기에 들어갔다. 그날 영화관에서 우연히 마주친 이후로 처음 얼굴을 보는 것이었다. 부서가 다른 두 사람이 만날 일은 그리 많지 않았다. 이렇게 누군가의 의해서 만들어진 자리가 아니라면.

"팀장님이 이렇게 덥석 무실 줄은 몰랐어. 혹시 불똥이 다른 곳에 튈까 봐 미리 말해 두는 거야. 이번 창사 기획 내가 제안한 거야."

그 정도로 힘이 있다고 말하고 싶은 건지, 아니면 건혁과 만날 일을 만들고 싶다는 건지, 건혁은 지수의 의도가 궁금했지만 반응해 주고 싶지 않았다. 관계를 끊는 건 무시가 답이었다.

"작가들이랑 콘셉트 잡아 보고 연락 줄게. 그럼, 먼저 간다."

"그 여자는…… 건우가 소개해 준 거야?"

무슨 소린가 싶어 건혁이 문 앞에서 걸음을 멈추었다.

"건우 학원 선생이라며? 그 녀석이 그렇게 형을 생각하는 줄 몰랐네."

비꼬는 것이 분명했다. 건혁은 반응하지 말아야 한다고 생각했지만 틀린 얘기는 바로잡아야 했다.

"네가 생각하는 것만큼 우리 사이가 그렇게 나쁘지 않아. 오해는 안 했으면 한다."

"알아. 둘이 끔찍한 거. 서로 아닌 척하지만. 그래서…… 건우가 날 싫어했잖아."

지수의 상처받은 눈빛에 건혁은 어이가 없었다. 헤어진 연인 사이였다. 이미 다 끝난 얘기를 꺼내 봐 봐야 마음만 다칠 뿐이었다. 그리고 건혁은 이제 더 이상 다칠 마음도 없었다.

"다 끝난 얘기는 그만하자."

"안 끝났어……. 난 아직도 억울해."

지수의 입은 웃고 있었지만 눈은 울고 있는 것만 같았다.

"지수야."

"가족한테 끔찍한 사람이란 거 알았어. 그래서 항상 노력했어. 그런데 당신은 그 가족만 생각하더라. 마지막까지……. 당신한테 난 뭐였어?"

지수가 비릿하게 웃어 보였다. 건혁은 대답할 가치를 느끼지 못했다.

"회사야. 정신 차려. 공사 구분 못 할 거면 창사특집 같이 못 한다. 팀장한테 그렇게 말……."

"알았어. 냉정한 사람인 거 내가 잊고 있었네. 미안해."

자리에서 벌떡 일어난 지수가 회의실을 빠져나갔다. 홀로 남은 건혁은 생각했다. 미련한 사랑. 그저 지수가 안타까울 뿐이었다.

□ ■ □

건혁은 도저히 준규를 혼자 두고 갈 수 없다며 오늘은 데이트를 못 할 것 같다고 말했다. 그래서 채원은 오랜만에 과외를 마치

192

고 곧장 집으로 오는 길이었다. 마침 경주는 나이트 근무라 간단하게 먹을거리도 샀다. 연애에 빠져 공부를 소홀히 했기에 오늘은 진득하니 책상 앞에 앉아 보자 다짐을 하는 중이었다.

채원이 아파트 현관 앞을 지나는데 낯익은 모습 하나가 눈에 들어왔다. 남자는 화단 앞에 앉은 채 고개를 숙이고 있었다. 그녀가 가까이 다가가자 술 냄새가 훅 하고 끼쳐 왔다. 그는 작은 목소리로 누군가를 부르고 있었다.

"……원아."

자신의 이름이었다. 술에 취한 준석이 채원의 이름을 부르고 있었다.

"선배……?"

채원이 다가서 그를 흔들어 보았다. 그가 고개를 들더니 채원을 보고는 조그맣게 웃었다. 자신이 찾는 사람이 맞는다는 확인의 웃음 같았다. 채원의 마음이 무거워졌다.

"술을 얼마나 마신 거예요? 얼른 일어나 봐요!"

채원이 준석의 팔을 붙잡고 일으켜 세우려 했지만 술에 취해 몸을 가누지 못하는 남자를 부축하기에는 역부족이었다. 이 일을 어떻게 수습해야 할지 채원은 생각했다. 경주가 있었다면 당연히 그녀가 해결해 줬을 것이다. 하지만 나이트 근무인 경주를 부를 수도 없는 노릇이어서 채원은 막막했다. 그냥 두고 들어가기엔 또 양심이 허락하지 않았다. 모든 마음을 접었다고 해도 사람 간의 정은 남아 있었다.

한 번도 흐트러진 모습을 보인 적 없던 선배의 망가짐이 낯설었다. 항상 바른 사람이었고, 그녀에게는 오빠 같은 따뜻한 모습만 보여 왔다. 이렇게 마지막까지 그녀를 힘들게 할 줄은 몰랐다. 놓치고 나서 후회하는 심리를 이 남자도 어쩔 수 없이 가지게 된 건가. 채원은 씁쓸한 마음이 들었다. 얼른 이 관계를 깨끗이 정리하는 것만이 답이란 생각도 들었다.

준석의 주머니에선 계속해서 벨소리가 들려왔다. 채원은 결심한 듯 그의 핸드폰을 꺼내 화면에 떠 있는 이름을 확인했다. 역시나 와이프였다. 채원이 통화 버튼을 눌렀다.

"여보세요."

— ……누구시죠?

여자의 날카로운 목소리가 채원의 귀에 꽂혔다.

"저, 준석 선배 후배예요. 선배가 술을 많이 마시고 쓰러져 있어서요. 집 주소 좀 알려 주시겠어요? 택시로 태워 보낼……."

— 혹시, 영화관에서 봤던 그 후밴가요?

지수의 물음에 채원은 잠시 망설였지만 거짓말을 하고 싶지는 않았다.

"네. 오해하실 일은 없어……."

— 미안하지만 그 사람, 집까지 부탁할게요. 택시만 믿고 맡기기엔 불안해서요. 바로 주소 찍어 보낼게요.

지수는 제 할 말만 하고 전화를 끊어 버렸다. 곧이어 준석의 핸드폰으로 문자가 들어왔고, 채원은 그 자리에 서서 준석과 핸드폰을 번갈아 바라봤다. 찜찜하게 보내는 것보단 상황 설명을 하는 게 더 낫다는 생각도 들었다. 채원은 어쩔 수 없이 콜택시를 불렀다.

부자 동네의 아파트는 경비가 술 취한 입주민을 집 안까지 옮겨 주기도 했다. 젊은 경비가 지수에게 깍듯이 인사를 건네고 사라지자 자신도 집으로 돌아가야겠다는 생각이 들었다.

채원이 이만 가 보겠다며 인사를 건네려는데, 지수는 그녀를 보낼 생각이 없는 것 같았다.

"잠깐 차 한잔할 수 있어요? 이렇게 신세를 졌는데 차 한 잔도 대접 못 한 채 그냥 보내기가 그래서요."

지수가 깔끔하게 웃으며 채원에게 말했다. 티브이에 나오는 유명 아나운서는 홈웨어를 입고 있는데도 아름다웠다. 채원은 이상하게 기분이 나빴지만 내색하지 않고 고개를 끄덕였다. 그녀도 피할 이유가 없었다.

"준석 씨랑 많이 친한가 봐요?"

마주 앉자마자 지수에게선 의미를 담은 질문이 흘러나왔다. 채원은 대답 대신 앞에 놓인 찻잔을 들었다. 외국 어느 곳에서 사 왔다는 희귀한 홍차는 맛이 없었다. 그녀는 이 여자가 알고 싶어하는 것이 무엇일까 생각했다.

"동아리 선배였어요. 사회 나오곤 두루두루 친해졌고요. 저번에 소개팅시켜 주신 제 룸메이트 친구랑 제일 많이 붙어 다니긴 했어요. 지금은…… 각자 살기도 바빠서요."

이제는 만날 일이 없다는 말은 하지 않았다. 만나고 싶지 않다는 말도 할 필요는 없었다. 괜한 오해로 선배의 입장이 난처해지는 걸 채원은 바라지 않았다.

"준석 씨가 개인적인 얘기는 잘 안 하는 편이라…… 좀 궁금했어요."

채원과 달리 지수는 홍차의 맛을 천천히 음미하고는 찻잔을 내려놓았다. 여유로운 그 모습을 지켜보며 채원은 문득 그런 생각이 들었다. 이 여자도 걱정거리가 있을까. 사람들이 모두 인정하는 명예와 돈을 가졌고, 그녀가 그렇게 원했던 남자도 가졌다. 어쩔수 없이 비교가 되는 상황에 세상이 불공평하다는 생각이 들었다.

"선배, 착한 사람이라 신경 쓰실 일 없을 거예요."

채원의 말에 지수는 대답 대신 의미를 알 수 없는 미소를 지어보였다.

"그럼, 잘 마셨습니다. 먼저 일어나……."

"건혁 씨가 잘해 주나요?"

채원은 반쯤 일으켰던 몸을 똑바로 세워 자신의 앞에 앉아 있는 지수를 바라봤다. 건혁의 회사 동료라고 했던 여자는 오지랖이 넓은 편인 것 같았다. 그날 영화관에서 마주친 두 사람을 보고 사귀는 사이라 단정 지은 것도 그러했고, 회사 동료의 연애 사정을 묻는 지나친 관심도 그러했다.

채원은 지수의 말을 못 들은 척하며 자리를 빠져나가려 했다. 하지만 이어진 다음 말은 도저히 그냥 지나칠 수 없었다.

"건우가 소개해 준 건가요?"

아주 잘 아는 사이가 아니고서는 나올 수 없는 질문이었다. 여자는 건혁과 무슨 사이였을까. 채원은 그것이 궁금하면서도 마음이 불쾌했다. 지금 이 여자의 관심은 준석이 아니라 건혁인 것 같았다. 그래서 발길을 돌릴 수가 없었다.

"건혁 씨랑 많이 친하신가 봐요?"

방금 전 지수가 채원에게 묻던 말이었다. 대상만 준석에서 건혁으로 바뀌었을 뿐. 채원은 자신이 왜 이런 물음을 가져야 하는지 알 수 없었지만 대답을 듣고 싶었다. 어째서 이 여자가 그의 이름을 다정하게 부르는지 알아야만 했다.

"……만났던 사이예요. 건혁 씨가 얘기 안 했나 보죠?"

그걸 말할 남자가 아니라는 건 두 여자 모두 알고 있었다. 그래서 한 여자는 야속함을 느꼈고 또 다른 한 여자는 화가 났다. 유치하고 속이 좁다고 할지라도 질투심이 일었다. 채원은 지수가 건혁을 알은척하는 게 싫었다. 모든 걸 다 가진 것처럼 보이는 여자는 그녀가 지금 가지고 있는 것까지 넘보는 듯했다.

"이미 지난 일을 이해 못 할 사이는 아니지만 그쪽 관심 조금 불쾌하네요."

채원은 불편한 마음을 감추지 않고 드러냈다. 그럴 자격이 그녀에게 있다고 생각했다.

"불쾌했다면 미안해요. 별 뜻은 없어요. 이미 지난 일이니까……."

지수는 또다시 여유롭게 찻잔을 들었다. 채원은 빨리 이 자리를 벗어나고 싶었다.

"건혁 씨한테는 오늘 선배 데리고 온 일 말하지 말아 주세요. 그 사람도 불쾌할 수 있으니까요."

채원은 경고하고 싶었다. 당신 남편이나 간수 잘하라고. 어쭙잖은 미련을 떨고 싶은 거라면 그 가식적인 얼굴이나 벗고 하라고. 차오르는 화를 가까스로 참아 내며 채원은 돌아섰다.

"준석 씨가…… 아직도 당신 좋아하는 거 알아요."

채원의 발걸음이 그대로 멈췄다.

"오늘 보니…… 아무래도 미련 같네요. 잘 가요."

지수가 채원의 뒷모습에 대고 마지막 인사를 건넸다.

14. 감출 수 없는 비밀

세 번째 사정을 하고 건혁이 몸을 빼내려 하자 채원이 그를 끌어안았다. 오늘따라 적극적인 것 같아 기분이 좋았지만 한편으론 걱정스러운 마음이 들었다. 이 여자가 평소와 다르다는 건 무슨 일이 있다는 뜻이었다. 얼마간의 연애로 그는 단번에 깨달을 수 있었다.

채원이 다시 건혁에게 키스해 왔다. 불안해 보였다. 그를 안고 또 안으면서도 그녀는 만족하지 못하는 듯했다. 그래서 건혁은 안타까웠다.

"채원아……."

건혁이 자신의 이름을 부를 때마다 채원은 그에게 키스했다. 지수를 만나고 온 후로 그녀는 매일 그와 섹스했다. 무엇을 확인하고 싶은 걸까. 그는 자신의 옆에 있는데. 사라지지 않는데. 게 다가 빼앗을 수 있는 상황도 아니었다. 그 여자는 그를 떠나 다른 남자와 결혼했다. 그런데 왜 이렇게 마음이 불안한 건지 그녀도 알 수가 없었다.

"박지수 씨 만났어요."

샤워를 마치고 옷을 입으며 채원이 대수롭지 않게 말했다. 남방의 단추를 채우고 있던 건혁의 손이 그대로 멈추었다.

"채원아."

"그 여자랑 자주 마주쳐요?"

채원은 더 이상 감추지 않고 진지한 눈으로 물었다.

"……"

건혁은 아무 말도 할 수가 없었다. 그렇지만 채원이 원하지 않는다면 지금 하는 창사특집 일도 멈출 생각이 있었다.

"나, 유치하다고 생각해요?"

채원의 투정에 건혁은 그녀를 자신의 품으로 당겨 꼭 끌어안았다.

"미리 말 못 한 건 미안해. 신경 쓰게 하고 싶지 않았어."

"머리로는 이해하는데 자꾸 속상한 마음이 들어요. 질투도 나고……."

건혁은 또다시 채원이 귀엽게 느껴졌다.

이 여자를 어떡하면 좋을까. 이러니 좋아할 수밖에 없었다.

"어떻게 하면 기분이 풀릴 것 같아?"

"당신이랑 백 번 자면 풀릴 것 같아요."

백 번 자는 걸로 풀린다면 그는 채원이 더욱더 질투하도록 만들고 싶었다. 우스운 욕망에 건혁은 심장이 뜨거워졌다.

"천 번은 어때?"

건혁의 맞장구에 채원은 농담이라며 고개를 흔들었다.

"건우랑 다 같이 놀러 가면 풀릴 것 같아요."

순전히 욕심이었다. 그의 가족이 되고 싶은 마음. 지수가 친근히 이름을 불렀던 건우에게 그녀만이 형의 여자로 인정받고 싶은 마음 때문에 다른 누군가의 마음을 생각하지 못했다. 그때의 그녀는 그랬다.

□ ■ □

"들키려고 용쓰는 거야?"

채원의 여행 가방을 보고 경주가 말했다.

"들키면 할 수 없지. 고백하는 수밖에."

말은 그렇게 해도 채원의 성격상 이실직고하지 못할 거란 걸 알았다. 건우를 대학에 보내기 전까지는 무슨 일이 있어도 비밀로 해야 한다더니 대체 무슨 바람이 불어 마음이 흔들린 걸까. 경주는 그런 채원이 걱정스러워 작은 한숨을 쉬었다.

보답받지 못한 긴 짝사랑에 지친 채원이 이제는 행복해지기를 바랐다. 불안하고 애처롭고 안타까운 사랑이 아니라 남들처럼 편안한 사랑을 했으면 했다. 그 상대가 강건혁인 줄 알았는데, 이번엔 두 형제 사이에 끼어 혼자서 전전긍긍이었다.

세 사람 모두 상처받지 않고 해피엔딩이 될 수 있을까. 경주는 한참을 생각해 보았지만 그녀도 그 끝을 알 수 없었다.

수능이 두 달밖에 남지 않았는데 여행이라니. 건우는 자신의 형이 무엇을 잘못 먹은 것이 아닌가 생각했다. 게다가 과외 선생님까지 함께 가는 여행이라고 했다. 셋이서 여행을 간다고? 무슨 조합인가 고민하지 않을 수 없었다.

정말 형이 선생님을 마음에 들어 해 작업 거는 거라면 굳이 자신을 끼울 필요는 없다고 생각이 들었다. 그렇다면? 형이 그때 그의 속마음을 듣고 편안한 위로를 선물로 주는 것이 아닐까 생각했다. 채원과 같이 있으면 마음이 따뜻해진다고 했었다. 엄마 아빠를 생각하지 않을 수 있다고 했었다. 수능이 다가올수록 점점 불안해하는 자신을 형이 불쌍하게 여긴 것이라고만 생각했다. 건우는 다른 생각은 할 수 없었다.

"당신…… 채원 씨도 얼른 안전벨트 매요."

"아, 네!"

조수석이 아닌 뒷좌석에 탄 채원은 낯선 건혁의 존댓말에 자신이 지금 무슨 짓을 벌이고 있는지 깨달았다. 하지만 멈출 수가 없었다. 건우는 아무 의심 없이 콧바람을 쐰다고 마냥 신이 나 있고, 내색은 안 하지만 건혁 역시 세 사람이 함께하는 여행이 기쁜지 입가에 엷은 미소를 띠고 있었다. 이유는 다르지만 세 사람은 지금 행복했다. 채원은 그거면 된다고 생각했다.

여행의 목적지는 형제의 부모님이 잠들어 계시는 강원도로 정했다. 건혁과 채원이 서로에게 이끌리는 마음을 깨닫게 된 장소이기도 했고, 건우가 채원에게 진심을 고백한 장소이기도 했다.

건우를 찾고 서울로 돌아오던 밤, 채원은 다시는 두 사람과 함께 그곳에 갈 수 없을 거라 생각했다. 건혁은 차가웠고, 건우는 다른 마음으로 자신을 바라봤다. 그리고 형제의 사이에서 그녀는 어떤 것도 선택하지 않으려 했다. 하지만 지금은 자신의 마지막 사랑이 건혁이길 바랐고, 건우에겐 형수로 인정받고 싶었다. 너무도 달라진 마음이었다.

"아, 참. 우리 담임이요. 형이랑 쌤이 가을에 결혼할 것 같대요. 웃기지 않아요?"

건혁과 채원이 백미러로 눈을 맞추었다. 무슨 말을 해야 할까. 심장이 두근대기 시작했다.

"난 괜찮은데. 채원 씨도 남자 친구 없으면 생각해 볼래요?"

건혁의 말에 채원이 안 그래도 큰 눈을 더욱더 키웠다. 건우가 획 고개를 돌려 뒷좌석을 바라봤다. 당황한 채원을 보고서는 안심한 듯 자신의 형을 노려봤다.

"울 쌤, 형 싫어한다니까 그러네. 부담스럽게 왜 그래?"

채원은 갑자기 건혁에게 미안해졌다. 건우는 그녀가 건혁을 아주 많이 싫어한다고 생각하는 것 같았다. 둘이서 건혁에 대해 이야기를 나눌 때면 좋게 말한 적이 없었으니 그러한 반응도 당연했다.

"사람 마음이 싫다가도 좋아지고 그러는 거야, 인마."

건혁은 포기하지 않고 건우에게 가능성을 흘렸지만 건우는 그런 형의 모습이 답답하다고 생각했다. 이러니 바보 같은 사랑만

하는 거지.

"여자들은 눈치 없이 구는 걸 제일 싫어해. 형은 그것도 몰라?"

지금 여기서 가장 눈치가 없는 사람이 누구인가 건혁은 생각하지 않을 수 없었다. 동생 녀석에게 응징의 대가로 꿀밤 한 대를 날렸다.

건우는 불시에 맞은 머리가 아팠지만 기분은 나쁘지 않았다. 형이 이렇게 다정하게 웃으면서 그를 상대해 준 적이 언제인가 싶었다. 채원이 뒤쪽에 앉아 있어서 그런지 형이 좀 부드러워진 것 같다고 건우는 생각했다.

여자의 힘이 대단하구나. 다시 한번 깨달았다.

건우는 형이 얼른 좋은 여자를 만나 결혼하기를 바랐다. 이제 그는 마음을 잡고 공부하기 시작했고, 형이 바라던 대로 대학도 갈 것이었다. 그러니 형이 어깨에 지고 있는 짐을 조금 덜어 내도 되지 않을까 싶었다.

"저번에 봤던 쌤 친구분, 남친 있어요?"

"어?"

갑작스러운 질문에 채원이 건우를 바라봤다.

"남친 없으면 우리 형 좀 소개해 줘요. 잘 어울릴 것 같은데."

건우가 말하는 사람이 누구인지 알고 있었지만 건혁은 그 여자와 어울릴 수가 없었다. 아주 무서운 여자였기에. 그리고 그 여자의 남자 친구이자 자신의 친구인 준규를 떠올렸다. 불쌍한 자식.

"아쉽게도 남자 친구 있어."

채원이 입가에 웃음을 머금고 대답했다. 그 말에 건혁이 백미러로 채원을 바라봤다. 그의 표정이 좋지 않았다. 아무래도 그녀가 말한 '아쉽게도'가 마음에 들지 않는 것 같았다. 채원은 모른 척 차창으로 고개를 돌렸다.

"형 연애는 형이 알아서 할 테니까 너, 나중에 마음에 안 든다고 반대나 하지 마."

건혁이 건우에게 뼈 있는 말을 건넸다. 채원은 건우가 어떻게 대답할지 궁금했다.

"내가 반대를 왜 해? 형 데려가 준다면 나야 땡큐지. 이제 노총각이야, 형. 가릴 처지가 아니라고."

건혁은 안심하면서도 기분이 상했다. 형을 도매급으로 넘기는 것 같아 언짢았다. 자신이 누구 때문에 비밀 연애를 하고 있는데. 어째서 뒤에 앉아 있는 여자를 제대로 바라볼 수조차 없는 건데. 왜 저 여자는 같이 있으면서도 그에게 따뜻한 눈빛 한 번 보내지 못하는 건데. 건우 녀석 때문에 언짢은 것투성이였다. 근데 그걸 또 이 녀석 때문에 모두 감수하는 중이었다.

"근데, 다른 여자는 다 돼도 우리 쌤은 안 돼."

그런 형의 마음도 모르고 가장 언짢은 말을 동생 녀석은 잘도 꺼내 놓았다.

납골당에서 부모님께 인사를 올리는 두 사람을 채원은 멀찍이서 바라봤다. 형제만 두고 부모님은 어떻게 세상을 떠나셨을까. 발길이 떨어지지 않아 저세상으로 어떻게 건너가셨을까. 저절로 그런 물음이 들었다.

늘 담담하기만 했던 건혁의 눈이 깊게 가라앉는 걸 보자 채원의 마음이 먹먹했다. 울 수 없었던 남자는 여전히 상처를 가슴에 묻고 살아갔다. 그 상처를 낫게 해 주고 싶었다. 채원은 그 역할을 자신이 해 줄 수 있다면 좋겠다고 생각했다.

"나 화장실 급해. 잠깐만!"

납골당을 나서다 건우가 배를 붙잡고 화장실로 향했다. 의도치 않게 두 사람만 남게 되자 건혁은 이때다 싶어 재빨리 채원의 손을 붙잡고 자신 쪽으로 이끌었다.

"건혁 씨!"

채원이 놀라 화장실 쪽을 바라봤다. 건혁은 아랑곳하지 않고 두 손으로 채원의 얼굴을 붙잡아 시선을 자신 쪽으로 향하게 만들었다.

"저 녀석 두고 나중에 다시 오자. 우리 부모님…… 소개해 주고 싶어."

긴장했던 마음이 건혁의 한마디에 금방 따뜻해졌다. 이 마음이면 충분하다는 생각이 들었다. 더 이상 욕심 부리지 않겠다고 다짐하며 채원은 긍정의 뜻으로 고개를 끄덕였다.

관광지 몇 곳을 둘러본 뒤 세 사람이 향한 곳은 고모할머님 댁이었다. 늦은 밤 신세를 지고 급하게 떠난 것이 죄송해 여러 가지 선물도 준비했다. 여행 계획을 세우면서 이곳에 오고 싶어 하는 형제의 마음에 채원은 흔쾌히 동의했다. 가족의 정이 누구보다 그리울 두 사람이었다. 이렇게라도 달랠 수 있다면 채원은 다행이라고 생각했다.

"할매! 할매, 저희 왔어요!"

건우가 차에서 내리자마자 시골집 마당 안으로 뛰어들어 갔다. 저렇게도 좋을까. 건혁과 채원은 가지고 온 선물과 짐을 챙기면서 같은 생각을 했다.

어쩐지 새신랑 새신부가 어른들께 첫인사를 드리러 가는 기분이 들었다. 건혁은 일부러 채원과 나란히 걸으며 그 마음을 즐겼다.

"아이고, 우리 새끼들 또 어쩐 일이여!"

마루에 앉아 소일거리를 하고 계시던 할머님이 벌떡 자리에 일어나 세 사람을 맞았다.

"할매, 보고 싶어서 왔죠! 맛있는 거 주세요! 배고파요!"

휴게소에서 이것저것 집어 먹었던 음식들을 아까 화장실에서 모두 다 비워 냈는지 건우는 인사를 하자마자 배고프다고 아우성이었다.

건혁은 가져온 물건들을 한편에 내려놓으며 듬직한 인사를 건넸다. 그 뒤에서 채원도 조용히 인사를 올렸다.

"어이구머니나! 우리 선생님도 같이 오신 거예요? 지난번에 급하게 보내서 섭섭했는데, 아주 잘 왔어요! 내가 오늘 맛난 거 해줄 테니까 기다려 봐요. 어이쿠, 근데 먹을 게 뭐가 있으려나, 가만있어 보자……."

할머님이 허겁지겁 주방으로 들어가자 채원은 가져온 물건들을 들고 뒤따라 들어갔다. 일부러 고기며 생선이며 이것저것 해 먹을 음식들을 사 온 길이었다.

채원이 주방으로 들어서자 할머님은 놀라서 얼른 그녀를 말렸다.

"아이고, 선생님은 그냥 계셔. 내가 다 할 거니까. 뭐 하러 들어와요, 여기를."

"아니에요. 제가 도울게요. 가만히 있기도 심심해요. 그리고…… 먹을거리 좀 사 왔어요."

채원이 사 온 음식을 꺼내 놓자 할머님이 흐뭇하게 웃으시더니 그녀의 손을 덥석 붙잡았다.

"내가 그때도 보내 놓고 얼마나 생각이 나던지……. 우리 혁이랑…… 그런 거 맞지요?"

고모할머님의 말에 채원은 긍정도 부정도 할 수가 없었다. 지금은 비밀 연애 중이지만 혹시나 나중에라도 그와 결혼하게 된다면……. 그런 그녀의 생각을 읽기라도 한 것처럼 주방으로 건우 녀석이 불쑥 들어와 할머님과 잡은 손을 유심히 바라봤다.

"이 분위기는 뭐야, 할매? 우리 쌤한테 뭐 부탁할 거 있어?"

"네 형아 장가보내려고 그러지. 이 선생님, 혁이 짝지 맞지?"

"아니. 내 짝진데?"

어느새 채원의 곁으로 다가온 건우가 그녀와 팔짱을 꼈다.

"뭣이라고? 못 하는 소리가 없어, 요놈!"

할머님이 큰일이라도 난 것처럼 채원에게서 건우의 팔을 빼냈다.

"왜 난 안 되고 형은 되는 건데? 쌤은 형 안 좋아한다니까?"

그게 사실이냐는 듯 눈빛으로 묻는 할머님에게 채원은 그저 난처한 웃음만 보일 뿐이었다. 얼른 그가 이 자리에 나타나 그녀를 구해 주길 바랐다.

"그래서 우리 건우 선생님은 만나는 남자가 있는가?"

마당 평상에 앉아 고기를 구워 먹고 있던 중, 할머님이 참아 온 물음을 툭 꺼내 놓았다. 채원은 다 익은 고기를 자르다 멈추고 맞은편에 앉아 있는 건혁을 바라봤고, 건혁은 씩씩대는 자신의 동생을 바라봤다. 이 녀석은 아까부터 뭐가 불만인 것인지 그를 자꾸만 노려보았다.

"아직…… 만나는 사람은 없어요."

채원이 민망한 웃음을 보이며 할머님께 대답했다. 그녀의 대답을 듣자 그제야 건우 녀석이 그에게서 눈길을 돌렸다.

"우리 혁이는 어때요?"

"아, 할매!"

"건우 네 녀석은 가만히 있어! 어른 일에 왜 자꾸 억지를 부리는 거야."

건우는 할머님의 말에 화가 났는지 벌떡 자리에서 일어나 방으로 들어가 버렸다. 건혁은 난처해하는 채원을 바라봤다. 빨리 교통정리를 하지 않으면 모두가 우스워질 분위기였다.

"저랑 만나는 사이 맞습니다, 할머님."

건혁이 망설임 없이 대답했다.

"아, 그렇지? 내가 딱 보니까 알겠더라고."

채원은 건혁이 무슨 생각으로 사실대로 말하는지 걱정이 되었다. 그리고 방으로 사라진 건우도 신경이 쓰였다.

"건우 녀석은 아직 몰라요. 그럴 이유가 있어서요. 비밀 좀 지켜 주십시오, 할머님."

고모할머님은 알겠다며 이유도 묻지 않고 고개를 끄덕였다. 그녀의 눈은 이제야 마음이 놓인다는 듯 착한 채원을 향해 있었다.

이불을 뒤집어쓰고 누워 버린 건우 녀석을 두고 건혁은 채원과 밤 산책에 나섰다. 가을바람이 부는 조용한 시골길을 걸으며 건혁이 습관처럼 채원의 손을 붙잡았다. 이러고 싶은 걸 참느라 하루 종일 힘이 들었다.

"건우…… 많이 삐쳤어요?"

"억지 부리는 거야. 신경 쓰지 마."

"그래도……."

"수능 치면 바로 말할 거야."

"……."

채원은 아무 말도 하지 않았다. 할 수 없었다. 건우가 수능을 칠 때까지만 비밀로 하면서 만나자고 했었다. 녀석이 알게 되면 헤어지자고도 말했었다. 그런 그녀의 다짐이 어느 순간 욕심으로 변해 있었다.

"나랑 헤어질 생각은 접어. 그 녀석 알게 돼도 우린 달라질 거 없어. 그런 생각도 안 하고 당신 만난 거 아니야."

건혁이 단호하게 말했지만 정말 결심이 흔들리지 않을 수 있을까. 채원은 두려웠다. 자꾸만 건우의 마음이 걸렸다.

그가 걸음을 멈추고 채원에게 키스했다. 조용한 시골길이었지만 밖이었다. 누군가 보기라도 한다면……. 채원은 생각했지만 그를 말릴 수 없었다. 달콤한 키스가 오랫동안 이어졌다.

15. 모든 게 끝이라고 생각한 순간

건우 녀석이 이상하다고 생각한 건 시골집을 다녀오고 난 이후부터였다. 공부를 소홀히 하거나 어긋난 모습을 보이는 것은 아니었다. 수능이 얼마 남지 않아 부담감이 생겨서 그런 것이라 채원은 생각했다. 철저히 준비한 녀석들도 막바지에 접어들면 긴장이 고조돼 한 번씩 삐걱거리는 경우가 있었다. 학원 생활을 하면서 그런 아이들을 옆에서 봐 왔었기에 건우 역시 그럴 것이라 생각했다.

"이젠 실전에서 아는 걸 실수하지 않는 연습만 하면 돼. 어차피 새로운 걸 공부한다고 해도 점수에 큰 영향을 주지 않아. 마무리를 잘해야 뭐든 성공할 수 있는 거야. 알겠지, 건우야?"

건우가 대답 대신 물끄러미 채원을 바라봤다. 할 말이 있는 것 같아 보였지만 녀석은 끝까지 입을 열지 않았다. 채원은 과외를 마치고 자리에서 일어났다.

건혁의 차에 올라탄 채원은 자꾸만 마음이 가라앉았다. 그러나 건혁에게는 아무 말도 할 수가 없었다. 건우가 좀 이상하다는 말을 하면 그가 걱정할 게 뻔했다. 괜한 걱정을 시키고 싶진 않았다.

"이제 진짜 얼마 안 남았네."

건혁이 뭘 말하는지 알았다.

"정말이네요."

채원은 그렇다고 말하며 창가로 시선을 두었다.

"무슨 생각 해……?"

"건우한테 다 말하면…… 속이 시원할까요?"

건혁은 조용히 채원의 손을 붙잡았다.

"지금보다는 낫겠지."

"벌받을지도 몰라요."

"그럼, 받아야지."

"자신 있나 보죠?"

채원이 고개를 돌려 그를 바라보며 애써 웃어 보였다.

"당신이 내 옆에 있잖아."

늘 이 남자는 자신의 가슴을 따뜻하게 채워 주었다. 채원은 그렇게 생각했다. 그래서 떠날 수 없을 것 같다고 느꼈다. 만약 마음이 떠난다면, 그건 거짓말일 것이라고…….

채원이 다시 창가로 고개를 돌렸다. 언제 더웠냐는 듯이 밖은 추위가 다가오고 있었다. 시간은 그렇게 소리 없이 디데이를 향해 갔다.

□ ■ □

"과외 그만두면 뭐 할 건데?"

경주의 질문에 채원은 곧바로 대답하지 못했다. 수능이 며칠 앞으로 다가와 과외도 조금씩 정리하고 있었다. 이제는 컨디션 조절만 잘 할 수 있도록 신경 써 주는 게 최선이었다.

며칠 전에는 저 혼자서 마무리를 하겠다며 건우가 과외 시간을 줄이자고 했다. 이제는 일주일에 한 번 만나는 게 다여서 채원도 미래에 대한 생각을 하지 않을 수 없었다.

연애를 하느라 임용 공부는 제대로 하지 못했다. 다시 학원을 알아보자니 원장들의 날카로운 눈초리가 생각나 마음이 내키지 않았다. 다른 과외 자리를 알아보는 것도 한 방법이었다. 그리고 마음속에서 떠오르는 또 다른 한 가지.

"결혼해."

채원의 마음을 읽었는지 경주가 대신 말해 주었다. 채원은 대답 없이 웃기만 했다.

"건혁 씨가 청혼 안 해?"

"건우 문제도 아직 해결 못 했는데, 무슨……."

건혁과의 결혼은 아주 먼 미래의 일이라고 생각했다. 넘어야 할 산이 많았다. 그 산을 정말 잘 넘어갈 수 있을지도 아직은 알 수 없었다.

"난 아직도 너희가 안 들킨 게 신기해. 걔가 눈치가 없거나 알면서 모르는 척하거나. 둘 중 하나라고 본다."

"알면 벌써 난리가 났겠지."

채원은 그렇게 생각했다. 건우의 분위기가 달라지면서 혹시나 하는 마음이 들었지만 녀석이 알았다면 가만있을 리가 없었다. 그리고 알면서 모르는 척할 이유도 없었다.

"아무튼 잘 정리됐으면 한다. 그래서 이 언니보다 먼저 국수 먹게 해 다오."

먼저? 채원은 의미가 숨겨진 경주의 말에 눈빛을 세웠다. 준규와의 비밀 연애가 잘되고 있다는 소리였다. 남자를 오래 만나지 않는 스타일이었기에 이번에도 그럴 줄 알았다. 정말 결혼이라도 할 작정인가 싶어 채원은 더욱더 의심의 눈초리를 키웠다.

"너부터 해도 돼. 뭐 하러 우리가 먼저 하길 기다려."

"그럼 합동결혼식 할까?"

경주가 진심으로 말하는 것 같아 채원은 얼른 자리에서 일어났다.

합동결혼식이라니. 첫 데이트의 악몽보다 더 끔찍했다.

□ ■ □

"밥은?"

건혁이 제 방에서 나오는 건우에게 물었다. 녀석이 눈을 피하며 대답했다.

"먹었어. ……형은?"

"나도 벌써 먹었지."

건혁은 일부러 건우와 말을 나누기 위해 거실을 어슬렁거렸다. 빨랫감을 세탁실에 가져다 놓는 녀석은 평소와 다를 게 없었다. 하지만 건혁은 이상했다. 자꾸만 마음이 쓰였다. 그래서 채원과의 데이트도 미루고 요즘 들어 일찍 귀가했다.

"뭐 필요한 거 있어……?"

건혁이 물었지만 건우는 대답 없이 냉장고에서 냉수를 찾아 꺼냈다. 두 사람이 있는 주방 공기가 싸늘했다. 언제는 안 그랬냐며 건혁은 심각하게 생각하지 않으려고 했다. 그저 수능 시험이 가까워지면서 부모님 생각이 더 간절해졌기 때문일 것이라 여겼다.

만약 부모님이 살아 계셨다면 어떻게 해 주셨을까. 건혁은 어쩔 수 없이 그런 생각이 들었다. 어머니라면 백 일 전부터 불공을 드리러 가셨을 것이고, 아버지는 내색하지 않겠지만 녀석의 방 불이 꺼질 때까지 잠들지 못하셨을 것이다.

건혁이 부모님의 빈자리를 채워 주려 노력했지만 노력만으로 되지 않는 부분이 있었다. 형은 어쩔 수 없는 형이었고, 자식을 향한 부모의 끝없는 사랑은 흉내 낼 수 있는 것이 아니었다.

"많이 힘드냐? 이제 얼마 안 남았어. 지금처럼만 하면 돼."

건혁은 어울리지 않게 간식거리를 쟁반에 담아 건우의 방으로 들어갔다. 그러고는 그것을 건네며 공부하는 건우의 등을 두드려 주었다.

"……."

문제집을 내려다보는 녀석에게선 아무 말이 없었다. 건혁은 공부에 방해가 될까 싶어 얼른 발길을 돌리려 했다.

"형."

"어?"

건우는 여전히 문제집에 시선을 두고 건혁을 보지 않은 채 말을 이었다.

"나 때문에 많이 힘들지?"

갑자기 철이 든 건가 의아했지만 건혁은 기분이 나쁘진 않았다. 이제야 그의 마음을 헤아려 주나 싶어 뿌듯한 기분도 들었다. 살가운 형은 아니었지만 때로는 그의 전부인 것 같은 마음으로 녀석을 생각했다. 이 녀석이라도 옆에 없었다면 그는 부모의 부재를 감당하지 못했을지도 모른단 생각도 들었다. 핏줄은 그래서 무서운 것이었다. 오래 만난 연인도 헤어지면 그뿐이었다. 감정은 그렇게 형체가 남지 않는 우스운 것이었다.

"형은 항상…… 네 편이다."

건혁은 진심을 담아 말했다.

□ ■ □

"마지막까지 최선을 다하자."

담임의 말에 학생들은 자리를 정리하고 일어났다. 각자 수험표를 받아 들고 자신이 배정받은 고사장을 확인하러 가기 위해 삼 삼오오 움직였다. 그 틈에서 건우만이 자리를 뜨지 못하고 교실에 앉아 있었다. 한동안 멍하니 칠판만 바라보다 손에 들고 있는 수험표를 한번 내려다봤다. 강건우. 자신의 이름과 수험번호, 사진이 붙어 있었다.

시험만 치고 나면 모든 것이 홀가분할 것이라 생각했다. 때늦은 반항의 종지부를 이것으로 잘 마무리하고 싶었다. 형도 원했고, 채원도 바랐다. 대학만 들어가라고.

건우는 힘겹게 몸을 일으켰다.

"건우…… 이제 가니?"

담임이 마지막으로 교실을 점검하기 위해 들어서다 건우와 마주쳤다. 건우는 대답 대신 꾸벅 인사를 건넸다.

"왜 이렇게 힘이 없어? 긴장돼서 그래? 든든한 지원군들이 있는데 무슨 걱정이야?"

형과 채원을 얘기하는 것일까. 건우는 담임을 물끄러미 바라봤다.

"근데, 형님 결혼 소식이 늦네. 너 때문에 미뤄진 거니? 아무래도 수험생이 있으니까 그렇지……?"

건우는 웃음이 났다. 모든 것이 우스웠다.

"……하게 되면 선생님한테 꼭 말씀드릴게요."

건우는 포기하듯 대꾸했다. 담임은 알겠다며 고개를 끄덕이고는 뒤돌아 걸어가는 건우를 의아하게 바라봤다. 형의 결혼이 마음에 들지 않는 것일까. 늘 형수님 자랑을 하는 해맑은 녀석이 아닌 것 같았다.

예비 소집을 마치고 같이 밥을 먹자는 형의 다정한 문자를 모른 척할 수는 없었다. 건우는 방송국 앞에서 형이 일하는 건물을 올려다봤다. 부모님이 돌아가시기 전까지는 줄기차게 드나들던 공간이었다. 형의 모든 것이 부러웠다. 자신보다 잘난 형이 질투 나기보단 존경스러웠다. 그런 형을 닮겠다는 생각도 했었다.

그렇게 형제는 어느 순간, 모든 것이 닮아 있었다.

'마음에 품은 여자까지.'

건우는 그 밤, 소리도 내지 못한 채 그곳에서 도망쳤다. 형이 안고 있는 여자가 그 사람이 아니기를. 형이 입 맞추는 여자가 그녀가 아니기를.

그는 끼어들 수도 없는 어른들의 사랑이었다.

'왜 몰랐을까. 왜 바보같이 상상조차 못했을까.'

모든 정황이 다 설명해 주고 있었는데도 그는 알지 못했다. 선생님을 좋아한다고 형에게 졸랐다. 선생님이 자신을 좋아하지 않는다고 울상을 지었다. 왜 그녀가 좋은지, 마음에 있는 모든 것을 말해 주었다. 그런 자신을 보며 형은 무슨 생각을 했을까. 건우는 마음이 무너졌다.

선생님을 향한 마음은 아무래도 좋았다. 내가 좋아한다고 나를 좋아해 달라고 할 수는 없었다. 그저 옆에 있고 싶었다. 마음이 편안해져 곁에 머물고 싶었다. 그게 사랑인지 편안함인지 아무래도 상관없었다. 누군가 필요했고, 그게 선생님이 된 것이었다.

하지만 형에 대한 마음은 달랐다. 또 그가 막아선 기분이었다. 왜 말해 주지 않은 걸까. 왜 설명해 주지 않은 걸까. 비밀로 하고 사랑할 만큼 자신은 형에게 아무것도 아닌 존재인 걸까……

건우는 이것만은 형에게 묻고 싶었다. 왜 이렇게 늘 그를 비참하게 만드는지.

건혁은 바쁜지 전화를 받지 않았다. 건우는 돌아설 수밖에 없었다.

이제는 아무것도 물을 수가 없었다. 그저 모른 척해야 한다고 생각했다. 시간이 지나면 다 잊힐 것이고, 덮어질 것이었다. 채원을 향한 그의 마음도 풋사랑으로 웃으며 기억하게 될 것이었다. 건우는 그게 맞는다고 생각했다. 들추면 들출수록 그는 더 상처받게 될 것이었다.

"너, 건우 아니니?"

이 여자를 만날 거라고는 생각하지 못했다. 건우는 로비로 내려온 지수를 보고도 대꾸하지 않은 채 발걸음을 돌렸다. 심장이 제멋대로 뛰기 시작했다.

"우리, 할 얘기 있지 않아?"

하지만 다시 발걸음을 돌려야만 했다. 건우는 그래야만 했다.

"마셔."

건우는 앞에 놓인 주스 잔만 멍하니 바라봤다.

"그러고 보니 내일이 수능이네. 준비는 잘했니?"

"……."

대답하지 않았다. 왜 이 여자 앞에 앉아 있는지도 몰랐다. 모른 척 일어서면 그만이었지만 그러질 못했다.

불안한 건우의 눈빛을 읽었는지 지수가 짧게 웃음 지었다.

"나랑 말하고 싶지 않겠지. 이해해. 널 탓하고 싶은 마음은 없어. 그냥…… 네가 이제는 변했나 확인하고 싶을 뿐이야."

"……."

건우는 어떤 말도 하지 못한 채 지수를 노려봤다.

"건혁 씨 만나는 여자, 네 학원 선생님이라는 사람. 네가 소개해 준 거 아니지?"

모든 것을 알고 묻는 것처럼 지수는 건우의 눈빛만을 살폈다. 흔들리는 눈빛으로 분명히 알게 됐다. 이들 사이에 어떤 비밀이 있다는 것을.

"너한테 말하지 않고 만나는 이유라도 있는 거야? 또…… 네가 걸림돌인 거니?"

건우의 눈에선 날카로운 무언가에 베인 것처럼 상처가 흘렀다.

"무슨 말이…… 하고 싶은 거예요?"

지수는 어제 일처럼 담아 온 말을 뱉었다.

"네가 그날…… 나를 장례식장에 못 오게 만들었잖아."

건우는 그대로 굳었다.

"형까지 널 버리고 갈까 봐 그런 거야?"

지수는 그때 건우의 마음을 이해했다. 그리고 건혁과의 이별도 받아들였다. 하지만 아직도 마음속에는 응어리처럼 미련이 남아 있었다.

"건혁 씨는 몰라. 내가 그냥 나쁜 년이 되기로 했어. 그런데 넌 또…… 건혁 씨 인생을 붙잡고 있구나……."

"그만! 그만해요!"

건우가 못 참겠다는 듯이 소리쳤다.

"내가 먼저 좋아했어요! 형이, 형이 좋아하는 거면 포기하려고 했어요. 아무 말 안 하고 마음 접으려고 했어요! 형 인생이니까…… 그러려고, 그러려고 했는데……."

비밀은 이것이었나 보다고 지수는 생각했다. 역시 동생을 끔찍하게 생각하는 강건혁다웠다.

"형이 왜 비밀로 하면서까지 그 여자를 만났을 것 같아? 네가 그 여자를 좋아하기 때문이겠지. 너한테 상처 줄 수 있으니까. 그리고 네가 포기할 수 없다고 떼쓰면 또 물러나겠지. 형한테 넌 그런 존재야. 그걸 몰라?"

건우는 더 이상 아무 말도 듣고 싶지 않았다. 이 여자가 하는 말은 아무것도 믿고 싶지 않았다. 형을 차지하려고 이 여자와 헤어지게 만든 것이 아니었다. 형이 행복했으면 했다. 이 여자는 형을 행복하게 해 줄 수 있는 사람이 아니라고 생각했다.

"건우야. 형을 놔줘, 이제……."

지수의 말이 건우의 가슴을 베었다.

□ ■ □

올해 수능은 작년보다 어려웠다는 뉴스 보도가 앞다투어 발표

되었다. 휴게실 티브이로 뉴스를 보며 건혁은 꺼져 있는 동생의 핸드폰으로 다시 한번 전화를 걸어 보았다. 똑같은 멘트가 흘러나왔다.

오늘 아침, 채원이 건우 몰래 챙겨 준 점심 도시락까지 잘 들고 간 녀석이었다. 아무래도 시험을 망친 것이 아닌가 하는 생각이 들었다. 그건 어쩔 수 없는 부분이었기에 건혁은 마음을 내려놓아야 한다고 생각했다. 그 순간 건혁의 핸드폰으로 모르는 번호의 전화가 걸려 왔다.

"네, 강건혁입니다."

— 아, 저 건우 담임 선생님인데요.

"아, 네. 안녕하셨어요?"

— 혹시…… 알고 계신 거죠? 건우가…… 시험 도중에 사라져 버렸어요. 저도 이제 연락을 받고…….

그 뒷말은 들리지 않았다.

16. 바보 같은 사람

　당분간은 여행을 다니고 싶다는 짤막한 문자 하나를 남긴 채 건우는 사라졌다. 갈 만한 곳을 모두 수소문해 봤지만 녀석의 흔적은 없었다. 건혁은 회사에 휴가까지 쓰고 건우를 찾아다녔다. 그게 벌써 일주일이 되었다. 채원은 그런 그의 모습을 지켜보며 가슴을 쓸어내릴 수밖에 없었다.

　혹시 녀석이 모든 것을 알게 돼 이러는 걸까. 죄책감을 느끼는 마음도 사치였다. 건혁은 넋이 나간 얼굴로 채원이 차린 밥을 앞에 두고 가만히 앉아 있었다. 두 사람은 아무 말도 할 수가 없었다. 무슨 말을 해야 할까. 채원의 심장도 무너져 내리는 것만 같았다.

　건우가 이러는 이유에 대해서 이제 두 사람은 말하지 않아도 알 수 있었다. 건혁은 더 이상 건우를 찾지 않고 녀석이 쓰는 통장에 넉넉히 돈을 넣어 두었다. 언젠가는 겪어야 하는 일이라고 생각했다. 이렇게 잔인하게 찾아올 줄은 몰랐지만 그는 감수해야 한다고 생각했다.

"걱정하지 마. 한두 달 돌아다니다 보면 지쳐서 제 발로 올 거야."

정작 위로받아야 할 사람이 누구인데 누가 누굴 위로하는지. 건혁이 채원에게 말했다.

"난 괜찮아요……."

채원이 애써 웃어 보였다. 그 모습을 바라보던 건혁은 자리에서 일어나 주방에 서 있는 채원에게 다가갔다. 말없이 그녀를 꼭 끌어안았다. 제발……. 제발……. 그가 마음속으로 소원했다.

□ ■ □

일상은 달라진 게 없어 보였다. 채원은 놓고 있던 공부를 시작했고, 건혁도 다시 회사로 돌아갔다. 일주일에 두세 번은 데이트를 했고, 매일 서로의 안부를 물었다. 하지만 건우에 대해선 두 사람 모두 입을 다물었다. 말을 꺼내면 무슨 일이라도 일어나는 것처럼 녀석을 없는 사람 취급했다.

채원은 건혁에게 인사를 하고 집으로 들어와 방문을 닫았다. 오늘은 경주가 쉬는 날이었다. 혹시나 건우에 대해서 묻기라도 할까 봐 얼른 책상에 앉아 책을 펼쳤다. 글자가 눈에 들어올 리 없었다. 겉으론 평온한 일상이었지만 가슴은 터질 것처럼 답답했다.

이대로 계속 살다가는 숨이 막혀 죽을 것만 같았다.

똑똑똑.

문을 두드리는 소리가 들렸다. 기어이 경주는 알은척을 하고 싶은 것 같았다. 채원은 포기하듯 일어나 문을 열었다.

"아직도 소식 없어?"

경주는 채원의 마음 같은 건 생각하지 않고 자신이 궁금한 것을 그대로 물었다.

"응."

채원이 대답했다.

"채원아."

"나한테 연락하겠어?"

채원이 경주에게 따지듯 물었다. 경주가 잘못한 것은 아무것도 없었다. 그저 참고 있는 그녀의 마음을 건드렸을 뿐.

"네가 죄책감 느낄 필요 없잖아."

"그래? 그럼 다행이고."

채원이 싸늘하게 대답했다.

"정채원."

"그만하면 안 돼? 나 좀, 내버려 두면 안 될까……?"

채원이 애원하듯 말했다.

"……."

경주는 그대로 입을 다물었다. 하지만 끙끙 앓고 있는 친구를 그저 지켜보기만 할 순 없었다. 차라리 터뜨리는 게 나았다. 감정은 쌓아 두면 상처가 되었다. 쏟아 내 버리는 게 맞았다.

"처음부터 강건혁이 잘못한 거야. 애를 대학 보낼 생각만 했지, 마음 다칠 건 생각 안 한 거잖아. 그러면서 너는 만나고 싶……."

"내가 비밀로 하자고 한 거야. 들키면 헤어지는 조건으로 건우 대학 보낼 때까지는 몰래 사귀자고 했어. 그랬으면서…… 건우한테 형수님 소리 듣고 싶었어……. 여행도 내가 가자고 우긴 거고. 그래서 알게 된 거야……. 다…… 나 때문이야."

결국 채원은 마음속에 담아 두었던 죄책감을 입 밖으로 꺼내 놓았다. 시간을 돌릴 수 있다면…… 그렇다면 도대체 어디로 돌려야 할까. 그와 함께한 첫날밤일까. 아니면 방황하는 건우를 모른 척할 수 없던 그날일까. 채원은 무너지듯 주저앉아 버렸다. 아무것도 선택할 수 없었다. 아무것도.

□ ■ □

"곧 터질 것 같아요. 어떻게든 해 봐요."

당신도 못 하는 걸 내가 어떻게 하겠냐고 속으로 한탄하며 준규는 그저 앞에 놓인 맥주잔만 들어 올렸다. 무슨 일이 어떻게 돌아간 건지 알기도 전에 일이 터졌다. 수능을 치러 간 녀석이 사라져 버린 것이다. 사고를 당한 것도 아니고 제 발로 없어졌다고 했다.

뒤늦게 반항을 하던 놈이 이제야 마음잡고 공부하는 줄로만 알았다. 그 녀석이 누구를 마음에 품었는지도 몰랐고, 왜 그걸 두 사람은 숨겨야만 했는지도 이해할 수 없었다.

강건혁에게 강건우는 여전히 풀지 못한 숙제인 걸까. 준규는 쏟아 내고 싶은 말이 많았지만 하지 못했다. 할 수가 없었다.

"강건혁 씨는 어때요?"

멀쩡하게 일하고 있다는 말은 할 수 없었다. 준규는 알았다. 건혁은 아프면 아플수록, 힘들면 힘들수록 더더욱 내색하지 않으려 하는 놈이란 걸. 아무 일도 없는 것처럼 일하고, 밥을 먹고, 채원을 만났다. 그의 그런 모습이 상대방에게는 더 잔인하게 느껴질 수도 있겠다는 생각이 들었다.

10년을 만난 여자와 헤어졌을 때도 건혁은 멀쩡했다. 그와는 달리 혼자서 무너져 내리는 지수를 보면서 건혁이 그녀를 사랑하지 않은 것이란 오해도 했었다. 감정을 가둬 도대체 어디에다 묻어 두는 걸까. 준규는 자신과 너무도 다른 친구를 그저 안타깝게 바라볼 수밖에 없었다.

"채원 씨, 잘 보듬어 줘요. 죄책감 느낄 필요 없다고."

"안 느낄 애였으면 지금 이 상황도 안 만들었겠죠. 고3 하나 때문에 참……."

"건혁이한테 동생은 좀 남달라요."

준규가 진지하게 말했다.

"부모님 계시잖아요."

"3년 전에 사고로 두 분 모두 돌아가셨어요."

"아……."

처음 듣는 이야기였다. 그러고 보니 과외비를 형에게 받는다고 했었다. 아무래도 부모처럼 동생을 키우고 있는 것 같았다. 그래도 부모는 아닌 것이다. 자신은 자신의 인생을 살아야지 언제까지 동생 뒤치다꺼리를 할 순 없지 않은가. 경주는 그 누구보다 현실적이었다.

"전부 다 이겨 낼 사람들뿐이네요."

"우리처럼 말이죠?"

준규가 슬쩍 경주의 손을 붙잡았다. 경주는 못마땅했지만 피하지는 않았다. 이 남자도 포기하고 피하지는 않으니까.

얼마 전 인사를 간 경주의 집에선 누나 많은 집 막내아들인 준규를 탐탁지 않아 했다. 직업도 좋고 모아 둔 돈도 많다고 살을 붙였지만 어째 통하지 않았다. 맞선을 보라는 압박만 더 거세지고 있었다.

"인연이라면 잘되겠죠."

경주가 자신의 이야기인지 친구의 이야기인지 알 수 없는 말을 내놓았다. 준규도 그 말에 동의했다. 인연이라면……. 피한다고 해도 피할 수 없는 게 인연이었다.

□ ■ □

큰아버지는 오랜만에 전화를 걸어 와 건우가 제주도에 있다는 사실을 알렸다. 수능을 치고 형이 보내 준 거라 말을 지어낸 것 같았다. 걱정하실 큰아버지를 알기에 건혁도 대충 둘러대며 말을 만들었다. 녀석이 어찌 지내는지 묻자 관광을 다니며 잘 지낸다는 말이 돌아왔다.

건혁은 잠깐 웃음이 났다. 형의 마음은 까맣게 타들어 가게 만들어 놓고 잘 지낸다니. 원망스러운 마음이 들었지만 한편으로는 다행이란 생각이 들었다. 그렇게라도 풀어낼 수 있다면, 마음을 위로받을 수 있다면, 그것만으로 건혁은 만족했다.

— 아, 그리고 건혁아. 고모님이 그러시던데, 너 참한 아가씨 있다며?

수화기 너머로 큰아버지의 들뜬 목소리가 따라왔다.

"아, 만나고 있는 사람은 있어요."

— 그래, 잘됐구나. 너도 이제 장가가야지? 건우 녀석 걱정은 그만하고. 수능도 쳤고 대학 가면 제가 알아서 해야지. 안 되면 이참에 내가 데리고 있어도 되니까…….

"아니에요. 형인데, 제가 끝까지 책임져야죠."

— 네 마음이야 그렇지만 요즘 아가씨들 그렇게 생각 안 한다. 고집부리지 말고. 일단은 너부터 생각해.

큰아버지의 충고에도 건혁은 이렇다 할 말을 하지 않았다.

"당분간만 건우, 부탁드려요. 일 좀 한가해지면 데리러 가겠습니다."

— 그래. 그 아가씨도 꼭 같이 오고.

건혁은 네, 라고 대답하고 전화를 끊었다.

□ ■ □

멍하니 하루를 보내다 잠이 들면 채원은 건우의 꿈을 꿨다. 어떤 날은 수능을 치르고 와 고맙다며 그녀를 꼭 끌어안는 꿈을, 또 다른 날은 상처받은 눈으로 그녀를 노려보는 꿈을 꾸었다. 꿈속에서의 건우는 매일 달랐지만 그녀를 매일 아프게 만들었다.

건혁을 사랑했지만 그만큼 건우도 채원에게는 소중했다. 늘 사랑에 목말라 하는 덩치만 큰 아이. 그녀가 보듬어 주겠다고 마음먹고 정을 주었다. 그런데 그런 아이에게 또다시 상처를 주게 된 것이다. 믿었던 사람에게 받는 상처가 얼마나 아픈지는 그녀 자신도 잘 알고 있었다.

준석이 아무렇지 않은 척 그녀에게 청첩장을 내밀었을 때 채원은 집으로 돌아와 하루 종일 울었다. 그 남자는 한 번도 그녀에게 확답을 준 적이 없었는데, 혼자 하는 사랑이라고 체념했는데, 준석의 청첩장을 보는 순간 배신감이 느껴졌다. 그리고 더할 수 없이 마음이 무너져 내렸다. 누구를 탓할 수도 없었다. 그저 바보 같은 그녀 자신이 미웠다.

건우는 지금 무슨 생각을 하고 있을까. 녀석이 받았을 상처를 생각하자 채원은 마음이 아려 와 아무것도 할 수 없었다. 잠자리에서 일어난 채원은 책상으로 다가가 건우와 공부했던 문제집과 책들을 꺼내 보았다. 만약 건우가 수능을 포기하지 않았다면 어떻게 됐을까. 마지막까지 포기하지 않고 집중력을 보여 왔던 녀석이었기에 채원은 안타까움에 가슴이 쓰렸다.

핸드폰을 찾아 든 채원은 답장이 오지 않는다는 것을 알면서도 건우에게 또다시 문자를 보내기 위해 메시지함을 열었다. 화면 위로 그동안 그녀가 보냈던 메시지가 보였다. 잘 지내고 있는지. 안부를 묻는 것부터 밥은 챙겨 먹는지, 어디 아픈 곳은 없는지, 형이 보고 싶지는 않은지, 그리고 그녀가 너무 미안하다는 말까지. 한 번은 답장을 해 줄 법도 하건만 녀석에게선 아무 말이 없었다.

[강건우! 연락 좀 해! 이 나쁜 놈아!]

채원은 터진 마음을 다스릴 수 없어 결국 속마음을 그대로 건우에게 보냈다. 곧 후회가 찾아왔지만 보낸 문자를 지울 수는 없었기에 그대로 핸드폰을 던져 버리고 침대에 누웠다. 오늘 꿈에는 제발 녀석이 착한 모습으로 나와 주기만을 바랐다.

새벽녘이 다 되어서야 잠이 들려고 하는데, 짤막한 문자 음이 들려왔다. 잠결에 잘못 들은 것이 아닐까 싶어 그대로 두려다 번뜩 건우에게 보낸 마지막 문자가 생각났다. 채원은 벌떡 일어나 문자를 확인했다.

[안 자면…… 전화해도 돼요?]

심장이 미친 듯이 뛰었다. 이제라도 답장을 해 주는 녀석이 고마웠고, 그녀에게 전화를 하고 싶어 하는 마음에도 감사했다. 이것이면 된다고 생각했다. 모든 것을 제자리로 되돌려 놓을 수만 있다면 그녀는 더 이상 욕심 부리지 않겠다고 다짐했다.

"건우야……?"

전화를 걸자 녀석이 곧바로 받았다.

— …….

하지만 한참을 말이 없었다. 채원은 가슴이 타들어 가는 것만 같았다.

"강건우……."

— ⋯⋯미안해요, 쌤.

잠겨 있던 녀석의 목소리가 그제야 들려왔다. 채원의 눈에선 어느새 눈물이 흘러나왔다. 녀석은 지금 어디에서 무엇을 하고 있는 걸까.

"너 어디야⋯⋯ 지금?"

— ⋯⋯제주도예요. 큰아빠 댁에 왔어요.

다행이란 생각이 들면서도 채원은 원망스러웠다. 이렇게까지 할 필요가 있었냐고 묻고 싶었다. 너의 인생을 내던지고 사라질 정도로, 그만큼 이 일이 중요하냐고 말하고 싶었다. 왜 제대로 얘기도 나눠 보지 않고 떠났냐고 따지고 싶기도 했다.

"건우야, 형이랑 나는⋯⋯."

— 알아요. 그것 때문에 이러는 거 아니에요. 혹시 쌤이 죄책감 느낄까 봐 그러지 말라고 연락한 거예요. 나한테 미안해할 필요 없어요, 쌤.

이 녀석은 도대체 무슨 생각일까. 채원은 마음이 답답했다.

"아무튼 돌아와서 얘기해. 이러는 거 아니야, 너. 형이 얼마나 널⋯⋯."

— 쌤이 형 옆에 있어 줘요. 우리 형, 나보다 더 외로운 사람이에요. ⋯⋯난 이제 괜찮아요. 수능이야 다시 치면 되죠. 뭐 할지 정하지도 않았는데 대학부터 가는 것도 웃겼어요. 그리고 그동안 형한테 너무 의지했었어요. 떨어져서 나 혼자 생각해 볼 시간도 필요한 거 같아요.

"건우야⋯⋯."

— 쌤이…… 형 옆에 있어서 다행이에요. 정말요. 그럼, 끊을
게요.

"잠깐만, 건우야."

다급히 건우의 이름을 불러 보았지만 전화는 끊어져 버렸다.
채원은 아무것도 해결하지 못한 채 멍하니 핸드폰만 붙들고 있었
다. 건우의 마지막 말만 그녀의 마음속에 맴돌았다.

□ ■ □

근사한 레스토랑에서 저녁을 먹자고 제안한 건 채원이었다. 건
우의 행방을 전해 듣고 마음이 조금 편안해진 건혁은 흔쾌히 동
의했다.

채원은 예쁜 원피스를 차려입고 건혁 앞에 나타났다.

"아주 비싼 거 먹어도 되죠?"

채원이 메뉴판을 훑으며 건혁에게 물었다.

"통장은 늘 준비되어 있어."

건혁이 핸드폰을 열어 은행 어플을 보여 주었다. 채원은 낮게
웃으며 얼른 주문을 마쳤다.

한강이 내려다보이는 레스토랑에 앉아 있는 손님들은 대부분
연인들이었다. 그 속에서 건혁과 채원은 아주 자연스러운 커플이
었다.

"건우, 제주도 큰아버지 댁에 있대."

건혁이 스테이크를 썰며 지나가는 말로 말했다.

"그래요? 다행이네요."

채원은 잠깐 고개를 들어 반응할 뿐 동요하지 않았다. 모든 게 평온했고, 달라질 건 없었다.

식사를 마치고 후식으로 커피가 나오자 채원은 준비한 말을 꺼냈다.

"나, 임용 준비…… 제대로 해 보려고요."

커피 잔을 들던 건혁의 손이 멈췄지만 채원은 개의치 않았다.

"당분간은 시골에서 지내면서……."

"……도망치지 말라고 했을 텐데?"

건혁이 커피 잔을 내려놓으며 차갑게 말했다.

"건혁 씨."

"당신이 이런다고 그 녀석 안 돌아와."

"그건 당신 생각이고요."

채원이 굽히지 않고 받아쳤다.

"채원아."

건혁이 낮게 경고했다.

"당신은 아무렇지 않게 지낼 수 있을지 모르겠지만 난 아니에요. 밤마다 건우 꿈을 꿔요. 이게 내 현실이에요. 당신이 어떻게 해 줄 수 있는 게 아니잖아요. 난 내 방식대로 할 거예요."

"……."

건혁은 아무 말도 하지 못하고 채원을 바라보기만 했다.

"처음부터 잘못된 거였어요……. 당신을 만난 것도, 건우 마음을 그대로 내버려 둔 것도요. 내 욕심이 일을 키웠어요. 사랑에 눈이 멀어서 아무것도 생각하지 못했어요."

채원의 자책에 건혁은 그저 웃을 수밖에 없었다. 모든 걸 혼자 저지른 사람처럼, 이 여자는 그를 바보로 만들고 또 혼자서 떠안으려고 했다.

"그 사랑은…… 혼자 했나 보지?"

건혁의 아픈 물음에 채원은 대답할 수 없었다. 그가 무엇을 말하는지 알았다. 하지만 이 상황을 벗어나기 위해서는 무엇이라도 해야만 했다. 그래야 살 수 있을 것 같았다.

"건우가 돌아오지 않는다면 어쩔 수 없는 거죠. 그래도 그렇게 해야겠어요. 우리 모두에게 시간이 필요해요……."

건혁이 한참을 채원만 바라봤다.

"……마음대로 해."

그 한마디를 끝으로 건혁이 자리에서 일어섰다. 채원은 비어 버린 그의 자리를 바라보며 가만히 앉아 있었다. 바보 같은 사람. 누군가 그녀의 귀에 대고 말하는 것만 같았다.

17. 헤어지지 않은 채 헤어지다 1

채원은 우선 간단한 짐부터 싸기 시작했다. 꼭 필요한 책과 옷가지들, 버릴 수 없는 물건들만 간추려 박스에 담았다. 경주는 그런 채원을 멍하니 바라봤다. 말린다고 말려지는 게 아니었다. 결국 이런 결론을 낼 수밖에 없는 친구를 위로해 줄 수 있는 사람도 그녀뿐이었다.

"졸지에 어머니는 무슨 고생이니?"

경주는 서운함을 그렇게 표현했다. 채원은 경주의 말에 그저 조용히 웃을 뿐이었다.

"아주 가는 건 아니니까 여기 와서 쓸 건 남겨 둬."

경주의 말에 채원은 짐을 싸던 것을 멈추고 친구를 바라봤다.

"넌 결혼해야지, 무슨 소리야?"

"꼭 결혼하면 얼굴도 안 볼 것처럼 그런다?"

"네가 안 보게 해 줄 애야?"

"그러니까. 다 끝난 것처럼 정리하지 말고 여지를 좀 두라고. 사람 일은 모르는 거야. 건혁 씨 동생이 갑자기 나타날 수도 있는 거고."

그런 이유라면 채원은 다행이라 생각했다. 건우가 나타난다면 그녀는 더 마음 편히 시골로 내려갈 수 있을 것 같았다.

"이렇게까지 해서 하는 공분데, 이번 시험 떨어지기만 해 봐. 확 합동결혼식 올려 버릴 테니까."

경주는 아직도 그 가능성을 열어 놓고 있는 것 같았다. 채원은 대답 없이 싸던 짐을 마저 정리하기 시작했다. 그 이후로 건혁에게서는 연락이 없었다. 차라리 그것이 다행이라고 그녀는 생각했다.

"정말 보낼 거야?"

편집실 문에 기대서서 준규가 물었다. 건혁은 말없이 묵묵히 일만 할 뿐이었다.

답답한 놈. 바보 천치. 놓치고 나서야 후회하지. 인생을 고구마 먹은 것처럼 답답하게 사는 놈이라 생각하며 준규는 편집실을 나왔다.

채원이 떠나겠다고 말한 뒤, 건혁은 아무 일도 없었던 것처럼 며칠 동안 일만 했다. 연락도 하지 않았다. 그러면 모든 것이 그대로 제자리에 있을 것만 같았다.

건우가 사라졌을 때 채원이 흔들리지 않기를 기도했다. 녀석이 어디에 있는지도 모르는데, 채원이 떠날까 봐 아무렇지 않은 척을 했다. 그런 자신이 무섭고도 우스웠다. 그래서 피하고 있는 것이었다. 건우보다 채원을 먼저 생각한 자신을 그저 내버려 둘 수밖에 없었다.

"강 피디님, 10분 뒤에 회의요."

메인 작가의 말에 건혁은 그제야 자리에서 일어났다.

회의실 손잡이를 잡으려다 건혁은 그대로 멈춰 섰다. 회의실 안에서 흘러나오는 작가들의 말이 그를 움직이지 못하게 만들었다. 작가들 입에 오르내리는 가십의 주인공은 바로 그였다.

"그래서…… 둘이 바람이라도 피운다는 거야, 뭐야?"

"10년을 만났다는데 정 떼는 게 그렇게 쉽겠어?"

"그래도…… 박 아나는 신혼 아니야? 남자 집도 빵빵하다며?"

"결혼할 남자, 연애할 남자, 다른가 보지. 사실 강 피디도 어디 가서 빠지는 인물은 아니잖아? 사내 인기투표에서 몇 년 동안 계속 1위였잖아. 그때 다들 박 아나 부러워서 난리였지. 근데 두 사람, 왜 헤어진 거래?"

이야기는 꼬리에 꼬리를 물었다. 사실보다 부풀려진 거짓이 대부분이었다. 늘 신경 쓰지 않고 지나쳤던 소문들이었다. 그렇게 피하기만 했던 과거는 결국 또 다른 모습으로 건혁을 공격하고 있었다. 더 이상 덮어 두어선 안 된다는 생각이 들었다.

"안 들어가고 뭐 해?"

들려오는 목소리의 주인은 지수였다. 건혁은 뒤를 돌아 그녀를 바라봤다. 여전히 그를 향해 웃고 있는 여자. 모든 일의 발단은 그 자신일지도 몰랐다.

"콘셉트는 이렇게 마무리합시다."

건혁의 말에 모두들 자료를 정리해 자리에서 일어났다. 하나둘 회의실을 빠져나갈 때도 지수는 앞의 건혁만 바라보고 있었다. 얼굴이 상해 보였다. 그 이유가 피곤해서인지, 아니면 무슨 일이 있는 것인지는 건혁을 보는 순간 단번에 알아챌 수 있었다. 10년의 만남이 남긴 습관은 이렇게 무서운 것이었다.

"무슨 일 있어?"

지수의 물음에 건혁은 잠시 그녀를 바라봤다. 그리고 생각했다. 이 여자도 상처를 감당하지 못해 이러는 것이라고. 지수는 아직도 자신이 건혁의 옆자리에 있는 사람이라고 착각 중이었다. 아니라고, 모두 끝났다고 말해도 들리지 않는 것 같았다.

"그만하자."

"……뭐?"

"내가 어떻게 하길 원해? 다시 외국으로 떠날까? 그래야 끝낼래?"

"건혁 씨."

"결혼했으면 현실을 지켜. 여러 사람 우스운 꼴 만들지 말고."

머리가 지끈거려 더 이상 입씨름을 할 자신이 없었다. 머리가 터질 것 같았다. 건우의 문제도, 채원도, 해결되지 않은 것투성이였다. 다들 그를 떠나겠다고 하는데 그는 준비가 되지 않았다. 도대체 어떻게 준비해야 할까. 준비한다고 해서 그것이 가능할까. 모든 게 어려운 숙제 같았다.

"내 현실은 이미 시궁창이야. 이 이상 무너질 것도 없어."

지수가 자조하듯 웃었다. 그리고 말을 이었다.

"준석 씨, 지금 당신이 만나는 여자 좋아해. 과거가 아니라 현재 진행형이라고……. 처음부터 부모님 때문에 떠밀려 하는 결혼이란 거 알았어. 그건 나도 마찬가지였으니까. 그 사람의 배경이 필요했고, 그거면 된다고 생각했어. 근데, 아니야. 다 잘못됐어. 어디서부터 어떻게 잘못된 건지 모르겠어……. 그냥, 당신이…… 그리워."

결국은 그 말이 하고 싶은 것이었나. 건혁은 지수의 미련이 이제는 무서웠다. 같은 곳을 바라보지 않는 사랑은 집착이었고, 그 집착은 무서운 이기심으로 돌변했다.

"사랑은 욕심이 아니야. 뭐가 중요한지 모르겠어? 넌 받을 생각만 했지, 줄 생각은 없었어. 상대의 마음이 어떤지는 안중에도 없고 오직 너만 중요한 사람이잖아."

"아니야! 내가 마지막까지…… 건혁 씨 가족들한테 내가 얼마나……."

"그래. 넌 마지막까지…… 내가 힘든 건 못 보더라……."

건혁의 말에 지수의 눈이 무언가를 들켜 버린 듯 흔들렸다.

"그러니 우린 아닌 거야. 구차하게 미련 떨지 마. 내가 널 다시 볼 일은 없어. 멍청하게 굴지 말고 현실을 살아."

건혁은 지수에게 질려 버렸다. 진작 마음이 떠났었지만 그의 가족에게만은 노력하는 모습을 보였기 때문에 헤어지고 나서도 차갑게 내치지 못했다. 그것이 지금의 발단을 만든 것만 같았다.

"내가 너한테 너무 곁을 준 게 아닌가 싶다. 지금 후회하는 중이야. 공과 사는 구분할 수 있는 사람이라 생각했는데, 아니었네. 이제부터 네 얼굴 볼 일 없도록 해. 회사 일도 마찬가지야. 팀장한테 말할 테……."

"그 여자한테도 이렇게 잔인해? 당신의 이런 모습을 보고도 그 여자는 당신이 좋대? 당신 옆에 있겠대……?"

지수의 마지막 말이 허공을 맴돌았다. 건혁은 아무 대답도 하지 못했다.

□ ■ □

"이렇게 빨리 내려간다고?"

이른 퇴근을 하던 경주가 집 앞에서 채원의 짐을 옮기고 있는 택배 기사의 모습을 보고 놀라 물었다. 한번 고집을 부리면 꺾지 않는 친구이기에 기어이 시골로 내려갈 줄은 알았지만 이렇게 빨리 행동에 옮길 줄은 몰랐다.

마음이 지옥 같아서 그런 것일까. 시골로 내려가겠다고 결정한 뒤에도 채원은 밥도 잘 먹지 못하고 잠도 잘 이루지 못했다. 누가 등 떠미는 것도 아닌데, 꼭 이렇게까지 하고 싶을까. 한심하고 안타까운 마음이 들어 경주는 자꾸만 한 남자에게 미움의 화살이 돌아갔다. 시골로 가겠다는 여자를, 헤어지지 않은 채 헤어지겠다고 말하는 연인을, 그 남자는 잡을 생각조차 하지 않고 있었다. 그만큼 가벼운 사랑이었나. 경주는 그런 생각이 들 수밖에 없었다.

준규는 그저 입을 닫고 있을 뿐 별다른 해결책을 내놓지 않았다. 그도 어쩔 도리가 없는 것이었다. 행동하지 않는 친구를 억지로 끌어와 조정할 수는 없을 테니. 무엇이 잘못된 것일까. 사랑만해도 모자란 시간에 이렇게 가슴이 아파서 절절매는 두 사람을 지켜보는 경주도 곤욕이었다.

"엄마한테 말하니까, 뭐 하러 시간 끌고 있냐고…… 바로 내려오라고 하시네."

말은 안 해도 막내딸이 타지에서 고생하고 있다는 생각에 마음이 편치 않으신 듯했다. 아버지도 과수원 일을 쉬고 있어서 적적했는데 잘됐다며 얼른 그녀가 내려오길 기다리는 눈치셨다. 마음한편에서 건혁이 자꾸만 걸려 왔지만 채원은 이 방법뿐이라고 생각했다. 건혁의 곁에 아무도 없어야 건우가 돌아올 것이라고. 그들의 사랑이야 매듭지을 수 있어도 형제간의 천륜은 끊어 내서는 안 되는 것이었다. 그게 채원의 결론이었다.

"그럼, 우리 송별회 해야지?"

경주는 자신이 나서야 한다고 생각했다. 바보 같은 남자들만 믿고 있을 순 없었다.

남자 바보 1호는 자신의 친구와 경주의 친구가 서로를 바라보지 않은 채 앉아 있자 본인이 더 전전긍긍했다. 이 자리를 만든

것에 대한 후환이 두려워 그러는 것일 테지만 인생은 피한다고
해결되는 것이 아니었다. 경주는 어쩔 수 없이 먼저 맥주잔을 들
어 올렸다.

"자, 정채원의 임용을 위해! 다 같이 건배할까요?"

경주의 말에 채원이 민망해하며 경주를 바라봤고, 건혁은 말없
이 맥주잔을 들었다. 분위기에 휩쓸린 준규까지 잔을 들어 올리자
경주는 채원에게 재촉했다. 빨리 건배사를 하라고.

"열, 열심히 해 볼게요……."

채원은 멋쩍게 웃으며 잔을 부딪쳤다. 그러다 맞은편의 건혁과
잠깐 눈이 마주쳤다. 자신을 바라보는 그의 눈빛에 다정함은 없었
다. 예전의 냉정한 그로 돌아온 것 같았다. 채원의 마음이 서걱거
렸다. 이렇게 될 줄 알고 있었음에도 자신이 벌여 놓은 일에 그녀
는 바보같이 스스로를 원망하고 있었다.

"아, 이거 아쉬워서 어쩌나……. 하하하. 우리 경주 씨가 많이
서운하겠네, 그죠?"

준규가 어떠한 반응도 보이지 않는 건혁의 눈치를 살피며 아무
말이나 내놓았다. 그런 준규의 말을 흘려들으며 경주는 뚫어질 듯
건혁을 바라봤다. 만나게만 하면 뭐라도 터질 줄 알았는데, 이 남
자는 참는 게 대수인 줄 아는 것 같았다. 남자 바보 2호다웠다.
그 앞에 앉아 있는 여자 바보 하나 역시 곧 눈물이라도 흘릴 것처
럼 불안한 모습이었다. 결국엔 술이 답이었다. 술이라도 먹으면
솔직해지겠지, 생각했다.

경주가 따라 주는 술을 건혁은 거절하지 않고 계속 마셔 댔다.

채원이 불안한 눈빛으로 건혁을 바라봤다. 그녀를 보는 그의 눈빛이 조금씩 짙어져 갔다.

어느 순간 테이블에는 건혁과 채원만이 남았다. 이게 다 최경주의 머리에서 나온 시나리오라는 것을 채원은 이미 알고 있었다. 하지만 그만두라는 말을 할 수는 없었다. 그를 두고 냉정하게 돌아서지도 못했다. 떠날 생각은 잘도 했으면서 그가 걱정됐다. 미련스러웠다.

마음을 정리하듯 머리를 몇 번 흔들고 자리에서 일어나 건혁에게 다가갔다. 그는 이미 술에 잔뜩 취해 테이블 옆 벽에 기대 잠들어 있었다.

"건혁 씨. 일어나 봐요. 여기서 자면 안 돼요."

채원이 건혁의 몸을 흔들었다. 그녀의 손길을 느꼈는지 그의 눈이 천천히 떠지고 눈빛이 채원에게 향했다. 짙었다. 그리고 아팠다. 채원은 얼른 고개를 돌렸다. 그를 바라볼 수 없었다.

시선을 외면한 채 몸만 잡고 그를 일으켜 세우려 했다. 그러자 그가 조용히 웃었다. 채원은 모른 척 그의 팔을 어깨에 걸치고 건혁을 일어나게 했다. 무거운 그의 몸이 채원에게 의지된 채 딸려왔다. 동시에 술 냄새가 섞인 그의 체향이 훅 끼쳐 와 그녀를 괴롭혔다. 이러면서 잘도 떠난다는 말을 했지. 채원은 또다시 고개를 흔들었다.

술집을 나와 택시를 타고 행선지를 말했다. 채원은 자연스럽게 그녀의 어깨에 기대 오는 건혁의 머리를 내치지 못했다. 채원이 가만있자 그는 자연스럽게 그녀의 손을 끌어와 잡았다. 취한 것이라 생각하며 채원은 그냥 두었다. 이런다고 달라질까. 그렇게 생각하며 창가로 고개를 돌렸다.

바깥은 찬바람이 부는 추운 겨울이었다. 하지만 택시 안의 공기는 그의 입에서 새어 나오는 달큼한 숨으로 덥게만 느껴졌고, 채원의 손을 잡고 있는 그의 손은 따뜻했다. 한 달, 아니 몇 주 전만 해도 이렇게 될 거라곤 꿈에도 상상하지 못했다. 건우가 알게 되면 헤어지자고 말했지만 헤어질 수 없을 거라 생각했었다. 그게 채원의 마음이었다. 이 남자의 옆에 영원히 있고 싶었다. 영원이라는 것은 어떤 걸까. 이리도 쉽게 바뀔 마음이었다면 그를 좋아하지 말았어야 했다고 후회했다. 채원은 조용히 그가 잡은 손을 놓았다.

끙끙거리며 그를 집 안으로 끌고 들어와 방으로 향했다. 불을 켜자 어지럽혀진 그의 방이 눈에 들어왔다. 방 안 곳곳에는 치우지 못한 술병들이 널브러져 있었다. 그 광경을 보자 채원의 마음이 또다시 아려 왔다.

건우가 사라지고 그는 더 이상 도우미 아주머니를 부르지 않았다. 그래서 얼마간은 채원이 이 집의 살림을 맡았는데, 시골로 가겠다고 말한 뒤에는 찾아올 수 없었다.

채원은 가까스로 건혁을 침대 위에 눕혔다. 온몸에 힘이 다 빠져나가는 것 같았다. 편히 누울 수 있게 겉옷을 벗겨 준 뒤 침대에 걸터앉아 정신을 잃은 그를 내려다봤다. 그녀도 바보였지만 이 남자도 바보였다.

한참을 내려다보고 있는데, 그의 눈이 떠졌다. 채원은 얼른 몸을 일으키려 했지만 그의 손에 붙잡혀 몸이 침대 위로 눕혀져 버렸다. 한순간 상황은 반대가 되었다. 건혁이 누워 있는 채원을 내려다봤다. 취한 줄 알았던 그는 없었다. 채원은 갑자기 겁이 났다.

"이러지 마요."

"……뭘 말이야?"

그 뜻을 알고서도 건혁은 모른 척하며 웃었다. 채원은 안 되겠다고 생각하며 몸을 일으키려 했지만 그는 자신의 품 안에 그녀를 가둬 두고 키스했다. 거친 입맞춤에 채원이 그를 밀어 냈지만 소용이 없었다. 결국 체념한 채원이 아무런 반응도 하지 않자 그제야 건혁이 키스를 멈추고 그녀를 안은 채 누워 버렸다.

"이것도 못 내치면서, 떠날 수 있겠어?"

조롱하는 듯한 건혁의 말투에 심장이 베였다. 채원은 멍하니 천장을 올려다보며 생각했다. 맞는 말이었다. 이것조차도 못 내치면서 그를 떠날 생각을 하다니. 그의 사정거리 안에 제 발로 걸어 들어와 말로만 떠나겠다고 하는 자신이 싫었다.

채원은 그의 품에서 빠져나와 몸을 일으키려 했다.

"건혁 씨."

그러나 그는 놓아주지 않았다.

그녀를 끌어안은 채 그가 한숨 쉬듯 말했다.

"이렇게 쉽게 떠날 만큼…… 나에 대한 마음이 작았나, 그런 멍청한 생각을 하고 있어."

건혁이 양팔로 채원을 가둔 채 고개를 들었다. 모든 것을 잃은 듯 텅 비어 버린 그의 눈빛이 채원에게는 너무도 잔인했다.

"그래. 6개월도 안 되는 불장난…… 마음이 크면 얼마나 크겠어. 10년을 만났어도 한순간에 끝나 버리는데."

건혁은 자신이 더 상처받을 말을 잔인하게 뱉어 놓았다. 채원은 그런 그를 바라볼 수 없어 고개를 돌렸다. 그의 말처럼 정말 그녀의 마음은 이 정도뿐인 것이었다. 이런 사람을 두고 떠날 생각부터 했으니. 그녀가 너무 힘들어 도망가려고 했으니. 눈물이 흐르지 않도록 채원은 입술을 깨물었다.

"당신이 이러는 건…… 날 위한 것도 아니고, 건우를 위한 것도 아니야. 그것만 알아 둬."

건혁이 채원을 두고 자리에서 일어난 뒤 그대로 방을 나가 버렸다. 채원은 가까스로 몸을 일으켰다. 다행히 눈물은 흐르지 않았다. 그것만으로 만족했다. 불장난 같았던 마음이, 그녀의 이기심이, 어떻게 그녀를 괴롭힐지 이때는 알지 못했기에. 채원은 그렇게 도망갔다. 건혁을 남겨 둔 채.

18. 헤어지지 않은 채 헤어지다 2

채원아. 채원아. 시골로 내려온 후 채원은 아버지에게 닳도록 이름이 불렸다. 아버지는 잔심부름이 필요할 때나, 맛있는 음식이 있을 때, 때론 아무 이유도 없이 그녀를 불렀다.

채원은 살갑지 못한 막내딸이었다. 언니들의 기에 눌려 항상 구석에서 책만 읽었다. 그런 막내를 아버지는 늘 첫 번째로 챙겼었다. 아직도 그 습관이 남아서 이러는 것이라고 생각했다.

가족이라는 울타리 안에서 부모님의 사랑을 받으며 지내다 보니 떠오르는 사람이 있었다. 가장 소중한 가족을 잃고 마음에 묻은 사람. 그런 그의 가족이 되어 주고 싶었다. 아버지가 그녀를 바라보는 눈처럼 따뜻하게 그를 품어 주고 싶었다. 그 소원이 모두 물거품으로 돌아갔지만 채원은 여전히 그를 생각하고 있었다.

시골로 내려오고 두 달이 지난 때였다.

일상은 단조로웠다. 새벽에 일어나 과수원 한 바퀴를 돌고 아침 식사 후 읍내에 있는 도서관으로 향했다. 하루의 절반 이상을 도서관에서 공부하다 저녁밥을 먹는 때쯤 집으로 돌아가 가족과 늦은 식사를 했다. 그런 뒤 잠들기 전 마무리 공부까지 마치면 하루가 끝났다. 지난 몇 년 온 힘을 다해 해 본 시험공부였기에 적응은 어렵지 않았다.

엄마는 시집이라도 갈 것 같았던 막내딸이 다시 공부를 시작한다고 하자 처음엔 반신반의했다. 분명 도시에서 무슨 일이 있었던 거라 생각했는지 며칠 동안 곁에서 말을 붙였지만 채원은 굳게 입을 닫았다. 그러자 언니들처럼 시끄럽고 살가운 성격이 아니었기에 더 캐묻지 않고 덮어 두기로 한 듯 보였다.

"이거 먹고 해."

반듯하게 자른 과일 접시가 채원의 방 안으로 들어왔다. 작은언니가 사 온 것이라 맛이 좋다고 엄마는 덧붙였다. 채원은 알겠다고 말하고 다시 책에 집중했다.

생각 없이 열어 놓은 문을 통해 작은언니와 엄마의 대화가 작게 들려왔다.

"진짜 시험 때문에 온 거래?"

평소에도 오지랖이 넓은 작은언니가 이 상황을 그냥 지나칠 리 없었다.

"그렇다니 맞겠지. 너도 별말 하지 마. 애가 얼굴이 더 상해서 내려왔어. 아빠가 밤마다 속상해서 한숨 쉬셔."

"울 아빠 막내 사랑은, 참……. 저번에는 자기가 먼저 남자 소 개해 달라더니, 지가 걷어차고. 내 동생이지만 나도 쟬 모르겠다, 엄마."

항상 말다툼을 하면 큰언니보다 작은언니였다. 조용한 채원과 성격부터 달랐고, 자매들 중에 가장 잇속에 밝았다. 착해 빠진 동 생이 못마땅해 충고도 여러 번 해 주었다. 그러다 서로 떨어져 살 고부터는 관심을 두지 않았다.

"근데…… 여기 살면 생활비는 준대?"

"조용히 해. 채원이 들을라……."

엄마가 말려도 작은언니는 멈추지 않았다.

"아빠 과수원 접고 무슨 돈으로 사는데? 언니랑 내 돈으로 살 잖아. 그 돈으로 쟤 공부까지 시키겠다는 거야?"

채원은 조용히 연필을 내려놓았다. 어느 것도 욕심이 아닌 게 없었다. 어느 곳도 편하지 않았다.

□ ■ □

건혁은 불 꺼진 집 안을 익숙하게 걸어 들어갔다. 3일 만에 들 어온 길이었다. 주방으로 들어가 불을 켜자 치우지 못한 설거짓감 이 그대로 싱크대에 남아 있는 것이 보였다.

건우가 떠난 후 부르지 않았던 도우미 아주머니를 다시 쓰려고 하다가 그만두었다. 어차피 집에서는 일주일 두세 번 옷만 갈아입고 나가는 게 다였기에 특별히 치울 것도 없었다.

건혁은 겉옷을 벗어 식탁 의자에 걸어 놓고 미뤄 둔 설거지부터 시작했다. 외국에서 자취한 경험이 이런 때는 좋았다. 씻는 속도도 여느 남자들보다 빨랐다. 깨끗해진 싱크대를 확인하고 냉장고 문을 열어 캔 참치 몇 개를 꺼낸 뒤 금방 햇반 하나를 돌려 식사를 차렸다.

식사 시간은 적막했다. 익숙한 침묵이 흘렀다. 그것이 벌써 두 달째였다. 건우가 떠나고 채원이 떠났다. 홀로 남은 그는 묵묵히 일상을 살았다. 또 그렇게 살아지는 것이 일상이었다.

채원이 떠난 다음 날 건우에게서 전화가 걸려 왔다. 채원이 자신의 부재를 알린 것이다. 건우는 그것이 사실이냐고 물었다. 건혁은 웃으며 아니라고 대답했다. 채원이 옆에 잘 있으니 걱정 말고 여행을 즐기라는 말까지 덧붙였다. 그러자 녀석은 다행이라며 전화를 끊었다.

모두에게 시간이 필요하다면 그도 혼자여야 했다. 건우를 이용해 이 상실감을 위로받고 싶진 않았다. 얼마나 시간이 지나면 무뎌질까.

다 먹은 햇반 봉지를 분리수거하며 건혁은 생각했다.

— 밥은?

기어이 가만두지 못하고 준규가 참견을 해 왔다. 건혁은 거실에 앉아 촬영 자료들을 보며 전화를 받았다.

"먹었어. 걱정하지 마."

— 걱정 안 하게 생겼냐? 그냥 경주 씨랑 같이 먹고 들어가라니까 기어이 청승이지, 어?

"난 너처럼 눈치 없는 편이 아니라서."

— 뭐?

준규가 목소리를 높였다.

"데이트 방해할 생각 없어. 남은 일도 있고. 신경 쓰지 마."

— 너…… 채원 씨 때문에 껄끄러워서 그러는 거 아니지? 아예 헤어진 것도 아니…….

"팀장 전화 와. 끊는다."

건혁은 지체 없이 전화를 끊었다. 팀장에게 온 전화는 없었다. 핸드폰 화면을 끄기 전 건혁은 잠깐 동안 비어 있는 자신의 메시지함을 내려다봤다. 무언가를 기대하는 자신이 우스웠다. 방으로 들어가기 위해 몸을 일으키는데, 또 다른 전화가 걸려 왔다. 건우 녀석이었다.

"그래."

— 형! 잘 있지?

녀석의 목소리는 밝았다. 부모 품을 그리워했던 녀석이기에 큰아버지 내외의 보살핌이 조금씩 녀석을 제자리로 돌아가게 만든 것 같았다. 다행이었다. 채원이 말하는 각자의 시간은 정말로 필요한 것일지도 몰랐다.

"큰아버지, 큰어머니는 잘 계시지?"

— 응, 당연! 누나들 다 시집가서 적적했는데, 나 여기 와서 안 심심하고 좋으시대. 또 내가 얼마나 재미있게 해 드리겠어? 걱정

을 말아.

일부러 더 신나 하는 것이란 걸 알았지만 건혁은 오랜만에 웃음이 났다. 이 녀석이라도 잘 추스를 수 있다면 이 시간이 아깝지 않았다.

"그래도…… 너무 눈치 없이 귀찮게 해 드리지 말고. 알아들었지?"

— 치. 형은 맨날 잔소리. 알았어, 알았어. 근데…….

건우가 무언가 얘기하고 싶은 듯 운을 띄웠다. 누구를 말하고 싶어 하는지 알았다.

"너희 쌤은 잘 있어. 걱정 마."

— 진짜지? 내가 몇 번 문자 보냈는데, 답이 없기에…….

"시험 준비 중이라서 그래. 당분간은 괴롭히지 마라."

— 괴롭히긴 누가 괴롭힌다고 그래? 내가 형한테 양보했다고 긴장 늦추지 마시길?

건우의 말에 피식, 웃음이 났다. 건혁은 녀석이 이런 말도 할 수 있을 정도로 마음이 풀린 거라면 이제는 돌아와도 되지 않을까 싶었다. 하지만 건우는 그와 생각이 달랐다.

— 제주도가 나한테 맞아. 큰아빠 따라다니면서 말 키우는 것도 재밌고. 역시 난 몸 쓰는 게 맞나 봐. 그래도 대학은 갈 테니까 걱정 마셔. 형, 큰엄마가 부침개 부치셨대. 그만 끊어!

가족의 품이란 너무도 당연한 것이었지만 잃고 나서는 더없이 소중한 것이었다. 건우의 밝은 목소리를 듣고 나자 건혁은 일이 제대로 눈에 들어오지 않았다. 한 여자가 생각났다. 변하지 않는 그리움이었다.

□ ■ □

　건우는 부른 배를 소화시킬 겸 자전거를 끌고 나왔다. 도시와 달리 제주는 어디든 그림이었다. 찬바람을 맞으며 바닷가를 달렸다. 뼛속까지 파고드는 한기에 정신이 번쩍 드는 것도 같았다.

　시험을 포기하고 며칠을 방황하다 이곳으로 내려왔다. 그리고 매일 자전거를 탔다. 목적지를 두지 않고 달리고 또 달렸다. 그 여자의 말들이 더 이상 귓가에 맴돌지 않을 때가 돼서야 집으로 돌아갔다.

　그게 벌써 두 달을 넘어서고 있었다. 처음엔 그가 사라져야만 형이 제대로 된 인생을 살 수 있을 것이라 생각했다. 선생님과 만나면서도 내색 한 번 할 수 없었던 형의 마음. 그것이 결국 건우를 도망치게 만든 것일지도 몰랐다.

　형이 행복하다면 그 역시 행복했다. 선생님이 형을 행복하게 해 줄 수 있다면 그는 아무래도 상관이 없었다. 그에게 형보다 더 소중한 것은 없었다.

　돌아가지 않는 건 선생님을 위해서였다. 그래야 그녀가 형의 옆에 있어 줄 것만 같았다. 두 사람이 더욱 단단해지기 위해선 자신이 빠져 주어야 한다고 생각했다. 건우는 그 선택에 후회하지 않았다. 건혁을 행복하게 해 줄 수 있는 건 채원뿐이었다.

"너 건혁 오빠 동생이지?"

자전거를 세워 놓고 햄버거를 테이크아웃한 건우는 낯선 여자
의 입에서 익숙한 이름이 나오자 경계했다. 긴 생머리에 그을린
얼굴을 한 어린 여자는 분위기를 보아하니 제주도 토박이 같았다.

"누구세요?"

건우가 묻자 여자는 건우의 손에 들린 패스트푸드점 종이 가방
을 통째로 가져가 버렸다. 어찌할 새도 없이 여자의 손에선 햄버
거 하나가 꺼내졌다.

"아, 이거 내가 좋아하는 맛인데."

건우는 슬슬 열이 받아 여자에게서 다시 가방을 뺏으려 했다.

"좋은 말 할 때 내놓지?"

"싫다면?"

여자는 종이 가방을 뒤로하고 혓바닥을 내밀었다.

"너, 뭐야?"

건우는 화가 머리끝까지 났다.

"네 첫 키스 상대, 라고 하면 기억하려나?"

제주도 여자가 건우를 보며 환하게 웃었다.

키스라고는 해 본 기억도 없는 건우는 화가 더 치밀어 올랐다.

"거짓말이면 죽여 버린다."

□ ■ □

"누구?"

준규와 함께 식당으로 들어와 식판을 내려놓던 건혁은 수화기 너머로 씩씩대는 건우가 귀여웠다. 제주도로 내려간 지 얼마나 됐다고 벌써 다른 여자의 이야기를 꺼내고 있었다.

— 큰아빠 뒷집 사는 애라는데. 나는 하나도 기억이 안 난다니까?

큰아버지의 뒷집이라면 생전 아버지와 각별했던 고교 동창 문씨 아저씨 댁을 말하는 것 같았다. 건혁은 그 집의 꼬마 숙녀가 불현듯 생각났다. 오랫동안 아이가 생기지 않아 어렵게 가진 딸이라 했던 어머니의 말씀도 떠올랐다. 그가 한 번씩 제주도에 내려가면 졸졸 따라다녔던 기억도 났다. 그 아이가 벌써 성인이라니.

"이름이 채원이었나……."

건혁도 건우도 순간 할 말을 잃었다. 잠깐의 침묵을 이기지 못하고 건우가 말했다.

— 몰라. 뭔 상관이야. 아무튼 자꾸 형 잘 살고 있냐고 말 건다니까? 내가 우리 형 곧 결혼한다고 해도 아직 안 한 거네? 이런다니까. 사람 미쳐 버리게. 수능 칠 때까지 참은 거라나 뭐라나. 수능은 또 거의 다 맞았대. 그게 사람이야? 아무튼 공부를 너무 심하게 해서 좀 이상해진 것 같으니까 형도 조심해. 모르는 번호로 전화 오면 받지 말고. 그게 벌써 큰엄마한테 형 번호 따 갔어.

건혁은 재밌는 구경거리라도 생긴 것처럼 입가에 미소를 띠다가 제 할 말만 하고 전화를 끊어 버리는 녀석으로 인해 기분이 언짢아졌다. 이제 형의 안부 따윈 궁금하지도 않은 건가.

"누군데?"

웬일로 건혁이 웃고 있자 준규는 궁금한 눈으로 물었다.

"건우."

"왜, 돌아온대?"

건우가 돌아와야 모든 일이 끝나는 것처럼 준규는 잊을 만하면 녀석의 행방을 물었다. 건혁은 아니라며 고개를 흔들었다.

"바보 같은 놈이 형이 이러고 청승맞게 살고 있는지는 아냐? 채원 씨 떠난 것도 모르는 거지?"

"일부러 말 안 했어. 그러니까 너도 알은척 마."

준규는 건혁이 이해가 되지 않았다. 일부러 자신을 더 힘들게 만드는 것 같기도 했다.

"누가누가 더 힘드나 내기하냐, 지금? 채원 씨도 그렇고 너도 그렇고, 다들 왜 이렇게 어렵게 살아? 좋으면 같이 있으면 되는 거지, 뭐가 문젠데?"

"……."

건혁은 대답 없이 묵묵히 식사를 이어 갔다. 친구의 부담스러운 눈길을 외면하려 고개를 돌리자 식당의 티브이 화면이 눈에 들어왔다. 화면 속에는 익숙한 얼굴이 있었다. 박지수. 잊고 있던 여자가 연예 프로그램에서 모습을 드러냈다. MC가 아니라 가십의 주인공으로, '이혼'이라는 두 글자의 자막과 함께.

19. 후회는 언제나 늦는 법

저녁 식사를 하는 동안 아버지가 의미 없이 켜 놓은 티브이 화면에서는 박지수 아나운서의 이혼이 단신으로 소개됐다. 성격 차이라는 진부한 이유도 덧붙여졌다. 채원은 더 이상 밥을 넘기지 못하고 수저를 내려놓았다. 그러자 아버지의 눈길이 따라왔고, 채원은 점심 먹은 것이 소화가 되지 않는다는 변명을 하며 자리에서 일어섰다.

운동복으로 갈아입고 집을 나섰다. 과수원 길을 한 바퀴 돌 생각이었다. 그러고 나면 아무렇지 않은 듯 가라앉아 버릴 것이라고 생각했다. 그 여자는 준석의 아내이기도 했지만 그의 오래된 연인이기도 했다.

10년 동안 만난 사람을 지울 수 있을까. 그런 생각을 한 적이 있었다. 그 여자는 왜 이런 선택을 했을까. 채원의 숨길 수 없는 미련이 어쩔 수 없이 마음을 불안하게 만들었다. 우스웠다. 버리고 도망칠 땐 언제고 불안하다니. 철저히 이기적이었다.

과수원을 돌아 나오자 저 멀리서 외투를 들고 서 있는 아버지가 보였다. 그녀가 걱정이 되어 따라 나온 것 같았다. 채원은 부모님에게도 죄송했다. 공부를 한다고 내려와서는 한 남자만 생각하느라 불안한 모습으로 걱정을 끼치고 있었다.

시간이 지나면 흘러가 버릴 줄 알았다. 준석도 그랬고, 모든 일이 그랬다. 그래서 그 남자도 그럴 것이라 생각했었다. 하지만 그건 채원의 오판이었다. 시간이 지날수록 마음이 켜켜이 쌓여 더욱 더 저려 올 줄은 몰랐다. 내려오기 전에는 밤마다 건우의 꿈을 꾸더니, 시골에 내려와서는 건혁의 꿈만 꾸었다. 꿈속에서 그가 외롭게 앉아 있는 모습은 또 다른 악몽이었다.

죄책감은 더 큰 죄책감을 낳았고, 그녀를 돌이킬 수 없게 만들었다. 지금이라도 달려가 그를 안고 모든 걸 용서해 달라고 말하고 싶었다. 그것이 솔직한 마음이었다. 그러면 그는 아무렇지 않은 듯 받아 줄까. 아니면 모든 것이 정리됐다고 싸늘하게 그녀를 바라볼까. 어떤 것이든 지금은 선택해야만 할 것 같았다.

"채원아…… 춥다."

다가온 아버지가 그녀의 어깨에 외투를 덮어 주었다.

"……."

채원은 가만히 서서 아버지를 바라봤다. 그녀보다 더 얇은 옷을 입고 나온 것이 눈에 들어왔다. 자신이 춥다는 것은 느끼지 못하는 걸까. 아니면 딸을 향한 끝없는 사랑이 그를 추위 또한 이겨

내게 만드는 걸까. 채원의 가슴속에서 울컥, 하고 무언가가 솟아올랐다. 아버지의 사랑에 감사했다. 이런 사랑을 누군가에게 주고 싶었다. 채원은 울음을 참지 못하고 그 자리에 주저앉아 버렸다.

"아빠……."

"채원아!"

놀란 아버지가 얼른 그녀를 감싸 안았다. 갑자기 우는 딸이 가슴을 철렁 내려앉게 만들었다.

"왜 그래? 공부하는 게 많이 힘들어? ……아빠는 너 선생 안 해도 괜찮아. 힘들면 안 해도 된다. 채원아……. 채원아……."

다독이는 아버지의 품에 안겨 채원은 눈물을 펑펑 터뜨렸다. 그 사람이 너무 보고 싶었다. 자꾸만 생각나 아무것도 할 수가 없었다. 가슴이 찢어질 것만 같았다. 이건 그녀가 감당할 수 있는 그리움이 아니었다.

"아빠…… 나 그 사람이 너무 보고 싶어. 근데, 전화도 못 하겠어. 아무것도 못 하겠어. 내가 도망쳐서 왔는데, 내가 못 견디겠어. 아빠, 나 어떡해……?"

딸이 이렇게 아픈 사랑을 하고 있는 줄은 몰랐다. 시험에 대한 부담감으로 불안해하는 줄 알았는데, 이것 때문이었나. 아버지는 납득이 되면서도 한편으로는 속이 상했다. 이렇게 자신의 딸을 아프게 놔두는 놈이라면 보기도 전에 반대를 해야 하는 게 맞았다.

늘 마음이 여려 걱정이 많았던 막둥이는 따뜻한 남자를 만나 평범한 행복을 누리고 살았으면 했다. 바라는 것은 그것뿐이었다. 평범한 행복은 이리도 쉽지 않은 것인가. 아버지는 채원을 다독이며 안타까운 마음을 쓸어내렸다.

"도망쳐 왔으면 그럴 수밖에 없던 거지. 그러니까 괜찮다. 보고 싶으면 보고 싶다고 해도 된다, 채원아. 그래도 괜찮아. 네 마음 가는 대로 해라, 채원아. 아빠는 우리 채원이가 하는 일이면 다 괜찮다. 그러니까 아빠 믿고 해 봐, 알았지?"

채원이 아버지를 올려다보며 되뇌었다. 다 괜찮다고. 다 괜찮은 거라고.

□ ■ □

특집 팀 전체 회식이 있는 날이었다. 술고래로 유명한 팀장은 누구 하나 빠지는 걸 용납하지 않았다. 미꾸라지는 어떤 일에서든 미꾸라지가 된다는 혼자만의 철학을 세워 피디 후배들을 괴롭혔다. 건혁도 준규도 단단히 속 단속을 하고 회식 장소로 향했다.

"더 나은 내일을 위하여!"

팀장의 선창에 모두들 술잔을 들었다. 무섭게 만 폭탄주가 원 샷으로 모두의 목을 타고 흘러들어 갔다. 준규와 한 테이블에 앉 은 건혁은 회식 중에도 손을 가만히 두지 못한 채 테이블 아래로 내려 경주와 문자를 주고받는 자신의 친구를 바라보곤 쓴웃음을 지었다.

상견례를 마쳤고, 조만간 결혼식 날짜를 잡는다고 했다. 이렇 게 빨리 진행될 줄은 그도 예상 못 했다. 그저 외로운 마음에 만 난 줄 알았던 두 사람은 의외로 많은 것들이 잘 맞았다. 누군가

262

상대를 위해 맞춰 주고 있을 수도 있지만 결혼도, 사랑도, 인연도, 결국 모든 것은 타이밍이라는 생각이 들었다.

옷을 일이 없는 친구를 생각해 자중했지만 준규는 요즘 들떠 있는 표정을 감추지 못했다. 자신이 정말로 결혼을 하는 것인가. 이제야 조금씩 실감이 났다. 시원시원한 성격의 경주는 모든 일을 일사천리로 진행했다. 그의 집에도 여유같이 행동해 먼저 점수를 따 놓았고, 잠깐 반대를 했던 자신의 집에는 독신주의라는 초강수를 두어 한순간에 가족들의 반대를 잠재웠다.

결혼식 날짜를 알아보기 위해 이리저리 문자를 하던 준규는 느껴지는 시선에 잠깐 고개를 들었다. 그를 보는 건혁과 눈이 마주쳤다. 민망하고 미안한 마음에 얼른 핸드폰을 주머니에 넣었다.

"괜찮아."

건혁이 웃으며 준규에게 말했다. 그리고 술잔을 들어 혼자서 원샷을 했다.

괜찮지가 않았다. 준규는 안쓰러운 마음에 얼른 건혁의 술잔에 술을 채워 주었다. 요즘 들어 술에 취한 친구의 모습을 자주 볼 수 있었다. 채원이 내려가고 한동안은 일만 하며 흐트러짐 없이 잘 지내더니 시간이 갈수록 건혁은 점점 더 무너지고 있었다. 이런 그의 모습을 채원이든 건우든 알기만 한다면 모든 일이 쉽게 풀릴 것 같았다. 하지만 건혁은 고집을 부리며 준규가 아무것도 할 수 없게 만들었다.

아무것도 할 수 없는 이유는 망설임이나 두려움이 아니었다. 기다림이었다. 억지로 붙잡고 있는다고 해서 그 여자의 죄책감을 없애 줄 수 있는 게 아니었다. 이렇게 해서라도 건우에 대한 미안한 마음을 표현하고 싶은 것이었다. 그리고 그에 대한 그녀의 마음을 더욱더 확신하게 되는 계기가 될 수도 있었다. 하지만 그녀가 그에 대한 마음을 확신한다는 보장 또한 어디에도 없었다. 그를 잊고 살아 버리면 그만이었다. 그렇게 놓치고 그는 후회를 할지도 몰랐다. 왜 붙잡아 보지도 않았냐고.

어느 쪽이든 선택을 해야 했지만 건혁은 어떤 것에도 확신을 할 수가 없었다. 그래서 점점 더 불안했고, 점점 더 그녀에 대한 그리움을 키웠다. 술이라도 마시지 않으면 힘이 들었다.

멍청한 바보가 되어 가고 있었다.

2차로 향한 곳은 회사 앞의 노래방이었다. 시끄러운 소음 속에서 건혁만이 혼자 생각에 빠져 있었다. 더 이상 바보같이 참는 짓을 해낼 자신이 없었다. 막무가내라고 해도 그녀를 데려와 옆에 두고 싶었다. 당신이 없으면 나는 죽겠다고. 이만큼 벌을 받은 걸로 충분하다고.

머리가 아파 자리에서 일어났다. 미꾸라지처럼 빠져나가면 일로 대갚음한다는 팀장의 경고 따윈 잊은 지 오래였다. 지하 노래방을 벗어나기 위해 계단을 오르는데, 한 무리들의 사람들이 우르르 노래방 안으로 들어오는 게 보였다. 익숙한 얼굴들이었다.

"어, 강 피디 아니야? 특집 팀도 회식인가 보지?"

아나운서실 사람들이었다. 벌써 한차례 술을 마시고 온 것인지 다들 얼큰하게 취해 있었다. 건혁은 짤막한 인사를 건넨 뒤 빨리 그곳을 빠져나가려 했다. 생각하지 않으려 해도 마주치지 말아야 할 사람이 떠올라서였다. 다행히 무리 속에 지수는 없었다. 이혼 소식이 알려진 지 얼마 되지 않았으니 몸을 사려야 할 것이었다.

노래방을 빠져나오자 건혁의 눈앞에 한 여자가 다가왔다. 그녀의 손에는 편의점 봉투와 숙취 해소제가 들려 있었다. 그를 보자 반갑게 웃는 그녀는 이혼을 한 여자처럼 보이지 않았다.

"회식이야?"

마주치지 말자고, 모르는 사람처럼 지내자고 해도 이 여자는 그 말을 지워 버린 것처럼 행동했다. 한동안은 얼굴을 보이지 않더니 이혼을 하고부터는 그의 반경에 더 가까이 들어오는 기분이었다. 건혁은 대답하지 않은 채 지수를 지나쳤다.

"다 정리했어."

건혁의 등에 대고 지수가 말했다.

"내 결혼도, 당신도……. 그러니까 그렇게 귀신이라도 보는 것처럼 굴지 마. 내가 뭘 잘못했는지 내가 더 잘 알아. 내가 당신 버려 놓고 내가 상처받은 척했어. 그렇게 하면 그렇게 되는 줄 알았어. 이혼은, 사랑하지도 않는 사람이랑 사는 게 싫어서 한 거야. 당신 때문 아니야. 그러니까 그렇게…… 나 무시하려고 애쓰지 마. 안 그래도 돼."

건혁은 끝내 돌아보지 않았다. 그는 이제 아무래도 상관없었다.

술을 마시고 들어온 날이면 건혁은 습관처럼 채원에게 전화를 걸었다. 그때마다 돌아오는 말은 전화기가 꺼져 있다는 소리였다.

이렇게라도 하지 않으면 미칠 걸 알기에 건혁은 받지도 않을 전화를 걸고 또 걸었다.

또 그렇게 전화를 건 채 잠이 들었다. 그리고 꿈처럼 그 여자의 목소리가 들려왔다.

— ……건혁 씨.

꿈일 거라 생각했다. 늘 꾸는 꿈처럼 건혁은 말했다.

"힘들어서 못 하겠어……."

— …….

"내가 다 잘못했으니까 돌아와……. 멍청해서 당신 놔줬어. 충분히 후회하고 있어……."

— …….

"내가 불쌍하지도 않아? 당신 때문에 아무것도 못 해. 잠도 못자. 당신 꿈 꿀까 봐. 술만 먹어. 이러다 죽을지도 몰라……. 초상 치르기 싫으면 빨리 와……. 정채원……. 채원아……."

그러고는 건혁은 잠이 들어 버렸다.

□ ■ □

"이러다 알코올 중독자 되는 건 시간문제라니까요?"

준규는 엘리베이터에 오르며 핸드폰 너머 경주에게 하소연했다. 건혁과 채원의 일에 누구보다 적극적이던 경주가 채원이 시골로 내려가고 나서부터는 아무런 행동도 취하지 않았다. 이미 그녀의 손을 떠난 것처럼 무시하고 있었다. 애가 달은 것은 오히려 준규였다.

채원은 옆에 없으니 신경 쓰이지 않을 테지만 건혁은 아니었다. 매일 얼굴을 맞대어야 하는 친구의 망가짐을 더 이상 지켜보는 것도 힘들었다. 결혼 준비를 하는 자신이 무슨 죄를 지은 것처럼 미안하기까지 했다.

"제주도 가서 건우 녀석 붙잡아 오든지 결판을 내야지, 안 되겠어요. 진짜 고3 하나 수능 망친 거 때문에 둘이 생이별을 하고 이게 뭐⋯⋯."

준규는 붐비던 엘리베이터 안이 한순간 한산해지자 무심결에 뒤쪽을 돌아봤다. 거기엔 피하고 싶은 한 여자가 그를 바라보고 서 있었다. 지수는 얼마 전 이혼을 했다고 했다. 준규는 자신의 말이 그녀에게 어떤 빌미를 제공하는 것이 아닐까 갑자기 불안해졌다. 그는 얼른 전화를 끊고 변명을 하려 했다. 그것보다 빨리 지수의 물음이 돌아왔다.

"건우⋯⋯ 수능 망친 거예요?"

마치 그것이 자신 때문인 것처럼 그녀의 얼굴이 하얘졌다.

□ ■ □

"여기 치킨버거 두 개 주⋯⋯ 어, 너⋯⋯?"

메뉴판만 보고 주문을 하던 건우는 카운터 앞에 서 있는 여자를 뒤늦게 알아보고 눈을 키웠다. 단정한 유니폼을 입은 여자의 명찰엔 '문채원'이라는 세 글자가 새겨져 있었다. 이곳에서 아르바이트를 하는 모양이었다. 그래서 그날 마주친 것인가, 건우는 두 사람의 우연을 자연스레 납득하고 있었다.

"네, 고객님. 치킨버거 두 개로 배가 차시겠습니까?"

그날 종이봉투 안에는 종류별로 산 다섯 개의 햄버거가 있었다. 그걸 그가 다 먹는 걸로 오해한 여자는 건우를 한심하게 내려다봤다. 그 다섯 개 중 두 개는 네가 먹었지 않느냐고 따지려다 그만두었다. 햄버거 두 개에 쪼잔해 보이기는 싫었다.

"또 많이 사서 뺏기기는 싫어서요. 그럼."

건우는 뒤끝을 드러내며 쪼잔함을 감추지 못한 채 햄버거값을 내밀었다. 채원은 정신 연령이 아주 어려 보이는 건우에게 마지막까지 친절한 미소를 지으며 응대했다. 뭐라 해도 이 녀석은 건혁의 동생이었기 때문이다.

아르바이트 시간을 모두 다 채우고 퇴근을 하던 채원 앞을 자전거 한 대가 가로막았다. 건우였다. 상대해 주니 자꾸만 곁을 맴돌았다. 채원은 귀찮기는 했지만 기분이 나쁘지 않았다. 어쨌든 첫 키스 상대였으니 말이다.

"할 말이라도 있어?"

"용돈 부족해?"

"뭐?"

"문씨 아저씨 집 잘 산다던데, 아르바이트는 왜 하는 거야?"

"등록금에 보태려고."

당당한 채원의 말에 건우는 순간 입을 다물었다.

"그리고 너희 형 보러 서울 갈 거라 돈 모으고 있어."

"뭐?"

"내 첫사랑이라고 했잖아."

첫 키스는 동생이랑 해 놓고 형이 첫사랑이란다. 건우는 어린 채원이 얄미웠지만 왜인지 무시할 수가 없었다. 자꾸만 눈길이 갔다. 이건 이름이 가져온 최면술 같은 것이라고 생각했다. 그 이상도 이하도 아니라고 여겼다.

"너, 내 말 어디로 듣나? 우리 형, 결혼할 여자 있다니까? 네 애송이 같은 마음으로 분란 만들 생각 하지 말고 일찌감치 접어."

누가 누구에게 하는 말인지 모를 정도로 데자뷔였다. 건우는 남들 눈에 비친 자신이 이럴지도 모른다는 생각이 들자 한순간 등골이 서늘했다. 애송이의 사랑으로 분란을 만든 것은 다름 아닌 지금의 자신이었다.

"누가 애송이래? 열아홉이 좋아하면 다 애송이야? 너랑 말이 안 통할 것 같으니까 난 이만 갈게."

채원이 토라진 듯 돌아서 건우의 반대편으로 사라져 갔다. 건우는 또 무언가에게 한 방 먹은 얼굴을 하고 그 자리에 서 있었다.

□ ■ □

3일 동안 밤샘 작업을 하고 건혁은 술에 취해 집에 들어왔다. 옷도 벗지 않고 잠이 들었다. 늘 그렇듯 그 여자가 꿈에 나왔다. 건우 녀석이 꿈에 나와 괴롭다고 했었다. 이런 괴로움이었다면 충분히 이해했다. 다시 잠들지 못하고 건혁은 거실로 향했다.

냉장고에서 생수를 꺼내 통째로 비웠다. 갈증은 해소되었지만 그리움은 지속되었다. 모른 척 거실의 시계를 올려다봤다. 밤 11시를 넘어가고 있었다. 뜬눈으로 밤을 지새울지도 모른다는 불안이 엄습했다. 술을 마시지 않으면 잠을 잘 수가 없었다. 술을 마셨는데도 잠들지 못하는 날은 어떻게 해야 할지 몰랐다.

방으로 들어와 침대에 누우려다 핸드폰을 찾았다. 건우 녀석이 요즘 들어 자주 전화를 걸어 왔기에 혹시나 하는 마음이었다. 아무렇게나 벗어 둔 외투를 뒤져 핸드폰을 꺼냈다.

심장이 그대로 멈춰 버렸다. 한 통의 부재중 전화가 와 있었다. 채원에게서 온 것이었다. 전화가 온 시간을 확인하자 벌써 세 시간이나 지나 있었다. 가슴이 꽉 막힌 것처럼 답답했다. 곧장 통화 버튼을 눌렀다. 하지만 전화기가 꺼져 있다는 기계 목소리만 도돌이표처럼 들려왔다.

건혁은 핸드폰을 내던지고 머리를 감쌌다. 아무도 그를 도와주지 않는 기분이었다. 그 순간 거짓말처럼 현관 쪽에서 벨소리가 들려왔다. 튀어 나가듯 건혁이 현관 앞으로 다가갔다. 누군지 묻지도 않고 벌컥 문을 열었다. 한 여자가 그를 바라보고 서 있었다.

"건혁 씨……."

무엇을 기대한 것일까. 건혁은 자신이 우스웠다. 그대로 문을 닫으려 하자 앞의 여자는 잔인한 말로 그를 막았다.

"나 때문이야. 건우, 시험 못 본 거 나 때문이야……."

지수는 취해 있었다. 몸도 가누지 못하는 여자는 그대로 주저 앉아 말을 토해 냈다.

"그래. 난 건우가 싫었어. 당신 옆에 있는 나를 싫어하는 게 보 였으니까……. 건우만 없으면 된다고 생각했어. 당신 부모님은 날 좋아했으니까. 그러면 된다고 생각했어. 그래서 당신 부모님 돌아 가셨을 때 건우가 당신이 자길 버리고 갈까 봐 벌벌 떨고 있을 때 그걸 이용했어. 걔가 하는 말 같은 건 웃어넘기고 장례식장에 갔 으면 됐었어. 근데…… 건우한테 잔인하게 떠넘겼어. 네가 날 못 오게 한 거라고. 너 때문에 당신이랑 헤어진 거라고."

비틀린 사랑은 온전한 마음이 아니었다. 그건 사랑이 아니었다.

"그리고…… 당신 옆에서 떠나라고 말했어. 그래야 당신이…… 행복해진다고……."

너 때문이 아니라고 말했어야 했다. 녀석이 온몸으로 반항할 때 붙잡고 말했어야 했다. 죄책감으로 자기 자신을 망칠 때도 건 혁은 건우를 제대로 바라봐 주지 못했다. 안아 주지 못했다. 건혁 은 지금 이 순간 그 누구도 아닌 자기 자신을 원망해야 했다.

지수가 후회의 눈물을 흘리고 있을 때 건혁은 저 멀리서 그들 을 보고 있는 한 사람을 바라봤다. 후회는 언제나 늦는 법이었다.

20. 안 뺏겨

"저 여자가 결혼할 사람이야?"

뒤늦게 따라붙은 어린 채원이 건우의 귀에 대고 물었다. 건우
는 대답 없이 그대로 얼음이 된 채 앞의 두 사람을 바라봤다. 이
런 모습을 보려고 떠난 것이 아니었는데, 건우는 형에게 화가 났
다. 왜 이 여자가 집 앞에 있으며, 채원은 어디로 간 것이며, 형의
얼굴은 왜 그 모양인지 묻고 싶었다.

"건우야……."

형의 부름에도 건우는 그대로 돌아섰다. 어린 채원이 건혁에게
다가가려고 하는 것도 붙잡아 끌고 계단을 뛰어 내려갔다.

"왜 그래?"

아무래도 건우가 이상하다는 것을 느낀 채원이 눈치를 살피며
물었다. 어디로 가는지도 모른 채 두 사람은 아파트 앞을 걸어

나왔다.

"저 여자, 우리 형이랑 결혼할 여자 아니야."

그 말을 하는 건우의 모습이 너무 진지해 채원은 선뜻 다음 말을 꺼낼 수 없었다. 첫사랑을 보기 위해 향한 서울행이었지만 이미 마음은 포기한 후였다. 그에게는 사랑하는 여자가 있다고 했고, 행복하다고 했다. 그렇다면 깨끗하게 포기하는 게 맞았다. 그래도 첫사랑에 대한 마지막 인사는 건네고 싶어 이곳으로 온 것인데, 아무래도 일이 심각하게 돌아가고 있는 것 같았다.

"지금 분위기…… 나한테 찬스인 거 맞지?"

채원이 일부러 약을 올려도 건우는 반응이 없었다. 시시해져 버린 채원은 횡단보도 건너편을 바라봤다. 한 여자가 서 있었다. 이상하게도 그 여자의 눈빛이 자신의 옆쪽으로 향한다고 느꼈다. 옆을 바라보자 건우는 그 여자와 같은 눈빛을 하고 있었다. 신호가 바뀌고 사람들이 발걸음을 옮겼지만 두 사람은 그 자리에 묶여 있었다. 채원은 옆의 건우도 건너편의 여자도 마음에 들지 않았다. 이유는 알 수 없었다.

먼저 다가온 건 그 여자였다. 여자는 건우의 앞으로 다가와 멈춰 섰다. 그러고는 다행이라는 듯한 웃음을 보였다. 웃고 있지만 우는 것 같다고 어린 채원은 생각했다.

"형 옆에…… 있어 줬구나."

여자는 그렇게 말했다. 건우는 여자의 말을 이해할 수 없다는 눈빛이었다. 답답한 채원이 먼저 다가서 여자에게 말을 건넸다.

"안녕하세요. 건우 친구예요. 누구시죠?"

채원은 어린 여자를 바라봤다. 다행이라는 생각이 들었다. 모든 것이 제자리로 돌아가는 기분이었다. 그녀의 선택이 나쁜 결과만을 가져온 것은 아니라고 위안했다.

"우리 형이랑 결혼할 여자야."

대답은 채원이 아니라 건우에게서 흘러나왔다.

햄버거 가게만큼은 피하고 싶었지만 여자는 그들을 햄버거 가게로 인도했다. 더군다나 어린 채원이 일하는 곳과 같은 브랜드였다. 전생에 햄버거랑 무슨 원수를 진 것인지, 어린 채원은 능숙하게 주문을 마치며 그런 생각을 했다.

"건우 친구는 이름이 뭐야?"

"채원이요."

채원은 앞에 놓인 콜라에 빨대를 꽂다 그대로 행동을 멈추었다. 그리고 맞은편에 앉아 있는 건우를 바라봤다. 녀석은 아무렇지 않다는 듯 벌써 햄버거를 반이나 먹어 치우고 있었다.

"같이 재수 준비 하는 거야?"

"재수요? 전 서울대 장학생으로 합격했는데요?"

이건 건우도 듣지 못한 이야기였다. 컥컥대는 녀석에게 어린 채원은 익숙하게 자신의 콜라를 넘겨주었다. 그걸 건우는 아무 거리낌 없이 받아 마셨다. 채원은 아무래도 이 녀석의 첫사랑이 풋사랑은 아니었을까 하는 생각이 들어 다행스러우면서도 한편으로 서운했다. 이럴 것을 수능까지 망쳐 놓고. 하지만 그 원인 제공을 누가했는지 금세 깨달았기에 채원은 서운한 마음을 곧바로 없앴다.

"많이 친한가 보네. 이 시간까지 같이 있고."

시계는 벌써 자정을 향해 가고 있었다. 건우 일행은 아르바이트 때문에 늦은 시각 비행기를 탄 탓이었고, 채원은 망설이다 막차에 올라 이 시간이었다.

집에는 친구의 결혼식 때문에 며칠 다녀온다고 급하게 핑계를 댔다. 오밤중에 간단한 짐을 싸는 딸을 보며 아버지는 그 말뜻을 이해한 듯 보였다. 아파서 우는 것보다야 나았다.

"제가 혼자 온다는 걸 기어이 따라왔어요. 더 이상 오해를 만들면 안 된다나 뭐라나."

"야, 조용하지?"

건우가 말려 보지만 어린 채원은 그저 얄밉게 혓바닥만 내밀 뿐이었다.

"……오다니?"

"제주도에서 지금 왔어요. 건혁 오빠 보러."

제주도에서 지금 왔다는 말이 채원의 가슴에 그대로 꽂혀 왔다. 그녀가 내려가고 건우가 돌아온 줄 알았다. 이 녀석도 그녀처럼 지금 나타난 것이라면 건혁은 그동안 어떻게 지냈던 걸까. 채원의 마음이 무너졌다.

"건우, 너…… 이제 온 거야?"

"쌤은요? 쌤은 왜 형 옆에 없었던 것처럼 말해요?"

건우는 이럴 줄 알았다. 형이 아니라고, 선생님이 옆에 있다고 했지만 마음이 편하지 않았다. 보내는 문자에도 답장이 없던 선생님은 도대체 어디에 있다가 지금 나타난 걸까.

건우와 채원은 똑같은 마음으로 가슴이 무너져 내렸다.

"건우야……."

"형 옆에 쌤이 있어서 안심하고 떠난 거였어요. 이럴 줄 알았으면 바보 같은 짓 안 했어요. 후회하고 있어요. 죄송해요."

무슨 말인지 하나도 알아들을 수 없는 어린 채원은 건혁이 혼자서 외로웠다는 것만은 눈치껏 알 수 있었다. 앞의 여자도 조금 미웠고, 옆의 건우도 얄미웠다. 그래 놓고 형 걱정은 혼자 다 하는 척을 했다 이거지.

"그럼, 아까 그 여자는 누구예요?"

건우와 채원의 눈이 동시에 어린 채원에게로 향했다.

왜? 어린 채원은 자신이 뭘 잘못한 것인지 몰라 눈을 동그랗게 떴다.

"돌아가. 끝까지 네 맘 편하자고 이러는 거라면, 충분해."

건혁은 지수에게 일갈했다. 이건 사과를 빙자한 이기심일 뿐이었다. 죗값을 받아야 했고, 그가 상대해 줄 이유가 없었다. 건혁은 지수를 이해하고 싶지 않았다. 이 일의 원인이 그녀라면 그녀를 끝까지 증오할 것이고, 어설픈 용서로 착한 척하고 싶은 생각도 없었다.

"건혁 씨……."

"차라리 다행이라는 생각이 들어. 건우 녀석이 나를 뺏기기 싫어서 그런 욕심을 부린 게 고마워. 그렇지 않으면 평생 다른 마음을 품은 너를 내 옆에 두고 병신같이 살았을 테니까."

"……."

"고마워, 박지수. 나를 지옥에서 구해 줘서."

건혁의 말을 끝까지 듣고선 지수는 천천히 몸을 일으켰다.

"내가 지옥이면…… 그 여자는 뭐야?"

마음이 비틀어질 수밖에 없었다. 다른 누구도 아닌 그녀가 만든 지옥에서 그녀가 벗어날 구멍은 없었다. 막다른 길에선 가면을 벗어 버리게 되어 있었다.

"나한테 필요한 사람이야."

건혁은 간단하게 말했다. 그리고 미련 없이 문을 닫아 버렸다. 쾅, 하고 닫힌 문 앞에서 지수는 미친 사람처럼 웃었다. 필요한 사람이라고? 얼마나 만났다고! 모두들 그 여자만 찾고 있었다. 10년을 만난 남자도, 잘못된 선택으로 인생을 망친 남자도. 모두가 그녀를 지옥이라 말하고 떠나 버렸다.

지수가 아파트 앞으로 걸어 나오자 저 멀리서 걸어오는 채원이 보였다. 눈이 마주쳤다. 여자는 놀라지 않았다. 마치 이곳에 그녀가 있다는 걸 이미 알고 온 것처럼, 지수의 앞으로 당당히 걸어왔다.

"뭐가 더 남았나요?"

지수가 웃음을 터뜨렸다. 다 가진 여자의 당당함이었다.

"다 뺏어 가니 좋아?"

지수가 가면을 치우고 물었다.

"뺏은 적 없어요. 당신이 소중한 줄 모르고 놓친 거지. 건혁 씨가 뭐라고 하던가요? 이혼했으니 다시 고려해 준다고 하던가요?"

채원의 말을 듣고 참을 수 없어 지수가 팔을 들어 올렸다. 뺨을 내리치기 위해 올린 팔이 채원의 단단한 손에 붙잡혔다. 술기운에 지수의 몸이 휘청거렸다. 우스웠다. 자존심이 저 바닥으로 처박힌 기분이었다.

"넌 뭐가 그렇게 잘났어? 아무것도 가진 것 없는 주제에. 건우가 널 좋아했다고? 형제 사이에서 여우같이 꼬리 감추고 있……."

짝!

채원의 손찌검에 지수가 그대로 바닥에 쓰러져 버렸다.

"알지도 못하면서 함부로 지껄이지 마. 나랑 당신이 다른 이유가 뭔지 알아? ……당신은 진심이 없어. 악마처럼 속에 감추고 아닌 척하지. 그걸 다른 사람이 모를 줄 알아? 건우도 그래서 당신을 반대했겠지. 건혁 씨가 불쌍해. 당신 같은 여자를 10년이나 만나면서 제대로 위로조차 받지 못했다는 게, 내가 다 억울해. 근데, 그게…… 그 사람 사랑이야. 받지도 않고 주기만 해. 멍청하게, 바보같이……. 당신이 가진 비틀어진 마음까지도 받아 주려고 했겠지. 그 소중한 마음을 당신은 멍청하게 놓친 거고. 이제 와서 빌어도 소용없어. 내가 안 뺏겨."

독기를 품은 것처럼 채원이 지수에게 말을 쏟아 냈다. 지수는 길바닥에 앉아 미친 사람처럼 웃었다. 그러다 울기 시작했다. 모든 게 지옥이었다.

건혁은 사라진 건우에게 전화를 걸었다. 하지만 받지 않았다. 놀란 눈이 아니라 화가 난 눈이었다. 옆에 있는 여자가 채원이 아니라 지수라는 것을 납득할 수 없을 것이었다. 또다시 자신을 탓할 게 분명했다.

어린 녀석이 받았을 상처를 생각하자 건혁은 지수를 그냥 돌려보낸 것이 후회스러웠다. 부모를 잃고 형까지 잃을까 봐 가시를 세운 아이를 보듬지 못하고 이용하는 여자였다. 멍청하게 그런 여자를 10년이나 사랑하며 살았다. 누구를 탓할까. 건혁은 지금 자신에게 내려진 벌에 대해 할 말이 없었다.

또다시 사라져 버린 녀석을 찾기 위해 건혁은 겉옷을 챙겼다. 제주도에서 어린 채원과 같이 올라온 걸로 보이니 큰집에 전화를 넣어 여자아이의 전화번호를 알아보면 될 것이었다. 아무렇게나 버려 놓은 핸드폰을 찾아 거실로 나섰다. 몇 걸음 떼려는데, 비릿한 액체가 코를 타고 흘렀다. 바닥으로 뚝뚝 떨어지는 코피를 보며 건혁은 얼른 한 손으로 코를 막았다.

밥은 먹지도 않고 술로 살았으니 당연한 결과였다. 급하게 주방으로 들어가 싱크대 앞에 서서 코를 씻는데, 현관에서 인기척이 들렸다. 또 도망친 건 아닌가 걱정했는데, 금세 돌아온 걸 보니 여자의 힘이 대단하긴 대단한가 보다 싶었다. 녀석의 옆에 서 있던 어린 채원이 떠오르자 웃음이 흘렀다. 건혁은 뒤도 돌아보지 않은 채 말했다.

"몇 발짝도 못 갈 걸 도망은 왜 쳐. 아까 본 건 오해……."

등 뒤로 누군가 안겨 왔다. 건혁은 누군지 단번에 알았다. 심장이 그대로 멎어 버렸다. 뚝뚝, 또다시 코피가 싱크대 아래로 흘렀지만 움직일 수가 없었다. 꿈이 아니라고 누군가 말해 주었으면 했다.

"……피 나는 거예요? 이리 돌려 봐요."

"……."

채원이 급하게 건혁을 돌려세운 뒤 주변의 휴지로 그의 코를 막았다. 구급상자를 찾는 것처럼 눈과 몸이 이리저리 움직이는데, 건혁이 그녀를 끌어와 품에 안았다.

코피 따윈 상관없었다. 마음속에선 천 번도 더 피를 흘렸다. 이 여자를 안고 싶어서 매일 밤 울었다. 건혁은 채원이 아플 만큼 그녀를 깊숙이 끌어안고 놓아주지 않았다. 이제는 놓치지 않을 것이다.

"건혁 씨……."

"……봤지? 곧 죽기 직전이었어."

피식, 채원에게선 웃음이 튀어나왔다. 코피로 죽는다는 소리는 못 들어 봤다. 그래도 그가 걱정스럽긴 했다. 얼굴이 반쪽이었다. 누가 이렇게 자신을 학대하라고 말했나. 채원은 원인 제공자로서 죄책감이 들었으나 모른 척 그를 혼냈다.

"건우한테는 왜 거짓말했어요?"

건혁이 채원을 놓아주며 그걸 어떻게 알았냐고 눈으로 물었다.

"오다가 건우 만났어요."

구급상자를 찾은 채원은 얼른 작은 솜 하나를 만들어 건혁의 코를 막아 주었다. 어린아이 다루듯 그에게 묻은 피를 조심조심 닦아 주었다. 건혁은 채원이 하는 대로 놔두었다. 건우의 얘기를 하려고 했지만 금세 잊고 그녀를 넋 놓고 바라봤다.

"……왜요?"

채원이 시선을 느끼고 고개를 들며 물었다.

"정채원이 맞나 싶어서……. 꿈보다 더 예쁘긴 하네."

"……미안해요."

채원은 그에게 맞추던 시선을 아래로 내렸다.

"뭐가?"

"……당신 두고 간 거, 후회하고 있어요."

"그럼, 벌받아야지."

"네?"

채원이 고개를 들자 건혁이 야릇하게 웃으며 말했다.

"오늘 백 번 하자."

무슨 말인지 뒤늦게 이해한 채원이 건혁을 노려봤다.

"쌍코피 터지고 싶어요?"

그쯤이야. 당연한 거 아니냐며 건혁이 어깨를 으쓱거리자 채원이 건혁이 흘린 코피를 닦으며 청천벽력 같은 이야기를 했다.

"금방 건우랑, 나보다 더 예쁜 어린 채원이가 올 거예요."

"누구 맘대로?"

건혁은 동생을 오랜만에 만났다는 사실도 잊은 채 되물었다.

"그럼 제주도에서 금방 온 애들을 밖에서 재워요?"

"이 집 주인은 나야."

"그래요. 그러니까 난 이만 가 볼게요. 경주한테 가서 하룻밤 신세 지면……."

건혁의 얼굴이 붉으락푸르락해졌다. 채원은 더 이상 말을 뱉지 못하고 입을 닫았다. 때마침 현관문이 열리고 방해꾼 두 사람이 당당히 그의 집으로 들어서고 있었다.

"그냥 우린 형 얼굴만 보고 가는 거다?"

마음에 드는 말을 하는 건 역시나 그의 동생 건우였다. 제주도 가서 철이 든 게 맞았다.

"왜 그래야 되는데?"

어린 채원은 눈치가 없는 게 분명했다. 아니면 다른 목적이 있거나.

"야, 넌 눈치도 없냐? 형이랑 쌤이랑 좋은 시간…… 그러니까, 오랜만에 얼굴 보는 거니까 떨어지고 싶지 않으…… 아우, 넌 야동도 안 보냐?"

여기서 왜 야동이 튀어나왔는지는 모르겠지만 모두가 그걸 듣고 있는 상황이라 집 안 분위기가 요상해졌다. 주방 안의 채원과 건혁은 현관 앞의 두 사람을 어떻게 맞아 줘야 할지 순간 고민이 되었다.

"넌 그 생각만 하니?"

건우는 할 말을 잃었다. 이게 어디서 변태 취급이야.

어린 채원은 예상대로 강적이었다. 방금 자신이 무슨 말을 했는지 잊은 것처럼 순수하게 웃으며 집 안으로 들어갔다. 그러곤 주방 안에 있는 건혁을 향해 반가운 인사를 건넸다.

"안녕하세요, 오빠. 아까는 인사를 제대로 못 했네요. 저, 채원이예요."

건혁은 조용히 인사를 받으며 생각했다. 이것들을 어떻게 내보내나.

"형, 쌤, 미안해요. 얘가 공부만 해서 이런 눈치가 없어요. 우리 잠깐만 있다가 갈 거니까 신경 쓰지 마세요."

건우가 뒤따라 들어서며 미안한 웃음을 흘렸다. 형과 선생님이 제대로 재회를 한 건지 분위기가 나빠 보이지 않았다. 아까 햄버거 가게에서 선생님이 먼저 형을 만나고 있을 테니 햄버거를 마저 먹은 뒤에 들어오라고 일렀다. 알겠다며 그녀를 보내고는 건우는 다른 잠자리를 찾을 생각이었다. 눈치 없이 오늘 같은 날 방해하고 싶지 않았다. 두 사람의 마음을 안 이상, 건우는 제대로 밀어주고 싶었다. 그게 형의 행복을 위한 것이라고 깨달았기 때문이었다.

"아니야. 너희들은 여기서 자고, 난 친구 집에 가면 되니까."

채원이 나갈 채비를 하자 건혁도 그녀를 따라 외투를 집었다.

"맛있는 거 사 먹고 무슨 일 있음 전화해."

건혁은 건우에게 카드를 건네고 현관으로 나섰다. 채원은 어리둥절했다.

"안 나오고 뭐 해?"

건혁이 재촉했다.

"언니, 나 두고 어디 가요? 야동건우가 날 노릴지 모르는데."

어린 채원이 건우를 손으로 가리켰다. 건우는 억울하다는 듯 얼굴이 발개진 채 가슴을 쳤다. 채원이 어쩔 수 없이 다시 집 안으로 걸음을 옮겼다. 건우는 그 순간 어린 채원을 보는 건혁의 눈을 바라봤다. 저건 살의였다.

21. 아무도 모르게

거실에 이불을 깔고 순서대로 누웠다. 그 순서가 아주 마음에 들지 않는 건혁이었다. 그가 맨 끝에 눕고 그 옆을 건우가, 그리고 어린 채원, 마지막은 그의 아래에 눕히고 싶은 여자 순이었다. 로미오와 줄리엣, 견우와 직녀도 모두 웃고 갈 상황이었다.

옆에 누워 있는 어린것들을 어떻게 치워 낼까 고민하던 건혁은 그중 한 명이 만만치 않은 상대라는 것을 깨닫고 포기하듯 벽을 보며 모로 누웠다. 눈을 감으니 조금 전 그의 얼굴을 닦아 주던 채원이 떠올랐다. 미칠 노릇이었다.

"이렇게 엠티에 온 것처럼 다 같이 자는 거 해 보고 싶었어요."

곧장 엠티로 직행하고 싶은 한 남자는 들뜬 어린 채원의 목소리가 마음에 들지 않아 베개로 귀를 막았다. 건우는 옆에 누운 형이 3초마다 화를 분출하고 있어 몸과 마음이 모두 불편했다. 벽

쪽으로 누우면 화난 형이 보이고, 반대쪽으로 누우니 채원의 맑은 민얼굴이 보였다. 총체적 난국이었다.

"채원이는 외동이야?"

큰 채원이 두 남자의 마음도 모른 채 물었다.

"네, 언니. 그래서 지금처럼 언니랑 오빠랑 남동생이 갖고 싶었어요."

선생님과 형에겐 대접을 하면서 자신만 동생 취급을 하는 게 짜증이 나서 건우는 형을 따라 벽 쪽을 바라보며 모로 누웠다. 누가 형제 아니랄까 봐. 그 모습을 보고 어린 채원도 큰 채원도 고개를 흔들었다.

"그래서 건우가 부러웠어요. 항상 건혁 오빠가 동생만 챙겼거든요."

꼭 백 허그를 하는 것처럼 누워 있던 두 남자의 어깨가 동시에 움찔거렸다. 건혁은 민망한 마음이 들었고, 건우는 생각지도 못한 형의 사랑에 가슴이 조금 뭉클했다. 많이는 아니고 아주 조금이었다.

"대학교 땐 데리고 다니면서 수업 들었대."

"정채원."

채원의 맞장구에 건혁이 낮은 목소리로 막았다.

"정말요? 질투 난다. 건우도 제주도에서 형 걱정만 했거든요."

"야, 문채원!"

두 남자의 바보 같은 형제애에 두 여자는 얄미운 웃음을 지었다. 숨기려야 숨길 수 없는 게 사랑이었다. 남녀 간의 사랑만 그런

게 아니었다. 두 사람 역시 표현해 내지 못해서 담고만 살았다. 그걸 이제는 마음껏 쏟아 내야 한다고 큰 채원은 생각했다.

어린 채원도 자신에게 등을 보이고 누운 어린 남자에게 그 마음을 알려 주고 싶었다. 누가 뭐래도 가족은 늘 든든한 버팀목이니까.

"다들 얼른 자. 아침 6시에 모두 이 집을 나간다."

"네?"

건혁의 말에 동시에 세 사람이 그를 바라봤다.

"토 달면 지금 나간다."

그러자 모두 입을 다물었다.

코를 자극하는 맛있는 냄새에 건혁은 피곤한 눈을 떴다. 핸드폰을 들어 시간을 확인해 보니 새벽 5시였다. 무겁게 몸을 일으키자 주방 안에서 분주히 움직이는 한 여자가 보였다. 마음이 따뜻하고도 뭉클했다.

가족을 꾸린다면 이런 느낌일까. 조용히 음식을 만들고 있는 한 여자가 너무 소중했다. 일찍 가신 부모님이 마지막으로 보내 준 선물 같았다.

옆을 돌아보자 아이들은 아직 잠들어 있었다. 건우에게 집착하듯 어린 채원이 동생의 등을 끌어안고 놓아주지 않았다. 새벽녘 남자들만 아는 고통에 시달린 듯 건우의 표정이 일그러져 있었다. 옆에 두고도 참는 게 쉬운 게 아니지. 이해한다는 듯이 고개를 끄덕인 건혁이 샤워실로 향했다.

간단히 씻고 주방으로 들어서자마자 건혁은 채원의 등을 끌어안고 어깨에 얼굴을 묻었다. 그녀만의 달콤한 향기가 났다.

"깼어요? 애들은?"

"아직 자니까 걱정 마. 아무것도 안 해. 이렇게 안고만 있을게."

입으로 나오는 말과는 다르게 건혁의 손은 채원의 티셔츠 안으로 서슴없이 들어갔다.

"밥 먹기 싫으면 계속해요."

건혁은 순간 망설였다. 얼마 만의 제대로 된 식사인가. 그런데 식욕만큼 성욕도 강했다. 재빨리 채원을 돌려세운 뒤 키스를 퍼부으려는데 금방 냄새를 맡고 강적이 나타났다.

"잇츠 야동타임?"

채원이 놀라 건혁을 저 멀리로 밀어 버렸다. 밀려난 건혁을 어린 채원이 불쌍하다는 듯 바라봤다. 강건우가 가니 문채원이 나타났다. 로미오와 줄리엣도 이것보다는 나을 것이다.

"밥 다 됐으니까 씻고 와. 건우도 깨우고."

"네, 언니!"

어린 채원은 일말의 죄책감도 없이 주방을 빠져나갔다. 앞날이 캄캄했다.

네 사람이 모두 식탁에 앉자마자 채원은 중간에 놓인 찌개의 뚜껑을 열었다. 일동 감탄사가 터져 나왔다. 어쩐지 건혁은 어깨가 올라가는 기분이었다. 팔불출이라고 해도 어쩔 수 없었다. 채원이 아까워 다른 사람에게 보여 주기도 싫은 게 지금 그의 마음이었다.

"잘 먹겠습니다!"

어린 두 녀석이 허겁지겁 식사를 시작했다. 건우는 몇 초 만에 밥 한 공기를 뚝딱 비워 내고 채원에게 다시 밥그릇을 내밀었다. 어린 채원도 입에 맞는지 맛있다는 감탄사를 연발했다.

그 모습을 보는 채원도 마음이 뿌듯했다. 늘 마음 한편에 건우를 제대로 챙겨 주지 못한 아쉬움이 자리하고 있었다. 그리고 앞으로도 선생님의 자리가 아니라 건혁의 옆 사람으로 녀석을 챙겨 주고 싶었다. 늦었지만 그럴 수 있어 다행스러웠다.

"우리 밥 먹고 뭐 해요?"

이 눈치 없는 질문을 할 사람은 딱 한 사람뿐이었다.

"야."

건우가 말렸다.

"왜? 건혁 오빠가 오늘 6시에 나간다고 했잖아. 어디 갈 데 생각하고 말한 거 아니에요?"

아무것도 모른다는 듯한 표정으로 어린 채원이 건혁을 향해 눈을 끔뻑거렸다. 이건 일부러 이러는 것이 맞았다. 이루지 못한 첫사랑에 대한 복수를 이렇게 하는 것인가. 건혁은 머리를 굴렸다. 옆에 두고 하루는 참아도 이틀은 참을 수 없었다.

"난 출근해야 해."

건혁이 말했다.

"오늘 토요일인데요?"

"피디한테 주말 같은 거 없어."

이건 맞는 말이었다. 일이 밀린 것도 맞았고, 채원이 옆에 없었다면 출근했을 것이다. 하지만 오늘은 일보다 더 급한 용무가 있으므로, 집을 나서자마자 채원과 함께 어딘가로 들어갈 계획이었다. 지금은 그의 집이지만 이 집이 제일 위험했다.

"난 놀이공원이라도 가는 줄 알고 기대했는데, 에잇."

어린 채원은 아쉽다는 표정이었다. 그걸 옆에서 가만히 듣고 있던 건우가 한마디 툭 던졌다.

"나랑 가든지."

"뭐? 너랑 둘이서만?"

그게 마음에 들지 않는다는 걸까. 건우는 조금 자존심이 상해 쌀밥을 크게 한입 떠서 입 안에 꾸역꾸역 넣었다. 큰 채원은 그런 건우가 귀여웠다. 그 나이에 맞는 사랑이었다. 어떻게든 둘을 놀이공원에 보내고 싶었다.

"나도 시간 괜찮아. 같이 가, 그럼."

채원은 문 앞에서 핑계를 대고 슬그머니 빠질 계획이었다. 그 계획을 알 리가 없는 건혁은 옆자리의 채원을 허탈한 듯 바라봤다. 더 좋아하는 사람이 힘든 게 맞았다. 건혁이 포기하듯 수저를 내려놓는데, 때마침 구원의 손길이 그를 불렀다.

새벽 6시에 전화를 건 사람은 채원의 친구 경주였다.

— 강건혁 씨, SOS요.

SOS를 외치는 사람치곤 경주의 목소리에 높낮이가 없었다.

SOS를 친 이유는 준규의 맹장이 터져서였다. 아파 죽겠다고 가장 친한 친구 건혁을 불러 달라며 울면서 애원을 했다. 마지막 가는 길에 얼굴을 보겠다고. 웃기지도 않아 우는 척을 하며 경주는 새벽 시간임에도 건혁을 불러 주었다. 그녀는 하루에도 수십 번 맹장 수술을 하는 환자들을 보았기에 자신의 예비 남편이 아주 엄살이 심하다는 것을 결혼 두 달을 앞두고 깨닫게 되었다. 이것은 다행인 걸까, 불행인 걸까.

"경주야!"

건혁을 불렀는데, 저 멀리서 채원이 뛰어왔다. 그 뒤를 건혁이 불만 가득한 표정으로 따라오고 있었다. 이것들이 언제 재회를 한 것인지. 자신의 친구가 알코올 중독자로 죽어 나간다고 징징대던 준규의 목소리가 아직도 귓가에 맴도는데, 죽어 나가는 것은 건혁이 아니라 바로 당신인 것 같다고 경주는 전하고 싶었다. 사랑만큼 제3자가 관여할 필요가 없는 일도 없었다. 마음만 있으면 다지들이 알아서 하는 것이다.

"누구세요?"

경주는 섭섭한 마음에 일단 채원을 모른 척했다.

"야, 장난치지 말고. 준규 씨는 좀 어때?"

"아프다고 울기까지 하기에, 자리 좀 피해 주고 있는 중."

건혁은 알 만하다는 표정을 짓더니 두 여자를 두고 병실 안으로 들어갔다. 엄살 하면 서준규였다. 그 사실이 친구의 결혼 전에는 들통나지 않았으면 좋겠다고 생각했는데, 그의 바람일 뿐이었다. 어쩐지 결혼까지 너무 순탄하게만 진행되었다.

"건혁앙……."

아파 우는 준규를 보고 건혁은 혀를 찼다.

"결혼하고 싶으면 좀 참아. 엄살 심하다고 경주 씨 도망가면 어쩌려고 그러냐?"

"야, 말도 마라. 내가 죽겠다고 우는데도 눈 하나 깜짝 안 하는 여자야. 독해."

"그게 좋아서 결혼한다는 놈이……."

건혁의 지적에 준규는 할 말이 없어 아픈 배를 붙잡았다.

"진짜 아프단 말이야. 인생 최고의 고통이었어."

"네가 진짜 고통이 뭔 줄 알아?"

건혁은 지금 자신의 고통을 말해 주려다 입을 닫았다. 사리는 이미 나왔다.

"앙큼한 것."

"미안해. 그렇게…… 됐어."

채원이 경주에게 미안한 웃음을 흘렸다.

올라오면서 연락해야지 생각했으면서도 건혁을 만날 생각이 먼저 앞섰었다. 사랑 앞에선 친구도 소용이 없었다. 그를 다시 만나고 난 뒤 이제야 주변을 돌아보게 된 채원이었다.

"그래서, 재회는 잘한 거야? 뭐, 이 시간에 같이 있었던 걸 보니 만리장성을 쌓았겠구먼. 오랜만이라 더 좋았겠네?"

경주의 야릇한 미소에 채원은 그저 어색하게 웃어 보일 뿐이었다. 포옹 이상 진도를 나가지 못했다고는 말할 수가 없었다. 어쩌다 보니 방해꾼들이 많았다. 그 첫 시작이 이 커플이라는 걸 채원은 잊고 있었다.

"마침 잘됐다. 나 웨딩드레스 보러 가야 하는데. 너, 시간 괜찮지?"

웨딩숍에 가기 위해 경주의 차에 올라타자마자 채원은 건혁의 전화를 받았다. 핸드폰을 통해서도 그의 화가 느껴지는 것 같았다.

— 내가 왜 지금 서준규 보호자인 거지?

"건혁 씨, 그게……."

— 최경주 씨, 바꿔. 당장. 빨리.

건혁은 화를 참아 내는 듯 한 마디씩 끊어 뱉었다.

"경주 지금 운전 중이에요. 금방 보고 집으로 갈게요. 애들도 그때쯤이면 올……."

— …….

채원은 건혁의 숨소리만 들어야 했다. 첩첩산중이었다.

"건혁 씨."

— 나 달아오르게 해서 나중에 어떻게 감당하려고 그러지? ……알아서 행동해.

그대로 건혁의 전화가 끊겼다. 경주는 뭐가 그렇게 심각하냐며 눈으로 물었다. 채원은 한 남자의 풀지 못한 욕구가 무섭다고는 말하지 못했다.

웨딩드레스를 입은 경주는 예뻤다. 결혼을 준비하는 여자 중에 안 예쁜 사람이 있을까. 채원은 그 모습에 자신을 대입해 보았다. 하지만 아직 시골 생활도 정리하지 못했고, 앞으로 어떻게 살아야 할지도 정하지 못했다. 그리고 수능을 망친 건우도 걸렸다. 그래서 마음도 몸도 급한 한 남자는 저 끝으로 밀려나 있었다. 채원은 얼른 생각을 접고 현실로 돌아왔다.

"아무래도 어깨가 있는 게 낫겠지?"

다른 곳은 다 빠져도 팔뚝살만은 절대 이번 생에는 안 빠질 것
같다며 울상을 하던 경주가 생각났다. 채원은 진지하게 친구를 바
라보고 고개를 끄덕였다. 지금은 가장 객관적이어야 했다.

"이건 네가 입어야 딱이네. 너 한번 입어 볼래?"

갑작스러운 제안에 채원은 당황해 고개를 흔들었다. 입고 싶다
고 입을 수 있는 것도 아니었고, 오늘의 주인공은 친구 경주였다.
그런 눈치가 없진 않았기에 채원은 다시 한번 손을 흔들었다.

"아, 친구분 괜찮아요. 입어 보셔도 돼요. 마침 샘플 사진 찍고
있어서 저희가 감사하죠."

"그래. 너도 곧 할 텐데, 이참에 입어 봐."

경주가 웨딩숍 원장의 말을 거들었다.

"어머, 친구분도 곧 하시는 거예요? 그럼 저희가 더 서비스해
드려야죠. 두 분이 같이 하시는 거면 더 할인해 드릴 수 있거든
요. 얼른 이쪽으로 와서 입어 보세요, 친구분!"

순식간에 채원은 탈의실로 끌려갔고, 친절한 도우미들에 의해
서 졸지에 웨딩드레스를 입게 되었다. 급하게 나오느라 제대로 화
장도 하지 못했으니, 예뻐 보일 리 없다고 생각했다. 채원은 민망
하게 웃으며 오픈 막 앞에 섰다.

"이야, 내 눈에 정채원이 예뻐 보이다니."

경주의 농담에 채원은 친구를 노려봤다. 어색하기만 했다. 그
를 만나고 결혼을 생각해 보기도 했지만 아직은 먼 일 같았다. 그

건 지금도 마찬가지였다.

"여기 봐, 정채원!"

경주가 재빨리 사진 한 장을 찍었다. 그게 누군가에게 보내질 지 모른 채 채원은 예쁘게 웃었다.

[당신 여자 데려다 쓴 죗값입니다.]

경주의 문자에 건혁은 어리둥절했다. 그러나 곧 도착한 사진 한 장에 마음이 풀릴 수밖에 없었다. 여우 같은 여자였다. 그래도 용서할 만큼 죗값이 마음에 들었다. 새하얀 드레스를 입고 활짝 웃고 있는 채원은 마치 천사 같았다. 그의 마음속에만 사는 천사.

"뭔데 그렇게 좋아? 나도 같이 좋아 보자."

아직까지 배를 움켜잡고 있는 친구를 노려보며 건혁은 핸드폰 을 닫았다.

"넌 좋으면 안 되는 거야."

"뭐? 치사한 놈. 아픈 친구한테 너무한 거 아니야?"

앓는 소리를 해 대는 준규에게 책 한 권을 들려 주고 다시 핸 드폰을 들어 채원의 사진을 음미하는데, 문자가 들어왔다. 방금 전 도착한 사진보다 더 심장이 두근대는 내용이 적혀 있었다.

[○○호텔 1201호. 아무도 모르게 와요.]

문자를 보낸 사람은 채원이었다.

22. 가족이라는 이름

　문을 열자 그는 보이지 않고 꽃다발 하나만 눈앞에 들어왔다. 채원의 입가엔 저절로 미소가 그려졌다. 곧이어 옆쪽에 숨어 있던 건혁이 나타났다.

　"혼자 왔겠죠?"

　"물론."

　건혁은 금세 채원에게 손이 잡힌 채 끌려들어 갔다. 이곳으로 부른 사람은 채원이었으니 그녀가 이끄는 대로 놔둘 작정이었다.

　방 안으로 들어선 건혁은 우뚝 멈춰 섰다.

　"뭐 해요?"

　금방 달려들 줄 알았던 남자가 가만히 서 있으니 채원은 이상했다. 그리고 조금 서운했다. 들끓던 욕구들은 다 어디 갔나. 아직 참을 만한가 보았다.

"부른 사람이 책임져야지."

건혁이 얄밉게 웃었다.

"아, 그래요? 그럼, 난 별로 안 급해서 이만……."

채원이 다시 가방을 들고 호텔방을 나서려 했다. 건혁은 아차, 싶어서 재빨리 그녀를 벽 쪽에 가두었다.

"거짓말하면 늑대가 잡아먹어."

진지하게 말하며 건혁이 한순간에 채원의 아래옷을 벗겨 냈다. 능숙한 손이 티셔츠 안으로 들어와 브래지어를 벗기지도 않고 그녀의 봉긋한 가슴을 움켜잡았다. 아, 하고 탄성이 터져 나오자 그대로 벌어진 입에 혀를 밀어 넣었다. 입술을 물고 빨다 혀뿌리까지 샅샅이 훑자 채원은 바들바들 떨었다.

"건혁 씨……."

시작도 하기 전에 끝에 도달한 듯한 쾌감이 온몸을 휘감았다. 건혁도 이성이 마비됐다. 거의 들어 올리다시피 채원을 끌어안고 침대로 향했다. 거칠게 눕히며 키스했고, 자유로워진 두 손으로 그의 몸을 감싸고 있는 옷들을 급하게 벗겨 냈다.

"감당할…… 준비 됐어?"

퓨즈가 나간 눈으로 건혁이 묻자 채원은 대답 대신 그의 등을 급하게 끌어안았다. 그러고는 귓가에 대고 자그맣게 속삭였다.

"밤마다…… 이 생각 했다면…… 대답이 됐어요?"

피가 멈추고, 건혁은 순식간에 흥분했다. 그를 다룰 줄 아는 여자였다. 그래서 건혁은 채원의 늪에서 헤어 나올 수가 없었다. 더욱 깊이 채원을 끌어안으며 건혁은 그녀의 등허리를 진하게 쓸어

만졌다. 그를 바라보는 채원의 눈이 탁하게 흔들렸다. 더 이상 참지 못하고 건혁이 일순간 자신의 것을 밀어 넣었다.

"웃……."

자지러지는 채원의 신음을 들으며 건혁은 그녀의 귓가를 세차게 빨았다. 채원이 병을 앓듯 온몸으로 흐느꼈다. 흥분한 그녀의 모습은 아름다웠다. 살려 달라고 애원하는 모습도 만족스러웠다. 이 모습을 다른 누구에게 뺏기고 싶지 않았다.

"내 이름 불러 봐."

"웃, 건혁 씨……."

쌓아 온 욕구는 그를 금세 절정으로 향하게 만들었다. 막다른 곳에서 더욱 강한 힘으로 찔러 대자 채원은 기절할 듯 몸을 떨었다. 건혁 또한 몸이 경련으로 흔들렸고, 가슴이 들썩거렸다. 그 순간 건혁은 참지 못하고 세차게 가슴을 베어 물었다. 채원의 신음을 들으며 그는 절정을 맞았다. 건혁은 그대로 채원에게로 쓰러졌다. 그 이후로도 끝나지 않은 듯 그의 몸이 쾌감으로 움찔거렸다.

"결혼하자."

몇 번을 더 시달리다 잠이 들었다. 지분거리는 손길에 눈을 뜨고 그의 가슴에 젖은 몸을 기댄 채 말없이 손장난을 치고 있는데, 불쑥 건혁의 입에서 한마디가 튀어나왔다.

"꼭 다 벗고 있을 때, 그런 말…… 해야 해요?"

채원은 무드 없고 야속한 이 남자에게 투정을 부릴 수밖에 없었다. 그의 사정거리 안에서 벗어나려 하면 건혁은 꼭 붙잡고 놓아주지 않았다.

"그만큼 진실하다는 거지."

말이나 못하면. 채원이 벗어나길 포기하고 건혁을 노려봤다. 또다시 건혁이 깊게 키스했다. 혀가 얼얼할 정도로 많이 빨아 댔지만 가슴은 또 두근거렸다. 채원은 아래로 단단해진 그의 것을 느끼며 무서움에 떨었다. 도대체 언제쯤 사그라들 것인지.

"임신부터 할까?"

건혁이 키스를 멈추고 진지하게 물었다. 너무 진지해 채원은 웃음이 났다.

"안 도망가요. ……천천히 해요."

채원의 대답에 건혁이 안심한다는 듯 웃으며 다시 입을 맞춰 왔다. 채원이 포기하듯 그와 몸을 맞추는데 전화가 울렸다. 건우나 채원, 아니면 경주일 거라 생각하고 무시했다. 그렇게 하루 종일 뒹굴다 배가 고파서야 자리에서 일어났다. 무심결에 핸드폰을 확인하니 부재중 전화에 엄마의 이름이 찍혀 있었다. 전화는 세 통이나 와 있었다.

□ ■ □

"전화 안 받아?"

"어."

전화를 거는 척 건우는 핸드폰을 들고만 있다 내려놓았다. 더 이상 방해하면 형이 자신을 죽일 수도 있을 것이란 생각이 들어서였다. 준규 덕분인지는 모르겠지만 채원과 둘이서만 놀이공원에 다녀온 길이었다. 데이트 아닌 데이트였다. 체력이 좋은 제주도 소녀는 지칠 줄 모르고 뛰어놀더니 집으로 돌아오자 지친 기색이 역력했다.

건우는 자꾸만 신경이 쓰여 소파에 기대앉은 채원을 돌아보았다. 그도 모르게 눈길이 갔다. 그 마음이 무엇인지 그 자신만 모르고 있는 중이었다.

"많이 피곤해?"

"……어. 다리 아파."

채원이 눈을 감고 대답했다. 어느새 건우가 채원의 곁으로 가 앉았다. 그는 바닥에, 채원은 소파에 앉은 채였다.

"어? 왜……?"

자신의 다리를 주무르는 손길에 채원이 놀라 눈을 떴다.

"이렇게 풀어 주면 나아. 내일 아침에 걷지도 못하겠다고 징징대지 말고 가만히 있어."

건우는 채원을 바라보지 않은 채 묵묵히 다리를 주물렀다.

"……."

"……."

말없이 두 사람은 어색한 공기를 공유했다. 그러다 채원이 진지하게 한마디를 건넸다.

"너…… 잘생긴 거 알아?"

"……."

건우가 고개를 들어 채원을 바라봤다. 농담인 줄 알았는데, 채원의 눈은 진지했다.

"무슨 의도인지는 모르겠지만 칭찬으로 들을게."

민망한 마음에 고개를 내리고 건우가 대답했다.

"의도 같은 거 없어. 사실을 말했을 뿐."

채원이 진지하니 건우는 어색하기만 했다. 무언가 금방이라도 터질 것처럼 가슴이 답답했다. 자신을 제어하지 못할 것 같은 기분이 들기도 했다.

"무슨 생각 해?"

채원의 물음에 건우가 속마음을 들킨 것처럼 볼이 발개졌다.

"너, 다리 굵다는 생각."

이럴 의도는 없었지만 건우는 방법을 몰랐다.

"네가 죽고 싶구나?"

그러자 채원도 제 모습으로 돌아왔다. 건우가 피식 웃었다.

"다리만 굵다고 해 줄게."

채원은 자존심이 상한 듯 자신의 다리를 주무르는 건우의 손을 내치며 자리에서 일어났다.

"넌 얼굴만 잘생겼다고 해 줄게."

"뭐?"

채원이 혀를 쏙 내밀더니 거실 밖으로 사라졌다.

"나 좀 씻을게."

"어? ……어."

건우는 이상하게 가슴이 두근거려 시선을 베란다 밖으로 돌렸다. 형과 선생님이 빨리 돌아왔으면 좋겠다고 생각했다. 아니, 이 제멋대로인 심장을 어떻게 할 수 있었으면 좋겠다고 바랐다.

채원이 씻으러 들어간 후 티브이를 틀어 놓은 채 앉아 있던 건 우는 어디선가 울리는 진동에 소파 쪽을 바라봤다. 진동은 채원의 가방에서 나는 것이었다. 잠시 망설이다 그냥 두었는데, 끊긴 진 동이 다시 울리기 시작했다. 안 되겠다 생각하며 핸드폰을 찾아 꺼내자, 액정 화면엔 마음에 안 드는 이름이 찍혀 있었다. '방구 수호'. 친하지 않으면 붙일 수 없는 문구였다. 건우는 무슨 자신 감인지 통화 버튼을 눌렀다.

— 야, 문채! 서울 가니까 좋아? 왜 연락이 없냐? 너 때문에 이 오라버니가 알바 풀타임 뛰는 줄 아냐, 모르냐? 야…… 왜 대답 이 없어? 여보세요?

초등학교 동창 놈과 같이 아르바이트를 한다고 했었다. 불알친 구라나 뭐라나. 그건 불알이 있는 놈들에게만 붙일 수 있는 말이 라는 걸 모르는 것 같았다. 그리고 그 불알들은 여자와 친구 따위 를 하지 않는 것도 말이다.

"채원이 지금 씻는데?"

건우는 뒷감당은 생각하지 않은 채 대답했다.

— 어, 뭐야……? 너, 누구야? 채원이 어디 갔어?

"씻으러 갔다니까. 말귀 못 알아 처먹으세요?"

— 뭐라고? 너, 이 새끼, 누구야? 아, 그놈이지? 서울에서 내려 온 뺀질한 새끼? 채원이 옆에서 알짱거리더니 서울까지 따라갔 냐?

"그래. 서울까지 따라와서 우리 집에서 재우는 중이니까 방해하지 마라. 끊는다."

— 야! 너, 채원이 건들기만 해 봐? 이게 어디서 굴러들어 온 게. 나랑 채원이 사이를 알고 덤비는 거냐? 10년 동안 내가 얼마나…….

"그래. 10년이나 들이댔는데도 안 되는 거면 그만 접어라. 사나이 망신이다."

— 뭐? 너, 이 새끼! 당장 내려…….

뚝. 건우는 더 듣지 않고 전화를 끊어 버렸다. 그러고는 통화 목록을 지운 후 씻고 나오는 채원에게 핸드폰을 건넸다.

"왜? 전화 왔었어?"

채원이 묻자 건우가 깔끔하게 대답했다.

"보이스 피싱."

□ ■ □

채원의 낯빛이 좋지 않았다. 괜찮다고, 많이 다치지는 않았다고 했지만 눈으로 확인하지 않은 이상 안심할 수 없었다.

채원이 서울로 올라간 후 더욱더 적적함을 느낀 아버지는 낡은 오토바이를 몰고 읍내에 나서다 사고를 당했다고 했다. 근처에 사는 큰언니네가 급하게 달려와 사고 수습을 했고, 소식을 들은 작은 언니는 놀란 마음에 병원 앞에서 작은 접촉 사고를 냈다고 했다.

놀란 마음을 어느 정도 진정시키고 엄마가 막내딸에게 전화를 걸었지만 그녀는 받지 못했다. 아빠가 가장 찾고 있는 사람이 누구인지 알기에 채원은 마음이 무너지고 가슴이 답답해져 왔다.

"괜찮아. 괜찮을 거야."

운전을 하며 건혁이 채원의 손을 붙잡았다. 채원은 그까지 걱정시키고 싶지 않은지 괜찮다며 웃어 보였지만 그 모습을 바라보는 건혁은 마음이 불편했다. 자식을 향한 부모의 마음도 끝이 없었지만 부모를 향한 자식의 마음도 다르지는 않았다. 아버지 어머니를 잃고 나서야 건혁은 비로소 그것을 깨닫게 되었다. 순간순간을 소중하게 생각하며 살아야 한다는 것을. 그것이 생각처럼 쉽지는 않았지만 늘 모든 일의 마지막에는 부모님이 떠올랐다.

읍내 병원에 도착하자마자 건혁은 채원과 함께 차에서 내렸다. 이렇게 그녀의 가족과 얼굴을 마주하게 될 줄은 몰랐지만 모른 척 뒤로 물러나 있을 순 없었다. 놀란 채원은 건혁의 존재를 잊은 듯 병원 안으로 뛰어들어 갔다. 그 길을 건혁이 조용히 뒤따랐다.

"엄마!"

"어, 채원이구나."

병원 복도에 앉아 있던 엄마가 채원을 보고 자리에서 일어났다. 그 옆을 큰언니와 작은언니의 가족 모두 지키고 있었다. 형부들에 조카들까지, 단체로 얼굴이 하얘져 있었다.

"넌, 왜 연락을 안 받니? 엄마가 너까지 걱정했잖아!"

채원을 본 작은언니가 참지 못하고 쏘아붙였다.

"미안해. 그렇게 됐어. 아빠는? 아빠는 괜찮은 거야?"

오는 길에 대충 이야기를 듣긴 했지만 수술이라는 말에 가슴이 덜컥 내려앉았다. 오토바이에서 넘어지는 바람에 다리가 골절돼 뼈를 맞추는 수술 중이라고 했다. 다행히 간단한 것이라 염려하지 않아도 된다는 말에 모든 가족이 가슴을 쓸어내리고 있는 중이었다.

"이제 곧 나오실 거야. 걱정 마, 채원아."

큰언니가 걱정 가득한 막내의 등을 쓸어 주며 다독였다. 그 뒤로 한 남자가 다가서 있다는 것을 느끼고 큰언니는 채원의 눈치를 살폈다.

언니의 눈짓에 채원은 얼른 뒤를 돌아보았다. 놀라서 건혁을 잊고 있었다. 너무나 미안했다.

"아, 건혁 씨. 이리 와요. 우리 가족 소개할게요."

가족 모두의 눈이 한순간 건혁에게로 향했다.

"처음 뵙겠습니다. 강건혁이라고 합니다."

"피디라고요? 우와, 멋있다!"

큰조카가 건혁의 직업을 듣자마자 눈을 키웠다.

읍내 병원 휴게실이 어느새 상견례 자리로 변해 있었다. 건혁을 두고 채원의 가족이 그를 둘러싸 취조해 나가기 시작했다. 어린 여자 조카들은 잘생긴 아저씨가 마음에 드는지 연신 재잘거렸고, 큰 녀석들은 막내 이모가 곧 결혼할지도 모른다는 생각에 서운해하고 있었다.

"그럼, 부모님은 같이 살고 계세요?"

조심스러운 엄마의 질문에 채원은 아차 싶어 건혁을 바라봤다.

미리 귀띔이라도 해 두었으면 그런 질문은 하지 않았을 것이라고 생각했다. 채원이 더 마음이 쓰여 안절부절못했지만, 건혁은 아무렇지 않게 대답했다.

"몇 년 전에 교통사고로 두 분 다 돌아가셨습니다."

"……."

일순간 정적이 흘렀다. 난처해하는 엄마의 표정은 숨길 수가 없었고, 조용히 주고받는 언니들과 형부들의 눈빛이 무엇을 말하는지도 훤히 보였다. 채원은 가슴이 아팠다. 그가 혹시나 상처를 받은 것이 아닐까 미안하고 안쓰러웠다. 가족이라고 모든 것을 이해해 줄 수는 없었지만 그녀를 좋아한다고 함부로 상처를 줄 수 있는 자격도 없었다.

"엄마, 내가 나중에 자세하게 말할 테니까 오늘은 여기서 인사하고……."

"그럼…… 다른 가족은 없어요?"

채원은 그만하라고 소리치고 싶었지만 엄마를 말릴 수가 없었다.

"이제 스무 살 된 막둥이 남동생이 있습니다."

채원의 어머니는 그저 고개만 끄덕일 뿐, 더 이상 말을 꺼내지 않았다.

23. 진심, 그것만

　병원 문 앞에서 그를 배웅하며 채원은 미안함에 어쩔 줄 몰라 했다. 이런 반응일 줄 전혀 예상하지 못했다. 그녀가 좋다는데 그게 다 무슨 문제냐고 따지고 싶었지만 우선은 그를 이곳에서 구출해 내는 게 먼저였다. 괜찮은 척했지만 그가 얼마나 상처받았을지 채원은 모르지 않았다. 이제 이 사람의 눈만 봐도 무슨 생각을 하는지 알 수 있었기에.

　"다음에 와서 제대로 인사드리자. 오늘은 급하게 오느라 옷도 그렇고, 아무래도 점수 따는 데 부족했던 거 같다. 올라가면 연락 할게. 아버지 잘 챙겨 드리고……."

　"……."

　채원은 알겠다며 그저 고개를 끄덕였다.

　건혁이 뒤돌아 차 쪽으로 걸어갔다. 몇 번을 뒤돌아 채원에게 들어가라고 손짓했고, 참지 못하고 채원은 그에게로 뛰어갔다. 그러곤 그를 급하게 끌어안았다.

"미안해요……."

"……."

건혁이 채원의 따뜻한 품을 느끼며 그녀를 더 깊숙이 끌어안았다.

예상하지 못했던 일도 아니었다. 부모님이 돌아가시고 그를 보는 사람들의 눈이 이중적이라는 것을 피부로 느꼈었다. 불쌍해하면서도 그런 그의 자리가 부담스럽다고 생각했었다. 지수와의 헤어짐에도 그 문제가 포함되지 않은 건 아니었다. 세상의 이치에 마음이 다쳐 울고만 있기엔, 지금 그에게 채원은 너무도 소중한 사람이었다. 다시 놓치고 싶은 마음은 없었다.

"당신 마음만…… 그대로면 됐어. 난, 그거면 충분해……."

건혁과 채원은 서로를 조금 더 끌어안았다.

□ ■ □

"엄마."

건혁이 돌아간 후 자신과 눈을 맞추지 않는 엄마를 채원은 참다못해 화내듯 불러 세웠다. 수술을 마친 아버지의 상태를 확인한 언니들은 각자 가족을 데리고 집으로 돌아갔고 병실에는 엄마와 채원 둘뿐이었다. 잠든 아버지의 옆에서 입원 후 쓸 물건을 정리하며 부산하게 움직이는 엄마는 채원의 존재를 잊은 것처럼 행동했다.

그녀가 마음에 들지 않거나 화가 나는 일이 있으면 이랬다. 그 화가 건혁 때문이라면 채원도 화가 났다. 아버지보다 엄마가 더 계산적이라는 것도 알았다. 이래도 좋고 저래도 좋은 아버지와 살면서 그렇게 변해 간 것도 이해되지 않는 건 아니었다. 하지만 그녀의 결혼 문제까지 계산적인 모습은 받아들일 수 없었다.

"시험 친다고 내려와 놓고선……. 시험 끝나고 나서 얘기해. 그래도 안 늦어."

엄마의 일갈에 채원은 더 이상 입을 열지 못하고 병실을 빠져나갔다.

건혁에게 전화를 걸자 곧 그의 목소리가 들려왔다.

─ 응. 아버님은 좀 어떠셔?

잘 도착했다는 문자를 받고 간단한 안부를 주고받은 이후였다.

"수술은 잘됐대요. 약 때문인지 금방 또 잠드셨어요."

─ 그래, 다행이다. 옆에서 잘 간호해 드려. 다른 게 아니라 그게 효도야. 그리고…… 아까 말하려고 했는데, 어머님한테…… 너무 골 부리지 말고. 부모 마음이 그런 거다, 이해해 드려야…….

"많이 참더니 부처라도 된 거예요? 나는 그렇게 착한 딸이 아니라서 못 넘기겠어요. 다 나 위해서 그런다고 하지만 그건 핑계예요. 결혼할 사람은 나예요. 내가 괜찮다는데 왜 사서 걱정을 하는지. 이건 날 못 믿는 거나 마찬가지예요."

― 설마…… 어머님께도 지금처럼 말한 건 아니지?

건혁의 농담에 열이 올라 있던 채원의 마음이 한풀 꺾였다.

"강 건너 불구경이군요, 강건혁 씨."

― 뭐?

"당신한테 화풀이 중이니까 좀 참아요."

―뭐라고? 하하하.

건혁의 웃음에 채원도 따라 웃게 되었다. 보고 싶었다. 웃는 그의 모습이. 헤어진 지 몇 시간 되지 않았지만 그의 얼굴이 벌써 잊히는 것 같아 아쉬웠다. 그동안은 어떻게 참아 온 건지 의아할 정도였다. 어쩐지 시골에 내려와 그에 대한 마음을 더욱더 차곡차곡 쌓은 기분이었다.

피할수록 더 당기는 것이 마음이었고, 보지 않으면 더 보고 싶은 것이 사랑이었다. 헤어졌다고, 떨어졌다고, 그 사람에 대한 마음이 잊힌다면 그건 아마 사랑이 아닐 것이다. 그저 스쳐 가는 인연이었을 뿐……. 준석이라는 남자가 그녀에게 그랬다. 4년이란 시간은 그녀가 짝사랑을 한 추억이었다.

□ ■ □

"빨리."

"네가 물어봐."

"야."

"시골 갔어. 당분간은 못 와."

두 녀석의 실랑이에 건혁이 알아서 짤막하게 대답했다.

채원이 없는 저녁 식사는 배달 음식을 시켜 먹는 것으로 대신했다. 오늘 아침에 먹은 집밥 생각을 떠올리지 않을 수 없는 세 사람은 식탁에 앉아 모두 수저를 들었다가 놓기만을 반복했다. 큰 채원이 빠지자 집 안 분위기는 흡사 초상집 같았다. 한 사람의 자리가 얼마나 큰지 새삼 느끼는 순간이었다.

"싸웠어요?"

참지 못하고 어린 채원이 물었다.

"야!"

금방 건우가 눈빛으로 말렸다.

"왜? 문제가 있음 해결해야 하는 게 맞잖아?"

말은 맞았다. 늘 피하고 참고 돌아가기만 했던 형과의 소통에서 건우는 더욱더 외로움을 느꼈지만 바꾸지 못했다. 수능을 포기하고 형을 걱정시키면서까지 혼자만의 시간을 보냈지만 아직까지 마음의 문을 여는 방법에는 서툴렀다.

"진짜 싸운…… 거야, 형?"

건우가 용기 내 물었다. 건혁은 동생의 물음에 웃으며 답했다.

"싸울 시간이 어디 있어. 사랑할 시간도 부족한데. 집에 급한 일이 있어서 내려갔어. 걱정 마."

"그럼…… 다행이고."

"근데, 너희들은 앞으로 계획이 뭐야? 채원이 넌 언제 돌아갈 거야?"

건혁은 이제야 현실이 보여 왔다. 채원이라는 약에 취해 있었던 며칠은 꿈같았지만 현실을 살아야 그녀도 그의 옆에 데려올 수 있었다. 사랑의 완성은 다른 말로 책임이었기 때문이다.

"전, 학교 때문에 볼일 좀 보고 가려고요. 며칠 이 집에서 신세 져도 되죠, 오빠? 친척 집에서 눈치 보는 것보다 여기가 편할 것 같아서."

여기엔 눈치 볼 사람이 없다는 말처럼 들려 건혁의 눈썹이 잠깐 올라갔다. 그러고는 이내 건우에게로 시선이 옮겨졌다. 녀석은 그걸 느끼면서도 모른 척 식어 빠진 피자를 입 안으로 밀어 넣고 있었다.

"강건우."

형의 부름에 어쩔 수 없이 건우가 고개를 들었다.

"재수는…… 아직 생각 중이야. 뭘 하고 싶은지 정하는 게 먼저잖아. 그리고…… 제주도에서 지낼 거야. 큰엄마, 큰아빠도 그렇게 하라고 말씀하셨어."

건우의 대답에 건혁도 당황했지만 옆의 채원도 놀랐다. 잠깐 놀러 온 줄 알았던 녀석이 제주도에 눌러앉는다고 했다. 그녀는 이제 제주도를 떠나 서울의 대학을 다녀야 하는데 말이다. 그것이 무슨 상관인지도 모른 채 채원은 건우에게 물었다.

"내가 여기 있는데도 거기서 살겠다고?"

"……?"

건우는 채원의 물음이 무엇을 뜻하는지 몰라 멀뚱히 그녀를 바라봤다.

건혁은 앞의 두 녀석을 보자 자신이 관여하지 않아도 일이 제대로 굴러갈 것 같다는 생각이 들었다. 남자를 행동하게 하는 건 여자밖에 답이 없는 것인가 보다. 그렇게 여러 방법을 써도 끝없이 반항하던 녀석이 채원의 한마디에 흔들리고 있었다.

□ ■ □

"점수?"

"그래. 네가 썼던 방법이 있을 것 아니야."

아팠던 것이 거짓말이었던 것처럼 빠른 퇴원을 한 준규는 숟가락을 들다 그대로 멈췄다. 퇴원 기념으로 맛난 것을 사 주는 줄 알았더니 다른 목적이 있었던 것 같다. 준규는 자신의 경우를 떠올렸다. 반대했던 경주의 가족 모습만 생각나 그대로 고개를 숙였다. 허락은 모두 그녀가 받은 것이라고 말할 수는 없었다.

"뭐…… 진심으로 다가가면 안 되겠냐?"

"진심으로, 맞고 싶냐?"

건혁이 눈에 힘을 주었다.

"아프게 때릴 거냐?"

"금방 퇴원한 것만 아니었으면."

맹장염에 걸린 것을 하늘에 감사해야 했다. 그리고 때마침 전화를 걸어 온 경주에게도 감사했다. 자연스럽게 건혁의 고민을 그녀에게 넘겨주면 되는 거였다.

"네, 경주 씨."

— 밥 먹었어요?

준규의 입꼬리가 저절로 올라갔다. 아닌 척 '츤데레' 같은 행동을 해도 경주가 그를 얼마나 좋아하는지 느껴졌다. 그런 예비부부를 바라보는 건혁의 표정이 더욱 일그러졌다. 너희들은 허락을 받았다 이건가. 준규는 건혁의 눈치를 살피며 얼른 경주에게 본론을 꺼냈다.

"지금 먹고 있어요. 그리고 합동결혼식 추진 건으로 건혁이와 상담 중입니다."

합동결혼식? 준규를 보는 건혁의 눈이 더욱더 살기 가득해졌다. 결혼할 수 있는 방법을 가르쳐 달라고 했지 같이 결혼하자고 했나. 건혁은 어이가 없어 눈빛의 농도를 낮추지 않았다.

― 급하긴 한가 보네요. 당신한테 조언을 구한 걸 보면.

뭔가 기분이 좋지 않았지만 준규는 앞의 건혁을 고려해 여유롭게 웃으며 대답했다.

"원래 가장 힘들 때 찾는 친구가 진정한 친구라고 하지 않습니까?"

― 둘 다 망하고 싶은가 보죠?

이 여자에게 허세는 통하지 않았다. 준규는 어쩔 수 없이 건혁에게 전화를 내밀었다.

"네. 강건혁입니다."

― 왠지 깍듯하시네요.

"기분 탓입니다. 언제나 경주 씨를 존경하고 있었습니다."

이 말을 한 사람이 강건혁이 아니었으면 했다. 준규는 결혼을 위해서 무너지는 한 남자의 카리스마를 바로 눈앞에서 보게 돼

안타까웠다. 천하의 강건혁도 어쩔 수 없군.

― 지금 이 말, 녹음해서 채원이한테 들려주고 싶은데요.

"마음대로 놀려도 되니까 팁 좀 알려 줘요. 서준규는 처음부터 안 믿었습니다."

기회주의자. 준규는 건혁을 노려보았다. 건혁은 옆쪽에 놓여 있는 자신이 계산하기로 한 계산서를 손으로 가리켰다. 준규는 무서운 놈이라 생각하며 고개를 숙였다.

― 팁을 알려 드리면 저한테는 뭐가 돌아오나요?

역시나, 호락호락한 상대가 아니었다. 건혁은 앞의 준규를 노려보다 대답했다.

"경주 씨가 원하시는 부탁, 군말 않고 들어드리겠습니다."

― 지금 이 말, 녹음했어요.

독한 여자.

"누구처럼 한 입으로 두말하지 않습니다."

준규는 그게 나냐며 손으로 자신을 가리켰다. 건혁은 알면 됐다고 손짓을 했다.

―음……. 그럼, 보자……. 팁이랄 거 있나요? ……진심이면 통하겠죠. 뭐든.

경주의 웃음 섞인 조언을 듣고 건혁은 그대로 핸드폰을 준규에게 던져 버릴 뻔했다. 진심으로 오늘 서준규를 팰 수도 있을 것 같았다. 짜고 치는 고스톱일까. 아니면 부부가 될 사이라 말하지 않아도 생각이 닮아 간 걸까.

진심. 그 진심은 너무 차고 넘쳤다. 그걸 어떻게 채원의 부모님께 보여 드리냐는 거였다. 건혁은 아무래도 혼자서 그 숙제를 풀어야 할 것 같았다.

□ ■ □

"그것만 빼면 다 마음에 드는데 말이야."

"그만해라. 채원이 아직 보낼 생각 없다. 그 얘긴 아무도 하지 마."

엄마의 단호한 말에 첫째 딸도 둘째 딸도 어쩔 수 없이 입을 다물었다. 엄마가 이러는 것을 이해하지 못하는 건 아니었다.

풍족한 집은 아니더라도 사랑받을 수 있는 곳으로 딸들을 시집 보내고 싶었다. 첫째도 그 바람에 맞춰 평범한 집안에 시집을 갔고, 둘째는 진중함이 없는 사위가 마음에 들지 않아 망설였지만 시부모가 둘째를 아끼는 게 눈에 보여 허락을 했다. 그 생각이 옳았는지 모두들 별 소란 없이 평탄하게 결혼 생활을 하고 있었다. 막내딸까지 욕심을 부린다고 욕할지라도 어미의 마음은 다 똑같았다.

사람이 좋은 것은 다른 문제였다. 부모를 잃고 짊어진 어깨의 짐을, 상처를, 외로움을, 자신의 딸이 같이 나눠야 한다는 생각이 마음에 걸렸다. 그 누구의 탓도 아니었지만 그런 아픔을 지닌 이보다 상처 없이 밝은 이에게 시집을 보내고 싶은 게 부모의 마음이었다.

"채원이도 한 고집 하는데, 어쩔 거야."

315

채원의 작은언니는 자신의 동생을 누구보다 잘 알았다. 무른 것 같아도 이상한 고집이 있었다. 다른 사람의 반대에 흔들릴 아이는 아니었다. 그게 엄마라고 해도.

"고집부릴 걸 부려야지. 결혼은 쉽게 생각할 게 아니야."

엄마는 그대로 자리에서 일어났다. 휴게실에 앉아 있던 두 딸은 엄마의 다른 모습이 조금 낯설었다. 그 남자의 선한 눈매가 자꾸만 마음에 걸렸다. 부모의 마음이야 그렇지만 결혼할 당사자들의 입장은 달랐다. 결혼에서 가장 중요한 것이 무엇인지 엄마는 잠깐 잊고 계시는 것 같았다.

"안녕하세요, 어머님."

단정한 슈트 차림의 건혁이 과일 바구니를 들고 병실 앞에 서 있었다.

채원의 어머니는 휴게실에서 나와 곧장 병실로 올라온 길이었다. 채원은 잠깐 필요한 물건들을 가지러 시골집에 간 상태였다. 이렇게 어색한 상황이 만들어질 것이라고 생각하지 못했다. 말은 하지 않았어도 자신을 마음에 들어 하지 않는다는 걸 표정으로 느꼈을 것이라 여겼다. 눈치가 없는 편인 건지, 아니면 정말로 채원이 마음에 들어 이런 불편함도 감수하는 것인지, 채원의 어머니는 잘 파악이 되지 않았다.

"채원이…… 지금 없어요."

"알고 있습니다."

건혁은 흔들리지 않고 대답했다.

"혹시, 애아버지 보러 온 거라면 미안하지만 다음에 와 줘요. 아직 회복도 안 됐고, 우린 아직 채원일 결혼시킬 생각이 없어서…… . 급하게 이러면 서로가 부담스럽지 않겠어요?"

잔인하다고 해도 어쩔 수가 없었다. 악역이 필요한 일이면 언제나 엄마인 그녀가 나서야 한다고 생각했다. 자신의 딸에 대한 문제라면 더더욱 그랬다.

"부담스럽게 해 드렸으면 죄송합니다. 그래도 아버님이 아프신 걸 알고 갔는데, 인사는 드리는 게 도리라고 생각해서 찾아왔습니다. 아직 면회가 어려우시면…… 이것만 전해 드리고 가겠습니다."

건혁이 섭섭하거나 서운한 마음 없이 예의 바르게 과일 바구니를 건넸다. 채원의 어머니는 바구니를 받아야 할지 망설여졌다. 머리로는 냉정해져야 한다고 생각했지만 막상 얼굴을 보니 마음이 약해졌다. 이런 고마운 마음까지 쳐 내면 채원에게도 좋지 않을 것이란 생각이 들었다.

"그래요. 고마워요. 잘 먹을게요."

"네. 감사합니다. 그럼, 다음에 또 뵙겠습니다."

건혁이 깍듯하게 인사를 건네고 돌아섰다. 정말 그것만 아니면 마음에 드는 사윗감이었다. 인물도 훤했고, 책임감도 있어 보이며, 우선은 채원을 생각하는 마음이 고스란히 전해졌다.

"어, 채원이 그분…… 아니세요?"

"우와. 차려입으니까 모델 같네요."

휴게실에서 올라온 채원의 언니들이 건혁과 마주치고 알은척을 해 왔다. 뒤쪽에서 그 모습을 바라보고 있던 채원의 어머니는 마음이 불안했다.

"뭐야, 다시 허락받으러 온 거예요? 잘생긴 얼굴대로 멋있는 행동만 하시는구나. 근데, 우리 엄마가 좀 쉽지 않으……."

채원의 작은언니가 생각 없이 말을 내놓다가 뒤쪽으로 그녀를 노려보는 엄마를 확인하고 입을 닫았다. 큰언니는 엄마와 건혁의 상황을 조용히 파악하곤 성큼 그의 팔을 붙잡았다.

"차 한잔하고 가요. 아버지가 보고 싶어 하세요."

그러고는 엄마의 얼굴을 보지 않은 채 건혁을 아버지의 병실로 이끌었다.

어색한 공기와 서로의 눈치를 살피는 눈빛들만이 병실 가득 오고 갔다. 건혁까지 포함해 사위가 셋이었고, 두 딸과 어머니, 그리고 누워 있던 아버지까지. 1인 병실은 채원의 가족들로 가득 찼다. 정작 당사자가 없어 이 상황을 어떻게 이끌어 나가야 할지 몰랐지만 채원의 아버지가 등장하니 분위기는 저번 휴게실 상견례 자리와는 또 달랐다.

"내가 아직 몸이 불편한 상황이라…… 이해해 줘요."

채원의 아버지가 조심스레 일어나 앉으며 건혁에게 미안한 웃음을 보였다. 건혁은 아니라며 고개를 흔들고는 또다시 깍듯한 자세를 유지했다. 생각보다는 상황이 쉽게 풀리는 것 같아 마음이 놓였다. 언니들의 도움이 있을 것이라고는 채원도 생각하지 못했던 것 같았다. 아버지와 만나고 있다는 문자에 얼른 달려오겠다는 답장이 돌아왔다. 건혁은 그와 눈을 맞추지 않는 어머니만을 바라보며 마음을 다잡았다.

"늙은이가…… 뒷일 생각 안 하고 돌아다니다가 이리됐어요. 애들 걱정시키고 여러 가지로 귀찮게 만드는 것 같아서 마음이 편치 않아요. 채원이가 아빠 밉다고 하지요?"

"아, 아닙니다. 그리고 말씀 낮추셔도 됩니다, 아버님."

"그래요. 그건 차차 하고. 얼른 과일 들어요."

건혁이 사 온 고가의 과일이 채원의 어머니 손에서 깎여 예쁘게 놓였다. 상황이 그럴 뿐, 채원의 부모님이 모두 선한 분이란 걸 건혁은 느낄 수 있었다. 자신의 부모님도 그랬다. 말은 하지 않아도 늘 따뜻한 챙김이 있었다. 가장 중요한 것이 무엇인지는 놓치지 않으셨다.

"근데, 우리 채원인 어떻게 만났어요?"

궁금증을 참지 못하고 채원의 작은언니가 아버지의 침묵을 틈타 입을 열었다.

"아…… 동생 학원 선생님이었습니다."

옛 연인의 결혼식에서 만났다고는 말할 수 없었다. 그리고 강렬한 하룻밤까지. 건혁은 뜨거워진 얼굴을 애써 감추며 차분하게 웃어 보였다.

"동생이 많이 어리던데, 결혼하면 같이 살 생각이에요?"

기습적인 질문에 병실 안이 한순간 얼어붙었다. 채원의 어머니는 눈짓으로 작은딸에게 경고를 했고, 건혁은 매도 먼저 맞겠다는 심정으로 솔직한 생각을 꺼내 놓았다.

"채원 씨만 괜찮다고 하면…… 데리고 있을 생각입니다. 부모님 돌아가시고, 많이 챙겨 주지 못했습니다. 자리 잡을 때까지 뒷받침해 주고 싶습니다."

모두 예상했다는 반응이었다. 그것 때문에 더 반대를 하는 게 맞는다고 생각한 듯 채원의 어머니는 여전히 건혁에게 눈길을 두지 않았다. 과일을 깎고 나온 음식 쓰레기를 치운다는 핑계로 조용히 자리를 떴고, 그런 어머니의 의중을 살피기 위해 두 딸들이 병실을 따라나섰다. 어색하게 병실에는 남자들만 남아 버렸다.

"저 사람…… 행동하는 거 너무 서운해하지 말아 줘요."

모든 걸 지켜본 채원의 아버지가 조심스레 입을 열었다.

"아, 아닙니다."

"채원이랑 둘째한테 대충 듣긴 했어요. 내가 대신 사과할게요. 저 사람이 다른 건 몰라도 자식 욕심이 많은 사람이야. 그래서 우리만 생각하고, 자네한테 상처 준 게 아닌가, 마음이 쓰이네. 나랑 채원이를 봐서 이해해 주게."

"전…… 괜찮습니다."

건혁은 오히려 몸 둘 바를 몰랐다. 상처를 받지도 않았다. 자식을 생각하는 마음은 모두 다 같았고 그걸 부모님을 잃고 겪어 내며 헤아릴 수 있었다. 나와 같지 않다고 남을 욕할 권리는 그에게도 없었다. 그저…… 채원을 사랑하는 마음처럼, 그도 그녀의 부모님에게 인정받고 싶었다.

"그나저나, 나 머리를 좀 감고 싶은데…… 누가 도와줄 테야?"

건혁을 두고 두 명의 사위가 서로의 눈치를 살폈다. 아무리 편하다고 해도 장인은 장인이었다. 살가움과 거리가 먼 첫째 사위는 묵묵부답이었고, 엉덩이가 가벼운 둘째 사위는 차분한 장인이 어려웠다. 이들의 의중을 곧장 파악한 건혁이 자리에서 일어섰다.

"제가 도와드리겠습니다."

"아, 괜찮겠어? 나야 누구든 상관없지만."

"네, 괜찮습니다."

머리를 감기는 것은 쉬웠다. 손길이 투박하고 서툴렀지만 꼼꼼한 성격 탓에 실수는 없었다. 그걸 채원의 아버지도 저절로 느낄 수 있었다. 하나를 보면 열을 안다고 했던가. 자신의 딸을 울린 녀석이라 첫인상이 좋진 않았지만 그 이외에는 흠잡을 것이 없었다. 오히려 마음이 약한 채원의 옆에서 나무처럼 묵묵히 서서 잘 보듬어 줄 것이란 안심이 들었다.

"우리 채원이…… 어디가 마음에 드나?"

건혁은 지체하지 않고 대답했다.

"저한테, 꼭 필요한 사람입니다."

"필요해서 만난다는 건가?"

아버지는 일부러 비꼬아 보기도 했다.

"아니, 그런 뜻이 아니라…… 생각하신 대로 전 상처가 많은 사람입니다. 그걸 어떻게 풀어내야 하는지도 모르고요. 인이 박인 것처럼 모른 척 살아왔는데, 아프지 않은 게 아니었습니다. 우는 법을 몰랐는데…… 채원이가 옆에 있으면…… 울 수 있을 것 같습니다."

진심이 아니라고 의심할 수 없었다. 채원의 아버지는 자신의 딸이 대견스러웠다. 누군가에게 위로가 될 수 있는 사람이 되라고 가르쳤었다. 그게 삶의 정답이라고. 말은 하지 않았지만 채원은 그런 부모의 마음을 잘 읽어 내고 실천한 것 같았다.

"채원이 엄마…… 만만치 않을 거야."

머리를 다 감기고 일어서려는데, 채원의 아버지가 강 건너 불구경처럼 말을 건넸다.

"마음 잘 돌려 보라고. 나도 못 이기는 사람이니까."

여유로운 아버님의 웃음이 건혁은 야속하기만 했다. 방패막이가 되어 줄 것 같았던 그녀의 아버지는 라운드에서 내려가 구경꾼이 되겠다고 했다. 그랬다. 정채원을 차지하는 데, 어느 것 하나 쉬운 것이 없었다.

"웃음이 나와?"

채원은 울상인 건혁의 표정을 보고 웃음을 터뜨릴 수밖에 없었다. 혹시나 그녀의 엄마가 또 다른 상처를 주지는 않을까, 걱정된 마음으로 급히 병원으로 달려왔는데, 아무래도 아버지에게 한 방을 먹은 것 같았다. 아버지는 그녀에게도 도와주겠다는 말을 하지 않았다. 엄마를 설득할 수 있어야 그녀를 데려갈 수 있는 것이라고 했다. 딸 가진 부모의 유세가 아닐 수 없었다.

"작전을 잘 세워 봐요."

"어째, 제3자처럼 말한다?"

건혁은 여전히 심각했다. 채원은 웃음기 가득한 얼굴을 지울 수가 없었다.

"청혼은 쉽게 통과했으니까 허락이라도 어렵게 받아야 날 소중하게 생각할 거 아니에요?"

"당신 만나고…… 한 번도 쉬운 적 없었어."

제법 진지한 태도에 농담을 건넨 채원이 무안해졌다. 쉽지 않았던 것은 그녀도 인정하는 부분이었다. 만나는 순간부터, 피하고, 도망가고, 참으로 그를 힘들게 만들었다. 그런 그녀를 끝까지 놓지 않았던 이 남자를 그녀 또한 놓을 수 있을까, 하는 생각이 들었다.

"건혁 씨랑 내 마음, 흔들리지 않으면 우리 엄마도 받아들일 거예요."

"그게 정답이긴 하지. 하지만 난 그 시간을 당겨야 해."

채원을 바라보는 건혁의 눈빛이 짙어졌다.

24. 피하지 않기

　돌아보면 눈을 피하는 게 여러 번이었다. 그녀답지 않은 행동이라 생각하며 건우는 읽고 있던 책을 덮었다. 채원이 대학교를 둘러보고 자취할 집을 고르러 간다고 해도 따라나서지 않았다. 건우는 어쩐지 그래야 할 것 같았다. 제주도에서 지내겠다는 마음에는 변함이 없었다. 이제 성인이었고, 형의 옆에서 짐이 되고 싶지 않았다. 곧 선생님과 결혼을 할 것이고, 그는 독립하는 게 맞았다.

　서울에서 지낼 생각을 안 한 건 아니었다. 하지만 그렇게 된다면 형은 또다시 그를 신경 쓰게 될 것이고, 이 모든 시간들이 헛되게 될 것이었다. 부모의 그늘이 그리웠던 것은 사실이었고, 그 빈자리를 큰아버지 내외가 채워 주는 부분이 많았다. 아직은 혼자 일어설 자신이 없었기에 건우는 제주도행을 선택했다.

"하고 싶은 말 있으면, 해."

건우가 대놓고 물음을 던지자 채원은 어떻게 질문을 해야 할지 몰랐다.

녀석이 무슨 생각을 하는지 모른다. 어떻게 살아왔는지도 모른다. 우연히 만나 장난처럼 가까워졌지만 그저 내버려 두고 싶지 않았다. 자꾸만 녀석을 웃게 해 주고 싶었고, 그 역할을 다른 누군가가 아닌 그녀가 해 주고 싶었다.

"진짜, 제주도에서 살 거야……?"

"응."

건우는 흔들림이 없었다.

"누구 때문이야?"

"뭐?"

"자연스럽지 않잖아. 너, 이러는 거 일부러 그러는 것 같아."

"내 인생인데, 누구 때문이 어디 있어. 나 때문이지. 넘겨짚지 마."

건우가 책을 들고 자리에서 일어났다. 더 이상 얘기하고 싶지 않다는 행동이었다. 채원은 그걸 알았지만 이번은 모른 척하고 싶지 않았다. 아니, 이참에 궁금한 모든 것을 알아내고 싶었다.

"나, 너한테 관심 있어."

건우가 그대로 멈춰 섰다. 채원은 말을 덧붙였다.

"그래서 네가 무슨 생각 하는지 알고 싶어."

돌아보는 건우와 눈이 마주쳤다. 서로가 서로에게 끌리고 있다는 것을 모를 수 없었다. 건우도 채원을 향한 자신의 감정이 무엇인지 이미 깨닫고 있었는지도 모르겠다. 하지만 겁이 나기 시작했다. 그의 인생 노선도 정하지 못했는데, 여자라니. 누군가를 마음에 넣는 건 그런 것 같았다. 세상이 무서워지는 것이다.

채원이 서 있는 건우에게로 다가갔다. 둘의 거리가 너무도 가까웠다. 채원이 손을 올려 건우의 얼굴을 만지려 하자 그는 고개를 돌려 버렸다. 채원의 손이 그대로 허공에서 멈췄다.

"위험한 짓 하지 마."

건우가 경고하듯 말을 뱉었다.

"위험한 게 뭔데?"

채원은 모른 척 건조하게 물었다. 건우는 그대로 돌아서 거실을 벗어나려 했다.

"도망가는 게 특기야?"

건우의 심장이 쿵, 하고 떨어져 내렸다.

"……."

"수능도 안 보고 제주도로 도망친 이유는 안 물을게. 이미 지난 일이니까. 근데, 이번엔 알아야겠어. 왜 또 도망가려고 해? 뭐가 겁나? 계속 도망만 치면서 살 거야? 그러면 누가 네 마음 알…… 앗!"

돌아서 다가온 건우가 채원의 어깨를 거칠게 붙잡았다.

"아무것도 모르면서 함부로 지껄이지 마. 네가 알면 얼마나 안다고 그래?"

"적어도 네가 어리석다는 건 알겠는데?"

"……문채원!"

326

두 사람의 눈이 허공에서 뒤엉켰다. 잔인하게 아픈 곳을 찌르는 것처럼 가슴이 아팠다. 건우도 방법을 알고 싶었다. 도망가지 않고 부딪치는 법을. 채원의 손이 또다시 건우의 얼굴로 올라와 그의 볼을 조심히 쓰다듬었다.

"내가 도와줄게. 도망치지 마."

채원은 흔들리지 않았다. 너는 어떻게 그럴 수 있게 됐냐고 묻고 싶었다. 나는 온통 흔들림투성이인데, 너는 어떻게 이리도 나를 꼭 붙잡고 있냐고. 건우의 눈이 그제야 제대로 한 사람을 바라봤다.

□ ■ □

"건우는…… 어쩔 거야?"

제법 진지한 물음에 건혁은 무시 대신 고개를 들었다. 채원과 그녀의 부모님을 만나러 다니느라 밀린 일이 많았다. 밥을 먹을 시간조차 아까워 편집실 안에서 사투를 벌이고 있는데, 준규가 저의 취향에 맞춘 도시락을 들고 들이닥쳤다. 밥을 먹지 않으면 편집해 놓은 영상을 삭제해 버린다는 무시무시한 협박을 듣고서야 건혁은 자리에서 일어날 수 있었다.

휴게실 안에서 맛도 못 느낀 채 허겁지겁 밥을 씹어 삼키는데, 기어이 묻고 싶었는지 준규가 입을 열었다.

"뭘 어째?"

"데리고 살고 싶은 건 이해하겠는데, 채원 씨 집에서 반대한다며?"

대충 이야기를 했으니 넘겨짚고 있을 줄은 알았다. 건혁 역시 그걸 생각하지 않은 건 아니었다. 가족이 생기면 혼자서만 결정할 일들이 아니란 것도. 하지만 그에게는 하나뿐인 혈육이었다. 아직 제 감정도 제어하지 못하는 어린 녀석을 모른 척하고 살 자신이 없었다. 채원을 얻는 조건으로 건우를 잃고 싶진 않았다. 정말 그의 욕심인 것일까.

"대학 갈 때까지만 데리고……."

"건우 생각은 안 하냐고."

"뭐?"

준규의 말은 핵심이 달랐다.

"건우 녀석은 무슨 죄야. 너랑 채원 씨 신혼인데, 중간에서 얼마나 눈치를 볼 거야. 너희들은 조심한다고 하지만 그게 말처럼 쉬워? 그리고 어쩌다 한 번씩 채원 씨 집안사람들 찾아올 거고. 이런 일 저런 일 겪다 보면 건우가 더 상처받을지도 몰라."

"난 어쩌라고……?"

"뭐?"

"그 녀석 보내 놓고 상처받는 나는 어쩌라고……."

건혁의 눈빛이 진지했다. 그래서 준규는 더 이상 입을 열지 못했다. 한 번도 약한 모습을 보이지 않은 놈이었다. 제가 받는 상처는 아무것도 아닌 것처럼 행동해 왔다. 그런데 제 입으로 자신이 받을 상처를 꺼내 놓고 있었다. 준규도 몰랐다. 건혁이 받을 상처를. 건혁에게도 건우는 아주 큰 버팀목이라는 것을.

□ ■ □

— 아무튼 그렇다고.

"……."

— 채원아.

"알아들었어, 무슨 말인지……. 그런 일 안 생겨. 내가 그렇게 안 만들 거야."

— 너희 집 반대는 어떻게 하고?

"경주야, 미안. 나, 아버지가 찾으셔. 나중에 내가 연락할게."

급한 척 전화를 끊고 채원은 병원 의자에 힘없이 기대앉았다.

건혁에게 건우는 당연한 존재였다. 그걸 망가뜨리고 싶은 생각은 조금도 없었다. 하지만 지금은 그녀가 두 형제 사이를 갈라놓고 있는 꼴이 되었다. 건우가 두 사람의 사이를 모르고 고백을 했을 때와 같았다. 채원은 막장 드라마의 여주인공이 되어 가고 있었다.

"왜 나와 있어?"

채원의 어머니가 반찬 가방을 들고 다가왔다.

"엄마, 나랑 이야기 좀 해."

채원은 더 이상 시간을 끌 수도, 누구에게 상처를 줄 수 없었다.

"결혼 얘기라면 엄마는 할 말 없……."

"왜 반대하는데?"

어머니가 채원을 정면으로 바라봤다.

"살아 보면 알아. 결혼은 소꿉놀이가 아니야. 강 군 어깨에 짐이 얼마야? 그걸 네가 다 같이 져야 하는데, 왜 굳이 그런 자리에……."

"나는? 나한테는 짐 없어? 다른 사람들 눈에는 시골 사는 부모님, 위로 언니가 둘이나 있다고 싫어해. 다 똑같아. 입장 차이일 뿐이야. 엄마도 알면서……."

"당장 그 어린 동생은 어떡할 거야? 같이 살아야 하는 거 아니야? 네가 그 뒷바라지를 다 한다고? 엄마 아빠가 그러라고 너 대학 보내고 임용 뒷바라지시킨 줄 알아?"

"엄마!"

"선생만 되면 좋은 자리 줄을 섰어. 아니, 지금도 네 사진만 내밀면 괜찮은 자리 많아. 고르고 골라 갈 수 있는데, 왜 가시밭길을 가려는 거니?"

"엄마 닮아서 그런가 보지."

채원은 화가 나 한마디를 던지고 자리에서 일어났다.

"뭐?"

"아빠한테 들었어. 엄마도 막내 삼촌 데리고 살았다며. 삼촌 장가갈 때까지 뒷바라지했으니까 나도 건혁 씨 동생 결혼할 때까지 데리고 살 거야. 엄마 딸, 어디 가는 거 아니니까."

이렇게까지 엄마에게 대든 적은 없었다. 채원은 말을 뱉고 자기 자신에게 놀란 듯 엄마를 내려다봤다. 엄마의 눈빛은 상처받은 듯 가라앉았다. 후회로 가슴이 쓰라렸지만 모른 척 돌아섰다.

채원이 엄마라는 문자에, 회사 로비에서 기다리고 있겠다는 말에, 건혁은 전체 회의 도중 자리에서 벌떡 일어났다. 부장의 눈치에 다시 조용히 앉긴 했지만 그때부터 회의 내용은 머릿속에 제대로 들어오지 않았다.

곧이어 경주에게도 문자가 들어왔다. 채원의 어머니가 건혁이 일하는 회사와 전화번호를 묻기에 가르쳐 주었다고. 혹시나 찾아갈지도 모르겠다며 미리 대비를 하라는 문자였다.

얼굴조차 제대로 바라봐 주지 않았는데 이리도 급하게 찾아올 이유는 무엇일까. 건혁은 생각에 생각을 거듭해 봐도 답이 나오지 않았다. 그리고 때마침 회의가 끝이 났다. 번개 같은 속도로 건혁은 로비로 내려갔다.

"마셔요."

"아, 네."

아메리카노 두 잔을 앞에 두고 앉았지만 채원의 어머니는 아무런 말이 없었다. 어쩌다 앞의 건혁을 잠자코 바라보다 커피 잔만 여러 번 들었다 내려놓았다. 아무래도 어려운 얘기를 꺼내려고 하시는 것 같았다. 건혁은 긴장된 자세로 허리를 좀 더 곧게 세웠다.

"채원이 삼촌, 그러니까…… 채원 아버지 막냇동생이랑 결혼하자마자 같이 살았어요. 그 사람은 첫째고 막내는 막둥이라 나이 차이가 많이 났었고, 시부모님은 일찍 돌아가셨거든요."

"……."

무슨 얘기를 꺼내려는지 건혁은 단번에 짐작할 수 있었다. 가슴이 싸늘히 식어 내려가는 것만 같았다. 건우의 이야기는 그에게 언제나 그런 감정을 들게 만들었다.

"처음에는 그냥 쉽게 생각했어요. 당연하게도 생각했고. 그때 삼촌 나이가 스무 살이었고, 대학도 갈 생각이었으니까 당연히 채원 아버지가 뒷바라지를 해야 했죠. ……신혼 같은 것 없더라고요. 우리 나이야 그런 거 없이 대가족으로 사는 게 지금보다 쉬웠지만 그래도 내가 짊어져야 하는 짐이 많았어요. 그러면서 채원이 첫째 언니 태어나고, 그다음 해에 둘째까지 태어나니까 사는 게, 완전히 전쟁이더라고요."

이런 얘기를 왜 하시느냐고 물어볼 만도 한데 건혁은 잠자코 채원이 어머니가 하는 말을 듣고 있었다. 잔인했지만 이해해 달라고 말하고 싶었다. 채원의 어머니는 그녀 자신의 면죄부를 만들고 있었다. 그걸 건혁은 기꺼이 받아 주고 있는 것이었다.

"내가 참…… 잔인하다는 생각이 들죠?"

이어질 줄 알았던 이야기가 멈추자 건혁이 조용히 고개를 들었다.

"……아닙니다."

정말 원망 같은 마음은 들지 않았다. 이런 걸 예상하지 못한 것도 아니었다. 세상은 모두 그의 마음 같지 않았고, 얻는 게 있으면 잃는 것도 있는 삶의 이치를 깨닫지 못할 나이도 아니었다. 하지만 마음 한편으론 욕심이 생겼다. 따뜻한 채원처럼 건우도 따뜻하게 받아들여 주셨으면 하고. 그에게 하나뿐인 혈육이기에. 건혁은 말없이 웃음만 지어 보였다.

"동생, 데리고 살고 싶죠……?"

조용한 물음에 건혁은 아무런 대답도 할 수가 없었다.

"그래요. 그 마음 이해 못 하는 건 아니에요. 그런데…… 나도 엄마인지라 내 입장에서만 생각하게 되네요. 동생이 혼자 독립할 수 있을 때…… 결혼은 그때 다시 얘기하도록 하죠. 모두가 힘들어질 일을 굳이 나서서 할 필요가 있어요? 모두를 위한 게 뭔지 강 군도 잘 생각해 봐요."

채원의 어머니가 자리에서 일어나고 건혁은 간단한 인사를 건넸다. 대답은 굳이 들을 필요가 없는 것이었다. 무슨 말을 하는지 알았으니, 알아서 선택해야 할 부분이었다. 얻는 것이 있으면 무언가를 잃는 것도 당연했다. 건혁은 그렇게 똑같은 생각만 되뇌었다.

□ ■ □

익숙한 햄버거 가게 안으로 들어서자 어린 채원이 반갑게 손을 흔들었다. 같이 있을 줄 알았던 건우는 자리에 없었다. 부탁할 게 있다며 급하게 만나 달라고 말했다. 건우를 두고 둘만의 비밀 얘기를 하는 것이라면 내용은 한 가지뿐이었다.

"연애 상담이라면, 난 별로 도움이 안 될 것 같은데."

무슨 소리인가 잠깐 생각을 하더니 어린 채원이 아니라며 고개를 흔들었다.

"그게 아니라, 언니. 건우 좀 붙잡아 주세요."

이번엔 큰 채원이 무슨 소리냐며 눈을 키웠다.

"건우가 왜……?"

"제주도 가서 살겠대요. 뭔가 이유가 있는데, 말을 안 해요. 도망가는 게 분명한데…… 이유는 아무래도 형이랑 언니, 뿐인 것 같아요. 제 추측이 맞죠?"

기어이 그 생각을 접지 못하는 것인가 보았다. 서울로 완전히 돌아오겠다고 한 것은 아니었으니, 예상하지 못할 일도 아니었다. 그래서 건혁은 준규에게 그런 말을 했던 것일까. 형에게 짐이 되기 싫어 다시 제주도로 떠나겠다는 녀석을 붙잡을 수도, 보낼 수도 없는 그 마음이 어떤 것일까. 채원의 가슴이 안타까움에 조용히 식어 갔다.

"건혁 씨가 안 보낼 거야. 걱정 마."

"진짜요? 그럼 다행인데……. 건우랑 같이 사는 거, 언닌…… 싫어요?"

그런 생각조차 한 적이 없었다. 당연한 것이라 생각했고, 그 문제가 두 사람의 결혼에서 걸림돌이 될 수 없다고도 생각했다. 형제가 서로에게 어떤 존재인지 그녀가 누구보다 잘 알았다. 건우가 왜 수능을 치지 못했는지, 건혁이 이제껏 버틸 수 있는 이유가 무엇인지, 모른 척한다면 그녀는 건혁의 영원한 짝이 될 수가 없었다.

"건우한테 전해. 장가가기 전까지는 안 놔준다고."

익숙하게 비밀번호를 누르고 문을 열었다. 현관에 들어서자 보고 싶던 신발 하나가 가지런히 놓여 있었다. 채원은 서프라이즈 선물이라도 되는 것처럼 조용히 신발을 벗고 거실 안으로 들어섰다. 방 안의 건혁은 아무래도 인기척을 느끼지 못한 것 같았다. 어린 채원을 만나기 위해 급하게 서울로 올라왔다는 얘기도 하지 않았다.

어린 채원은 건우와 저녁을 먹고 들어오겠다고 했으니 둘만의 시간은 확보되었다. 채원은 조심히 건혁의 방문을 열었다. 등을 보이고 침대 위에 앉아 있는 건혁은 누군가와 통화 중이었다. 채원은 방해하지 말아야겠다는 생각으로 문을 닫으려 했다.

"……수능 다시 칠 때까지만 부탁드려요."

건혁의 말에 채원의 손이 그대로 멈췄다.

"……네. ……죄송해요, 큰아버지. ……아니에요. 제 욕심인걸요. 건우도…… 이해할 겁니다. ……네. 날짜 잡게 되면 연락드릴게요. 네, 들어가세요."

전화를 끊으려는 건혁의 모습에 채원은 얼른 문을 닫았다. 심장이 두근거렸고, 또…… 너무 아팠다. 무슨 소리를 하는 걸까. 건우를 보내겠다는 건가. 왜? 그녀와의 결혼 때문에? 채원의 심장이 꽉 막힌 것처럼 죄어 왔다.

그러다 문득 경주의 문자가 떠올랐다. 엄마가 건혁의 전화번호를 물어봤다는 것이었다. 긍정적으로 생각했던 것이 잘못이었다. 결국 그에게 가장 큰 상처를 주고 만 것이다. 누가 원한 일인가. 건우를 포기하면서까지 그녀와 결혼하려 한다고 좋아해야 하는 것인가. 채원은 이제 헛웃음이 나왔다. 곧 방문이 열리고 건혁이 걸어 나왔다.

"채원아?"

채원은 눈물을 꾹꾹 삼킨 채 건혁을 돌아봤다.

"서프라이즈. 연락 안 하고 와서 놀랐죠?"

모른 척 애써 입꼬리를 올려 보았지만 그것이 쉽지만은 않았다.

채원은 얼른 고개를 돌려 주방 쪽으로 몸을 움직였다. 치우지 못한 설거지들이 눈에 보였다. 다행이라는 생각에 얼른 싱크대로 다가가 고무장갑을 끼려는데, 건혁이 장갑을 뺏어 가 버렸다.

"채원아."

이렇게 달콤하게, 다정하게, 그녀의 이름을 부르면 아무것도 숨길 수가 없었다. 당신이 왜 그런 선택을 하는지. 그것이 나 때문인지. 그러면 나는 얼마나 당신에게 미안해해야 하는지. 어쩌면 또 바보같이 당신에게서 도망갈지도 모르는데. 그럼 나는 또 어떻게 해야 하는지. 마음이 아파서 채원은 건혁을 끌어안을 수밖에 없었다.

"건우랑 채원이 올지도 모르는데, 괜찮겠어?"

건혁이 진지하게 농담을 건네도 채원은 더욱더 그를 끌어안았다.

"못 참겠어요."

건혁은 뜨겁게 키스하며 채원의 안으로 파고들었다. 따뜻한 엄마의 품처럼 그녀를 안고 또 끌어안았다. 그녀의 존재만으로 위로받았다. 홀로 길 위에 서 있는 것 같은 막막한 기분은 어느샌가 사라지고 없었다.

이것 또한 욕심일지도 몰랐다. 하루라도 빨리 채원을 그의 옆자리에 두고 싶은 마음. 결혼이라는 합법적인 인정을 통해서라도 그녀를 영원히 붙잡아 두고 싶은 마음. 그녀가 어디를 가는 것도 아닌데 불안했다. 보고 있고 만지고 있지만 더 가지고 싶었다. 이 마음은 무엇으로도 설명할 수 없었다. 건혁은 더욱더 깊게 채원을 끌어안았다.

"웃, 건혁 씨……."

제어할 수 없는 욕망이 솟아올랐다. 속도를 조절하지 못하고 건혁이 끝을 향해 몰아붙였다.

행복한 충만함에 세상이 끝났으면 좋겠다고 생각했다. 하지만 이제는 아니었다. 세상이 끝없이 이어졌으면 한다. 그녀와 함께하는 세상은 멈추지 않고 영원했으면 했다.

"건우가…… 제주도에 있고 싶어 해. ……보내 주려고."

그녀를 끌어안은 채 등 뒤에서 꺼내 놓는 고백에 채원은 조용히 감은 눈을 떴다. 뭐라고 대답해야 할까. 알겠다고 모른 척을 해야 할까. 아니면, 건우와 꼭 함께 살고 싶다고 떼를 써 볼까. 마음속으로 무수히 많은 말들이 쏟아졌지만 정작 그 어떤 말도 입

밖으로 꺼내지 못했다.

"……."

"……자?"

건혁의 물음에 채원은 놀란 마음에 다시 눈을 감았다.

"……."

"……어제 꿈에…… 어머니, 아버지가 나오셨어……. 한동안 안 오시더니…… 결혼할 마음을 먹어서 그런가. ……좋아 보이셨어. 뭐, 항상, 좋아 보이셨지만……. 그게 난 또 늘 얄밉고, 억울했는데…… 이번엔 그런 마음이 안 들더라. ……감사하다고 생각했어. ……슬픈 눈이 아니라 기쁜 눈으로 찾아와 줘서……. 다…… 당신 때문이겠지……?"

채원은 저도 모르게 흐르는 눈물을 생각지 못하고 몸을 돌려 건혁을 끌어안았다.

"아, 깼어……?"

"꿈꾸는 중이에요. 당신이…… 내 꿈에 있는 거예요."

"뭐?"

건혁이 어쩔 수 없이 웃었다. 그러고는 채원을 더욱 끌어안았다.

"사랑해……."

건혁의 고백은 달콤했다. 채원은 꿈이 아니길 바랐다. 이 모든 것이.

그리고 그가 행복했으면 좋겠다. 그녀와 함께.

가슴이 아프지 않았으면 좋겠다. 그녀 때문에.

채원은 나도 사랑한다는 말은 끝내 하지 못했다.

□ ■ □

급하게 도망치느라 챙기지 못한 짐들이 많았다. 트렁크 두 개 가득 필요한 것들을 넣고도 택배 박스가 두 개나 나왔다. 꼼꼼히 제주도 큰아버지 댁 주소를 적어 넣고 있는데, 작은 채원이 그를 죽일 듯이 노려보고 있는 게 느껴졌다.

먼저 돌아가라고 해도 말을 듣지 않았다. 그냥 그대로 내버려 두었다. 건우는 거리를 두는 것만이 그가 할 수 있는 최선이라고 생각했다.

"너도 고집불통이구나."

"누가 할 소리."

건우는 제 할 일을 하며 맞받아쳤다.

"네가 이러면 언니, 오빠 마음이 어떨 것 같아? 왜 하나만 생각하고 둘은 생각 못 해?"

"하나는 뭐고 둘은 뭔데……?"

건우는 손을 놓고 채원을 바라봤다.

"강건우."

"평생 형 옆에 살 수 없어. 나도 홀로서기를 해야 해. 그 연습을 하고 싶어. 그래도 큰아빠 집에 있으면 형이 덜 걱정할 것 아니야? ……도망가는 거 아니야. 도망이 뭔데? 현실을 피하는 거 잖아. 나는 지금 현실에 부딪쳐 보는 거야. 형 옆에서 예전처럼 사는 게 도망인 거야, 나한테는."

이런 생각을 하는 줄은 몰랐다. 담아 둔 마음을 쏟아 내는 건우를 바라보다 채원은 입을 닫았다. 스스로는 느끼지 못할지라도 우리는 모두 조금씩 자라고 있을 것이다. 채원은 건우의 마음이 조금씩 자라고 있다는 생각이 들었다. 그렇다면 그녀가 나설 필요는 없었다.

넘어져 울고 있는 어린 그를 잡아 주었고, 녀석에게 장난으로 입을 맞췄고, 언젠가는 만나리라는 생각으로 추억을 마음속에 담아 두었었다.

"제주도 가서 다른 여자 만나면 죽을 줄 알아."

뜬금없는 소리에 건우는 피식, 웃어 버렸다. 채원이 그런 건우를 바라보지 않고 다가와 그의 짐을 현관 쪽으로 옮기려 했다. 건우는 채원의 손을 붙들었다.

"문채원."

건우가 조용히 부르자 채원은 이상하게 가슴이 아려 왔다. 눈물이 날 것만 같았다.

"왜."

눈을 바라보지 않고 퉁명스럽게 대답하자 건우가 그녀의 얼굴을 붙잡아 그를 바라보게 했다.

"1년만 기다려. 다른 새끼 보지 말고."

채원이 와락 건우를 끌어안았다. 그녀는 뒤늦게 자신의 첫사랑이 건혁이 아니라 건우라는 것을 깨달았다. 건혁을 만나면 건우를 만나게 될 거라 생각했는지도 모르겠다. 감출 수 있는 심장의 소리가 그걸 말해 주고 있었다.

건우와 채원이 서로를 안고 있는 사이, 기막힌 타이밍으로 현관의 문이 열렸다.

"이거…… 우리가 나가야 하는 분위기지?"

건혁과 채원이 두 사람의 포옹을 보고는 그대로 멈춰 섰다.

"조용히 나가요……."

채원이 귓속말을 하자 건혁은 갑자기 심통이 생겼다. 이 집의 주인이 누구인가 싶었다. 아무리 조숙한 시대라지만 형 앞에서 애정 행각을 벌이는 동생이 쉽게 받아들여지지는 않았다.

"진도는 여기까지. 더한 건 형 없을 때 하지?"

건혁의 방해에 건우와 어린 채원이 놀라 얼른 떨어졌다.

"어, 오빠랑 언니 왔어요?"

민망해하는 채원의 뒤로 얼굴을 붉히고 서 있는 건우가 보였다. 그리고 녀석이 챙겨 놓은 짐들. 건혁도 채원도 아무런 말을 할 수가 없었다.

"우리 오랜만에 밖에서 밥 먹을까요?"

큰 채원이 애써 밝은 얼굴로 제안을 했다. 작은 채원이 신나서 애교를 부렸고, 건혁과 건우 형제는 그런 두 여자의 뜻에 순순히 따라 주었다. 모든 것이 평온했다.

"왜 너만 와?"

홀로 차에 올라타는 건우를 보며 건혁이 물었다.

"준비하는 데 조금 걸린다고 먼저 가 있으래."

건우는 퉁명스럽게 대답했다. 형과 단둘이 있는 것은 여전히 어색했다. 언제부터인지는 모르겠다. 선생님이 같이 있으면 좀 덜하긴 했지만 영원히 고쳐지지 않을 습관 같았다. 그건 형인 건혁도 마찬가지인 듯 보였다.

건혁이 차를 출발시키자 채원에게서 짤막한 문자가 들어왔다.

[오랜만에 둘이서 오붓하게 먹어요. 이건 명령이에요.]

무슨 의도인지 충분히 파악되는 문자였다. 건혁은 그녀의 배려에 또 한 번 마음이 녹을 수밖에 없었다. 창밖만 보고 있는 건우를 살피며 건혁은 차의 속도를 높였다.

"햄버거는 좀 너무한 거 아니야, 형?"

내일이면 제주도로 돌아갈 예정이었다. 마지막 식사일지도 모르는데 형이 정한 메뉴는 지겹게도 먹은 햄버거였다. 건우는 형에게 불만 가득한 표정을 내비쳤다.

"나도 사 줄 수 있어."

"뭐?"

뜬금없는 소리에 건우가 고개를 들었다.

"너희 쌤한테만 가서 위로받지 말고, 형이랑도 이런 시간 좀 가지자고."

형이 이런 얘기를 할 수 있는 사람인 줄 몰랐다. 건우는 형이 낯설기도 했지만 기분이 나쁘지는 않았다. 아니, 형도 이런 말을 할 수 있는 사람이라는 것이 다행스러웠다. 이제 형이 어깨 위의 짐을 내려놓고 편안하고 따뜻해졌으면 했다.

"내가 여동생이었으면…… 좀 달라졌을까."

건우의 진지한 말에 건혁이 먹고 있던 햄버거를 그대로 뱉어 냈다.

"아, 형!"

"끔찍한 소리 하지 마."

"끔찍할 정도야?"

"넌, 그냥 강건우야. 내 동생 강건우. 만약에 동생을 고를 수 있다고 하면 난 항상 너야."

연인에게나 할 가슴이 설레는 말을 아무렇지 않게 하는 형을 보고 건우는 잠깐 감동했다. 이런 점이 아무래도 선생님의 마음을 움직이게 만든 것이 아닌가 하는 생각도 들었다. 어쨌든 선생님이 형의 옆에 있어 줘서 참 다행이었다. 밝아진 형의 얼굴이 건우의 마음을 안심하도록 만들기 충분했다.

"그리고 ……혹시나 싶어야 말해 두는데, 지수 일은 네가 죄책감 같은 것 가질 필요 없어. 너 때문에 헤어진 것도 아니었고, 너 아니었으면 지금 너희 쌤 못 만났을 테니까 잘한 일이라고 생각해. 알겠어, 강건우?"

이 한마디가 어려워 돌고 돌아온 것 같은 기분이었다. 건혁은 건우에게 미안했다. 녀석이 무엇 때문에 죄책감을 가지는 건지, 왜 어긋나는지, 알지 못했던 것이 아니란 생각이 들었다. 그냥 그 역시 피하고 싶었던 걸지도 몰랐다. 그러다 보면 제자리로 돌아올 것이라고. 굳이 꺼내서 말을 한다고 달라지지 않는다고 생각했다. 인생은 언제나 생각했던 방향으로 흘러가지 않았기에 시간이 해결해 준다는 것을 믿었다.

하지만 그 방관이 건우에게는 씻을 수 없는 상처를 남긴 것 같아 마음이 아팠다. 또한 형으로서 가지는 죄책감이 그의 발목을 잡았던 것 같기도 했다. 이제야 제대로 보게 되었다. 마음이 편안해지자 다른 것이 보였다. 이 모든 게 채원의 덕분이었다.

"그럼, 나도 하고 싶은 말 할게. 내가 꼭 형 옆에 있을 필요는 없어. 그걸 형은 의무처럼 생각하는데, 형 옆에 없다고 해서 그 역할을 못 한다고 생각하지 마. 내가 제주도에 있다고 해도, 외국에 있다고 해도, 형은 항상 내 옆에 있어. 지금은 내가 홀로서기를 할 시기일 뿐이야. 그냥, 그렇다고 생각하고 지켜봐 줘. 어찌됐든 마지막까지 형 곁에 있을 사람은 나야."

낯간지러운 소리는 못 할 줄 알았는데, 건우도 말하다 보니 튀어나왔다. 이게 진심인 것이었다. 형 옆에는 항상 내가 있겠다고. 그러니 아무 걱정 말라고.

건혁이 민망한 듯 웃었다. 두 사람의 눈이 마주쳤고, 동시에 두 사람의 손에서 감자튀김이 날아왔다. 어쩔 수 없이 장난으로 끝을 맺어야 하는 형제애였다.

25. 합동결혼식

"이게 합동결혼식이 아니고 뭐냐고."

같은 미용실에서 신부 화장을 준비하던 채원이 불만 가득한 목
소리로 경주를 노려봤다. 그녀는 콧노래를 부르며 채원의 눈길을
피했다.

예식 시간도 같았고, 결혼식이 열리는 장소도 같았다. 심지어
같은 층, 마주 보는 홀이었다. 이렇게 된 데에는 건혁의 겁 없는
약속이 큰 몫을 했다. 언제 약속을 한 것인지 녹음된 음성을 들려
주며 경주 커플은 그들에게 합동결혼식을 제안했다. 이게 악몽이
아니고 무엇인가 말이다.

왜 그런 약속을 했는지에 따져 물어도 건혁은 묵묵부답이었다.
차라리 같은 시간에 결혼을 하면 저 둘의 결혼식을 보지 않아도
되지 않겠냐는 이상한 논리를 펼치며 그녀를 설득했다.

급하게 하는 결혼이라 식장을 구하기도 어려웠다. 무슨 운명의 장난인지 경주가 예약한 홀의 앞쪽이 파혼으로 자리가 생겼다고 했다. 덜컥 계약부터 하고 온 그에게 채원은 화조차 내지 못했다. 그녀가 도망이라도 가는 것처럼 그는 결혼 허락이 떨어지자 당장 결혼식을 올리자고 했다. 지체할 이유가 없다는 것이었다. 거기다 준비 같은 것도 필요 없다고 했다. 집은 이미 비어 있었고, 혼수며, 예단을 할 시댁도 없었기 때문이었다.

　묘한 논리에 채원은 결국 친구 경주와 같은 날, 같은 홀에서 결혼식을 올리게 됐다. 경주와 같은 대학 동기들은 두 번 옷 입을 필요 없이 한꺼번에 해결하게 해 줘서 고맙다는 말까지 했다. 진정한 '번갯불에 콩 구워 먹는 결혼'이 아닐 수 없었다.

　"이렇게 친구 두 분이 같은 날, 같은 장소에서 결혼식 올리는 건 처음 봐요."

　눈치 없는 미용실 원장이 추임새를 넣었다.

　"그렇죠? 이렇게 되기까지 얼마나 많은 우여곡절이 있었는지 알면 원장님 놀라실 거예요."

　경주는 잘도 쿵짝을 맞춰 원장과 대화를 했다. 채원은 그저 입을 닫고 있는 게 상책이라는 생각이 들었다.

　"그럼, 신혼여행도 같이 가시는 거예요?"

　원장의 물음에 경주가 씨익, 하고 채원에게 웃어 보였다. 악마가 따로 없었다.

　"자."

합동 같으면서도 같지 않은 결혼식이 끝나고, 신혼여행을 떠나기 위해 두 커플은 공항으로 함께 왔다. 신혼여행까지 함께 간다는 조건 아래 성립된 계약 때문에 채원은 자신이 어디로 여행을 가는지조차 알지 못한 채 여행길에 오르게 됐다.

　당연히 행선지는 경주가 좋아하는 곳이겠거니 생각하며 체념하고는 항공권을 받았다. 열어 보자 여행지는 이탈리아였다. 그녀가 몇 번 가고 싶다는 말을 했던 곳이었다. 커플 여행으로 변질된 신혼여행이지만 친구를 배려한 행선지에 마음이 조금은 누그러졌다.

　"제주도 지금 비 온다고 하지 않았나? 우비부터 사야겠는걸."

　자신의 항공권을 열어 본 준규의 말에 채원은 놀라서 경주를 바라봤다.

　"결혼 선물이야. 재밌게 놀다 와."

　"경주야……."

　"어, 뭐야? 얘들은 왜 이탈리아고 우린 제주도예요?"

　불만 가득한 표정의 준규에게 경주는 일갈했다.

　"나, 임신한 것 같아요."

　임신했다, 도 아니고 한 것 같다니. 폭탄 같은 말을 꺼내 놓은 뒤 경주는 준규를 이끌고 국내선 수속 장소로 떠났다. 채원은 어쩐지 마음이 뭉클해서 움직일 수가 없었다.

　"우리도 좀 더 노력해야겠는걸."

　"네?"

　건혁의 말에 채원은 무슨 소리냐며 눈을 키웠다.

"우리 애가 준규 애보다 늦게 학교 가는 꼴은 못 봐."

채원은 건혁을 노려봤다. 결혼도 같은 날에 하더니 애까지 같이 낳을 기세였다.

□ ■ □

말이 씨가 된다고, 정말 경주와 채원은 한 달 차이를 두고 아이를 임신했다. 달로 따지면 경주가 먼저이니, 형님 대접을 해 줘야 한다며 열을 올리는 준규에게 건혁은 둘째는 다를 거라며 이상한 소리를 했다. 첫째도 낳기 전에 둘째 계획이라니. 이러다 남편들의 승부욕 때문에 경쟁 출산으로 합동 축구단을 만드는 일이 생기지 않을까 심히 걱정되지 않을 수 없었다.

"이건 강 서방 좋아하는 거니까 미리 냉장고에 넣어 놨다가 저녁에 차려 줘."

딸보다 사위를 생각하는 게 더 익숙해진 엄마를 바라보다 채원은 입을 삐쭉였다. 이럴 거면서 반대는 왜 한 건지. 자식에 대한 지나친 관심과 사랑이라지만 그녀는 아직도 잘 이해되지 않았다.

채원은 결혼 후 임용 시험에 합격했다. 정식 발령을 받은 지 얼마 지나지 않아 임신을 했고 지금은 출산 휴가 중이었다. 언니들과 달리 제대로 자리 잡지 못한 막내딸이 늘 걱정이었던 엄마는 결혼 이후 물심양면으로 그녀를 뒷바라지하는 건혁을 보면서 반대했던 것을 더욱더 미안해했다.

그 때문인 건지 엄마는 건혁을 더 챙겼고, 자신의 아들처럼 생

348

각했다. 미안한 마음이라면 그러지 않아도 된다고 건혁이 몇 번이나 말했지만 엄마는 알았다는 말뿐, 늘 그에 대한 미안함으로 사시는 것 같았다.

"동생한테는 자주 전화하고 있지?"

건우의 안부까지 세트처럼 따라붙는 잔소리에 채원은 서둘러 엉덩이를 뗐다. 몇 분째 밖에서 시동을 켜 놓고 기다리는 아버지에게도 미안한 마음이 들어서였다. 혼자서 내려갈 수 있다고 했지만 아버지는 기어이 그녀를 차로 서울까지 데려다준다고 고집을 피웠다. 예정일이 얼마 남지 않은 임산부이기에 안심할 수 없다는 이유였다. 다시 먼 길을 운전하여 돌아가실 아버지가 걱정되어 괜찮다고 말했지만 통하지가 않았다. 자식에 대한 사랑은 어쩔 수 없다는 걸 채원은 아기를 가지면서 조금씩 깨닫고 있는 중이었기에 아버지를 끝까지 말릴 수가 없었다.

"네 엄마, 강 서방한테 많이 미안해하는 거 알지?"

아버지는 그런 엄마가 또 안쓰러워 채원에게 이런 얘기를 하는 것이었다.

"알아. 그러니까 그만해도 된다고 아빠가 잘 말해 줘. 강 서방이 더 부담스러워한다고."

"네가 좀 이해해. 넌 모르는 일이 있어서 그래."

건우 얘기를 하는 것일 테다. 채원은 이제껏 모른 척했지만 언젠가는 그녀도 안다는 사실을 알려 줘야 한다는 생각이 들었다. 그때 엄마가 그럴 수밖에 없었음을 그녀 또한 이해할 수 있게 되었고, 결국엔 건우에게도 홀로서기를 할 시간을 만들어 주게 되었다.

"나도 알아. 그러니까, 죄책감 가질 필요 없어. 엄마도, 아빠도."

"채원아……."

"처음엔 그 사람이 나 때문에 동생 보내려고 한다는 생각을 했어. 그래서 엄마가 미웠고. 내가 이 사람한테 필요한 사람이 맞을까 하는 멍청한 생각도 했고. 그때처럼 또 도망갈까 하는 생각도 했지."

"……."

"그런데…… 이런 생각이 들더라. 도망가 봤자 다시 돌아올 건데. 내가 그 사람 옆에 있고 싶어서 도망가질 못하겠더라. 그리고…… 나도 욕심을 부리고 있다는 생각이 들었어. 그건 그 사람도 마찬가지였어. 동생을 데리고 있어야만 된다는 책임감 때문에 동생이 무슨 생각을 하는지 들여다보질 못했어. 우린, 우리 생각만 한 거지……."

아버지는 아무 말 없이 채원의 손을 꼭 붙잡아 주었다. 늘 건혁이 그녀에게 하던 행동이었다. 건혁이 아버지를 닮아서 좋아한 것일까. 채원은 문득 그 생각을 했다.

□ ■ □

— 문채원이 이틀 동안 전화가 안 돼요.

아침 9시에 걸려온 전화에 채원은 덜컥 걱정했지만 그 걱정은 롱디 커플의 습관 같은 불안에 조용히 밀려 버리고 말았다. 채원은 거실 바닥에 대자로 뻗어 잠들어 있는 어린 채원을 내려다보며 건우의 불안이 전혀 쓸모가 없다는 것을 말해 주어야 했다.

"이틀 동안 술 먹고 우리 집에서 뻗어 있어. 걱정 마."

― ……죄송해요. 쌤, 아니 형수님. 잘 좀 치워 주세요. 불쌍하니까 밥은 좀 주시고요. 그럼.

건우의 전화가 끊기자 출근 준비를 마친 건혁이 안방에서 걸어 나왔다. 그러다 거실 바닥에서 못 볼 것을 봤다는 듯 얼굴을 굳혔다. 차라리 건우를 데리고 사는 게 나았다. 일주일에 3일은 이곳에 와서 잠드는 제주도 소녀를 보며 건혁은 고개를 흔들었다.

"쟤 서울대 다니는 거 맞지?"

채원이 내미는 과일 주스를 받아 들며 건혁이 진지하게 물었다.

"가방 안에 책이 있으니까 맞겠죠."

"집 안이 온통 술 냄새다. 당신, 괜찮아?"

오로지 큰 채원의 안부만을 묻는 건혁에게 채원은 고개를 끄덕여 주었다.

"당신이 이해해요. 서로 좋아하는데 떨어져 있으니, 얼마나 마음이 아프겠어요."

"당신 시골 갔을 때 난 저것보다 더했다는 것만 알아줘."

기어이 마음이 뜨끔해지는 소리를 꺼내 놓고 건혁은 출근을 했다. 채원은 큰 한숨을 쉬고 우선 환기를 시켰다. 그러고는 주방으로 들어가 술국을 끓일 준비를 했다. 시집살이도 안 하는데 예비 동서살이를 하는 기분이었다. 채원은 배 속의 아이를 위해 평화적으로 생각했다.

"또 저 물건이야?"

아침 준비를 마치고 어린 채원을 깨우려는데, 벨소리가 울렸다. 보나 마나 입이 심심한 경주일 것이다. 기어이 건혁이 사는 집 옆에 신혼집을 차린 경주는 어린 채원보다 더 자주 그녀의 집에 방문해 온갖 뒷담화를 풀어놓고 유유히 사라졌다. 그녀 자신도 태교에 힘을 써야 하는 임산부라는 걸 한 번씩 까먹는 것도 같았다.

"이제 아침 먹을 건데, 너도 같이 먹을래?"

"쟤랑 먹는 거면 난 사양할게."

경주는 어린 채원을 싫어했다. 잘생긴 건우의 여자 친구라는 것도 마음에 들지 않았고, 친구랑 이름이 같은 채원이라 헷갈리는 것도 이유였다. 다시 말해 그냥 싫다는 거였다. 사람 싫은 데 이유 있냐며 되묻는 경주의 물음에 채원은 아무 말도 할 수가 없었다. 평화주의자도 가끔은 끼고 싶지 않은 때가 있었다.

"죄송해요, 언니."

소란스러운 소리에 잠이 깬 채원이 부스스한 모습으로 주방에 다가왔다.

"내가 이 집에 올 때마다 그 소리 들은 게 벌써 백 번째야."

경주가 얄밉게 말했다.

"그건 언니가 이 집을 너무 자주 오셔서 그래요."

어린 채원은 지지 않았다. 강건혁도 포기한 아이니 쉬운 타입은 아니었다.

352

"너만 하겠니?"

"올 수밖에 없는 이유가 있어서 그래요."

"무슨 이유?"

"여기 오면…… 꼭, 건우 만나는 것 같단 말이에요."

거의 울 듯한 얼굴로 말하자 경주도 미안한 듯 고개를 돌렸다.

"원래 안 보면 더 보고 싶은 법이야. 매일 보면 징글징글한 거고."

"서 피디님이 징글징글해요?"

말이 그렇게 되나, 싶었지만 경주는 부정하지 않았다.

"정채원, 너도 그렇지?"

혼자 죽기는 싫은지 경주가 채원을 걸고넘어졌다.

"난 매일 보고 있어도 보고 싶은데?"

채원이 눈 하나 깜짝하지 않고 잘도 말했다.

"아, 나 입덧 다시 하려는 것 같아."

경주가 속이 좋지 않다는 듯 부른 배를 잡고 웩웩거렸다.

그렇게 세 여자는 시간 가는 줄 모르고 수다를 떨었다. 이 시간이 제일 재미있고 소중하다는 것을 세 사람만 모르고 있었다.

"여기가 사랑방이야?"

퇴근을 하고 집으로 들어선 건혁은 이미 거대하게 벌어진 술판에 고개를 저었다. 언제 사라진 것인지 회사에서 보이지 않던 준규가 어린 채원과 함께 붉어진 얼굴로 주거니 받거니를 하고 있었다. 그나마 경주와 큰 채원이 술을 못 마시는 게 천만다행이라는 생각이 들었다.

"건혁 씨도 얼른 이리 와요. 우리 오늘 여기서 자고 갈 거예요."

경주가 사악하게 웃으며 손을 흔들었다. 그에게 전혀 도움이 되지 않는 여자가 이 집에 둘이나 있었다. 경주와 어린 채원이 합체를 하니 그 힘은 배가되었다. 결혼을 했는데 더 힘든 산들을 넘어가는 기분이었다.

"우리 채원이 힘들게 왜 맨날 여기서 술판입니까? 다들 엉덩이 떼고 일어나요."

건혁이 초강수로 나오자 모두들 놀란 눈치였다. 채원은 괜찮다며 말렸지만 건혁은 이참에 이 요상한 모임을 뿌리 뽑겠다는 심정으로 모두를 돌려보내려 했다. 문 앞까지 모두 끌고 가서 추방시키려는데, 초인종이 울렸다. 올 사람은 없었다. 더 와서도 안되었다.

"누구세요?"

채원이 묻자 밖에서 대답했다.

— 저예요, 건우예요!

어린 채원이 그 목소리를 듣자마자 맨발로 뛰어나가 문을 열었다. 거의 매달리다시피 안겨 두 사람은 상봉을 했다. 채원도, 건혁도, 준규도, 모두 고개를 돌렸지만 경주만이 두 사람을 노려봤다. 누가 왕년에 연애 안 해 봤니!

건우까지 합세하자 모임은 파티가 되었다. 도저히 보고 싶어서

참을 수 없더라는 건우의 고백에 어린 채원은 눈물을 훔쳤고, 준규와 경주는 두 사람의 풋풋한 연애에 내심 부러움을 내비쳤다. 건혁만이 빨리 이 자리가 파하기를 바랐다. 좀 전부터 채원이 부어 있는 다리를 주무르는 게 눈에 걸려 왔다. 건혁은 도저히 못 참겠다고 생각하며 채원에게로 다가가 그녀를 안아 들었다.

"다들 적당히 놀고 치우고 자. 우린 쉰다."

"아니, 건혁 씨……."

채원이 말려 보았지만 건혁은 막무가내였다. 안방으로 들어간 그는 채원을 침대에 내려놓고 아예 문을 잠가 버렸다. 뒤이어 거실에선 무서운 로맨티스트라는 말들이 욕설처럼 들려왔지만 건혁은 개의치 않았다.

"건혁 씨, 난 괜찮아요. 건우도 오랜만에 왔는데……."

"내가 안 괜찮아."

건혁은 익숙하게 채원의 다리를 주무르기 시작했다.

"이렇게 둘만 있으려고 결혼했는데, 항상 당신 뺏기는 기분이야."

채원은 잠깐 웃음이 났다. 매일 보고 있어도 보고 싶다는 말이 거짓은 아니었다. 이런 남자를 매일 보고 있으면서도 마음이 또 처음인 것처럼 설레었다.

"뺏기는 기분이어서 더 가지고 싶은 건 아니고요?"

건혁은 그런 건가, 하며 조용히 웃었다.

"난 처음에 그런 생각을 했어요. 건우 때문에……, 우린 안 되겠구나. 근데 그런 생각을 하니까…… 당신이 더 좋아졌어요. 왜 안 되지. 왜 좋아하면 안 되는 건데? 하면서 내 마음하고 싸우면서 당신을 더 좋아한 것 같아요."

"피할수록 더 가지고 싶은 게 사람 마음이지."

"당신도 그랬어요……?"

"난…… 좋아하면 할수록 더 좋아졌어. 당신이."

건혁의 말에 채원이 웃었다.

건혁도 채원을 따라 웃었다.

행복한 웃음이었다.

— *The end*

숨겨진 이야기, 그 밤의 진실
— 채원의 기억

결혼식장 앞에 멈춰 선 채원은 유리문에 비친 자신의 모습을 생경하게 내려다봤다. 평소에는 하지도 않던 진한 화장과 여성스러운 원피스, 그리고 처음 신어 보는 높은 구두까지. 왜 이렇게 됐는지 자신조차 몰랐지만 채원은 기어이 짝사랑 상대의 결혼식에 찾아왔다. 4년 동안 멍청한 짝사랑을 한 그녀다운 행동이 아닐 수 없었다.

결혼식은 그동안 봐 왔던 여느 커플들과 다를 바 없었다. 주례는 지루하다 못해 지겨웠고, 특별한 축가를 부르는 사람도 없었으며, 신랑 될 사람이 신부를 위해 준비한 닭살 돋는 세레나데나 프러포즈 이벤트도 없었다. 밥만 먹고 가겠다는 심산으로 이 결혼식에 참석한 사람들은 일찌감치 식권을 챙겨 위층에 있는 식당 쪽으로 빠져나가는 중이었다.

"신부가 아나운서여도 별거 없네."

조용히 식을 지켜보고 있던 채원의 옆에서 대학 동기인 유라가 허탈한 속마음을 뱉어 놓았다. 준석의 결혼 소식이 알려지고 신부가 유명 아나운서라는 말에 잘생긴 연예인이라도 볼 수 있지 않을까 하는 마음이 들었다. 대학 선배의 결혼식에 제법 많은 동기들이 참석한 것도 그 때문일 것이다.

채원은 오랜만에 본 동아리 선후배들과 간단한 인사를 나누고 자리에서 일어났다.

"신랑 신부님의 동료, 친구분들은 사진 촬영이 있을 예정이니 앞으로 나와 주세요."

사회를 맡은 동아리 후배의 안내 멘트를 흘려들으며 채원은 식장을 빠져나가려 했다.

"어, 정채원. 너 어디 가? 사진 찍어야지."

유라가 그 모습을 놓치지 않고 채원의 팔을 붙잡았다.

"난 됐어. 급한 일이 있어서 먼저 가 봐야 될 것 같아."

"무슨 소리야! 사진 금방 찍는다는데. 밥까지 먹고 가. 오랜만에 다 같이 만났잖아!"

유라는 채원을 보내 줄 생각이 없다는 듯 그녀의 팔을 더욱더 꼭 붙들었다. 친하게 지낸 동아리 사람이 없어 그나마 같은 수업이라도 들은 채원에게 의지하고 있다는 걸 알았다. 하지만 채원은 준석의 결혼사진에 그녀의 얼굴이 찍히는 게 싫었다.

제대로 축하해 준 뒤 떠나보내겠다고 마음먹었지만 쿨하지 못했다. 미련스러웠다. 결혼식에 가겠다는 자신을 끝까지 뜯어말리지 않았던 경주가 야속했다.

"야, 난······."

기어이 유라의 손에 이끌려 단상 위로 올라서면서 채원은 준석과 몇 번 눈이 마주쳤다. 그러자 갑자기 오기가 생겼다. 아무렇지 않다는 것을 보여 주고 싶었다.

"뒤쪽에 커플이신 두 분, 조금만 오른쪽으로 붙어 주시겠어요?"

커플이라는 사진사의 말에 하객들의 시선이 뒤쪽으로 향했다. 사람들의 눈길이 자신에게로 날아오자 채원은 어리둥절했다. 그때 얼굴도 모르는 남자가 자신을 오른쪽으로 조금 끌어안듯 당겨 놓았다.

"됐습니까?"

남자가 사진사에게 물었고, 그는 오케이 사인으로 고개를 끄덕였다.

소란스러운 준비가 끝나고 여러 차례 사진을 찍는 동안 채원은 남자의 손길이 스쳐 간 어깨가 자꾸만 신경 쓰였다. 그래서 옆에 선 남자의 얼굴을 몰래 훔쳐보았다. 채원의 심장이 잠깐 두근거렸다.

"이모, 여기 국밥이랑 소주 한 병, 아니 두 병만 주세요."

채원은 결혼식장 근처 국밥집에 들어서 자리에 앉자마자 높은 구두를 벗어 놓고 다리를 주물렀다. 어제부터 쫄쫄 굶어 배 속에서는 먹을 것을 달라고 아우성이었다.

시간은 오후 3시. 홀로 술을 마시기엔 이른 시간이었지만 일탈의 종지부를 찍고 싶었다. 화장부터 옷, 구두, 그리고 그녀의 행동까지 모든 것이 전부 일탈 같은 하루였다.

　피로연에도 같이 가자는 유라를 가까스로 따돌리고 나오자 허기가 몰려왔다. 아니, 술이 고팠다. 평소에 잘 마시지도 않는 술을 오늘만은 코가 삐뚤어지도록 마시고 싶었다. 그리고 나면 이 모든 마음이 깨끗이 정리될 것 같았다.

　소주를 한 병 다 마셨을 때였다. 맞은편에 앉은 한 남자가 그녀를 바라보는 게 느껴졌다. 남자의 눈빛이 꼭 그녀를 아는 것처럼 느껴졌다. 정장을 차려입은 걸 보니 그도 결혼식에 다녀온 듯했다. 채원은 남자의 뜨거운 눈빛을 애써 외면하며 또 다른 소주병을 들었다.

　그런데 남자를 의식하다 보니 술이 제대로 넘어가지 않았다. 낮술 먹는 여자 처음 보냐고 따져 묻고 싶었지만 오늘은 참는 게 상책이란 생각이 들었다. 누구라도 걸리면 그대로 화풀이를 해 버릴 것 같았으니까.

　"뭐야, 여자 혼자 낮술이야? 오, 대단한데. 한번 꼬셔 봐?"

　국밥집 안으로 들어서던 젊은 남자 무리가 채원을 보고는 일부러 들으라는 듯 농담을 던졌다. 채원은 아랑곳 않고 술잔에 소주를 따랐다. 그러자 그 무리 중 한 명이 진짜 흥미가 생겼는지 그녀가 있는 쪽으로 다가오려 했다. 그 순간 맞은편에 앉아 있던 정장 차림의 남자가 젊은 남자를 막아섰다.

　"혹시 성환이 아니야?"

채원을 보고 있던 젊은 남자의 시선이 정장 차림의 남자에게로 향했다.

"네? 저요? 아닌데요."

"아, 난 또. 죄송합니다. 아는 후배랑 닮아서."

"그래요? 전 형님같이 잘생긴 분 잘 모르는데요. 하하하."

젊은 남자가 웃는 사이, 정장 차림의 남자가 채원의 테이블로 다가와 그녀의 맞은편에 앉았다. 그 모습을 본 젊은 남자가 두 사람이 일행이란 생각이 들었는지 허탈한 웃음을 보이며 자신의 무리로 돌아갔다.

"……뭐 하세요?"

반쯤 취한 채원이 앞의 남자에게 물었다.

"합석해도 됩니까?"

"이미 앉으셨잖아요."

"싫다면 일어나죠."

남자의 당당한 말에 채원은 피식 웃었다.

잘생긴 남자였다. 술에 취했지만 그건 확실했다. 오늘의 마지막 일탈로 이 남자와 밤을 보내 버릴까 하는 생각이 머릿속에서 맴돌았다. 4년 동안 한 남자만 생각했는데, 그 모든 마음들이 한순간에 거절당한 기분이었다. 어떻게 위로받을 수 있을까. 남들이 말하는 것처럼 남자는 남자로 잊어 볼까. 채원이 끝없이 고민하고 있는 사이, 남자의 형체가 자꾸만 흐려졌다. 술에 취하면 잠을 자는 게 그녀의 주사였다.

"이봐, 정신 좀 차려 봐요."

불쑥 들리는 남자의 목소리에 고개를 들었다. 잘생긴 남자가 그녀의 앞에 서 있었다. 그를 보자 이상하게도 안심이 되었다. 채원의 입꼬리가 저절로 올라갔다.

"그대로네⋯⋯."

"뭐라고요?"

"나랑⋯⋯ 잘래요?"

채원은 자신의 입에서 흘러나온 말에 스스로가 더 놀랐지만 하려던 행동을 멈추지 않았다. 능숙하게 남자의 얼굴을 끌어당겨 입술을 맞춘 뒤 눈웃음쳤다. 그런데도 남자는 목석처럼 우뚝 서 있을 뿐이었다. 그의 반응에 채원은 금세 시시한 마음이 들어 남자에게서 몸을 떼 내려 했다.

"왜 그만둡니까?"

화가 난다는 듯 남자의 눈이 그녀를 노려봤다.

채원이 또다시 푸스스 웃고선 그대로 쓰러져 버렸다. 그것이 그녀가 기억하는 마지막 모습이었다.

─ 건혁의 기억

　옛 애인의 결혼식이라고 해서 커다란 감정의 변화가 있는 것은 아니었다. 연인이 되기 전부터 동료였고, 비록 헤어졌을지라도 다시 전과 같은 동료 사이가 되었기에 건혁은 묵묵히 지금의 역할만 수행하면 된다고 생각했다.

　하지만 사람들의 시각은 달랐다. 방송국 전체가 알던 공개 커플이 헤어지고 그 옛 연인의 결혼식에 등장한 남자. 건혁의 뒤로 꽂히는 시선들이 순수하지만은 않았다. 미련스러워 보인다는 것을 알았지만 오지 않을 이유도 없었다. 그는 이제 옛 여자에게 아무런 감정도 남아 있지 않았기 때문이다.

　지루한 결혼식이 끝나 갈 즈음, 한 여자에게 눈길이 고정되었다. 누가 봐도 불편해 보이는 의상과 어울리지 않는 화장. 그리고 그녀가 아프게 바라보는 한 사람. 건혁의 눈이 신랑에게 향했다가 다시 여자에게로 되돌아갔다.

그에게도 옛사랑이 있었을 것이다. 그 사람이 바로 저 여자일까 하는 생각이 들자 우스운 마음이 들었다.

여자가 미련스럽게 느껴졌다. 하지만 여자로 인해 그는 스스로를 객관적으로 되돌아보게 되었다. 미련스러운 건 아마 그일지도 몰랐다. 쿨한 척 결혼식에 참석했지만 10년이나 만난 여자가 다른 남자의 손을 잡은 채 웃고 있는 모습에 패배감을 느꼈다. 사랑은 사라져 버린 지 오래됐어도 내 사람이었다는 익숙함은 그를 아직 과거에서 벗어나지 못하게 했다.

건혁은 정신을 차리기 위해 자리에서 일어났다. 그의 시선을 끌었던 여자가 단상 위로 올라서는 게 보였다. 결혼사진까지. 미련의 끝을 보려는 걸까. 불쑥 그 대열에 그도 합류해 볼까 하는 마음이 들었다. 일종의 동지애 같은 것이었다.

"두 분 조금만 붙어 주시겠어요?"

사진사의 말을 듣는 척 일부러 여자의 옆에 붙어 섰다. 어깨를 당기자 희미한 향수 냄새가 따라왔다. 그리고 그녀의 어깨가 떨리고 있다는 것을 알 수 있었다. 건혁은 어쩔 수 없이 손을 내릴 수밖에 없었다.

국밥집으로 뒤따라 들어서는데도 여자는 그를 의식하지 못했다. 맞은편 테이블에 앉아 여자가 하는 모습을 지켜봤다. 주말 오후 3시. 국밥집 안은 간단한 식사를 하려는 사람들뿐이었다. 그 속에서 여자는 소주병을 땄다. 한 잔이 두 잔이 되고, 결국 한 병을 다 비우고 나서야 고개를 들어 그를 의식했다.

여자의 눈은 이미 취해 있었다. 그만큼 그 남자를 사랑했던 걸까. 건혁은 그것이 궁금했다. 누군가로 인해서 무너진다는 것. 그것은 상대에게는 알 수 없는 승리감을 안겨 주는 것이었다. 나로 인해서 네가 아파하다니. 내가 널 아프게 만들 수 있는 사람이라니. 여자의 옛 남자가 이 장면을 보지 않아 다행이라는 생각이 들었다.

"합석해도 됩니까?"

자신도 모르게 어느새 여자의 앞에 앉아 버렸다. 이끌림이라는 걸 부정할 수 없었다. 옛 여자를 그리워해서 다른 사람을 만나지 않았던 것은 아니었다. 그의 마음을 흔드는 여자를 만나지 못했을 뿐이다.

푸스스 웃는 여자의 웃음이 그의 심장을 간질였다. 그리고 이상하게도 가슴이 아팠다. 여자는 웃고 있었지만 건혁은 그 모습이 우는 것처럼 느껴졌다. 우는 법을 모르는 자신을 대신해 울어 주고 있는 것만 같았다. 어쩐지 고마운 마음이 들었다. 그래서 여자의 짤막한 키스에 멈출 수가 없었다.

정신을 잃은 여자를 안고 향한 곳은 근처 모텔이었다. 변명을 하자면 대낮에 뻗은 여자를 어찌할 방법을 금방 생각해 낼 수 없었다는 것이었다. 회사에 차를 두고 온 것도 한몫했다. 술에 취한 여자를 안고 택시에 탈 수도 없는 노릇이었기에.

아니, 모두 변명이었다. 그도 일탈이라는 걸 해 보고 싶었다. 나랑 자자고 말하는 여자의 눈빛이 진심이길 바랐다. 농담이었다고 해도 그가 진심으로 만들고 싶었다. 하지만 허탈하게도 여자는 곤히 잠들어 버렸다. 그 옆에 허무하게 앉아 건혁은 여자를 내려다봤다. 언제 운 것인지 눈 화장이 검게 얼룩져 있었다. 손을 뻗어 여자의 얼굴을 쓰다듬으려다 멈추었다. 이름도 모르는 여자였다. 여기서 그만하는 것이 맞았다.

"선배……."

흐느끼는 목소리에 건혁이 참지 못하고 여자의 얼굴을 쓰다듬었다. 그의 손길이 느껴졌는지 여자가 눈을 떴다. 그리고 살짝 미소 지었다. 심장이 멋대로 두근거렸다.

"정신이 듭니까?"

"꿈이……에요?"

여자가 물었다.

"그래요. 꿈입니다."

건혁은 거짓말을 했다.

"왜 내 꿈에 있어요?"

바보 같은 질문이었다.

"그러게요. 좀 있으면 안 됩니까?"

여자가 또 웃어 버렸다. 그러고는 일어나 앉아 주변을 둘러보았다. 자신이 잠들어 있던 곳이 어디인지 파악하는 눈빛이었다. 건혁은 여자가 그대로 가 버릴까 봐 불안했다. 그렇다고 무언가를 할 자신도 없었다. 그저, 같이 있고 싶었다. 그처럼 옛사랑을 떠나보냈다는 공통점이 이유가 되어 주었다.

"나랑 잘래요?"

건혁의 물음에 여자가 허락하는 것처럼 미소 지었다. 건혁은 참지 못하고 여자에게 키스했다. 이상하게도 마음이 따뜻해졌다. 그래서 멈출 수가 없었다.

www.b-books.co.kr

www.b-books.co.kr